Ilona Bulazel

Lebendfalle

Über das Buch

Es war weit mehr als nur ein Mord; was hier geschah, glich einer Bestrafung, einer Hinrichtung. Das Moor hatte seine eigenen Regeln …

Die schrecklich zugerichtete Leiche von Lina Kraspe, reiche Erbin und angesagtes Freiburger It-Girl, wird in der Nähe des Brachweiler Moors gefunden. Eine Sonderkommission unter der Leitung der erfahrenen Hauptkommissarin Frederike Zimmer übernimmt die Ermittlungen. Doch wo soll das Team mit der Suche beginnen? Im Umfeld des jüngsten Opfers oder in der Vergangenheit?
Denn bereits vor zwanzig Jahren wurde eine Mutter vor den Augen ihrer Tochter im Moor getötet. Das überlebende Mädchen ist seither stark traumatisiert und kann sich an nichts erinnern …
Je tiefer die Beamten graben, desto undurchdringlicher wird das Gespinst aus Lügen und Geheimnissen. Zeugen werden getötet und ihre Leichen verstümmelt. Sehr schnell wird klar, dass der psychopathische Täter immer einen Schritt voraus ist und nicht bereit, das Morden zu beenden.

In dem spannenden Psychothriller »Lebendfalle« wird der Leser nach einer dramatischen Jagd erfahren, wer in Wirklichkeit in der Falle sitzt und wer sie aufgestellt hat!

Ilona Bulazel

Lebendfalle

Ilona Bulazel
Sinzheimer Str. 40b
76532 Baden-Baden
Deutschland

E-Mail: kontakt@autorib.de
Website: www.autorib.de
Facebook: www.facebook.com/ilonabulazel
Newsletter-Anmeldung über: www.autorib.de/newsletter

Ausgabe 5.10/19

Korrektorat:
Natalie Röllig

Umschlaggestaltung:
Cover Design by James, GoOnWrite.com
Photo Images © Shutterstock / Igor Link

Buchsatz:
Corinna Rindlisbacher, ebokks.de

ISBN: 9781697821543
Imprint: Independently published

Weitere Informationen zum Druck:
siehe Buchende

Inhalt

Kapitel 1

Brachweiler am späten Abend

Lina Kraspe hatte das beschauliche südbadische Städtchen wie ein Hurrikan durchquert und ordentlich verbrannte Erde hinterlassen. Jetzt saß sie mit verbissenem Gesichtsausdruck in dem abgewetzten Sessel ihrer *Notunterkunft*, telefonierte mit der Kundenbetreuerin des Autohauses und holte erneut zu einem verbalen Schlag aus: »Diese verfluchte Kiste hat mich achtzigtausend Euro gekostet und jetzt stecke ich in irgendeinem Scheißkaff fest, weil die Elektronik ausgefallen ist.« Sie holte Luft und fuhr gnadenlos fort: »Der Wagen ist gerade erst eine Woche alt!«

Die daraufhin folgenden beschwichtigenden Worte der geschulten Mitarbeiterin am anderen Ende der Leitung ignorierte Lina und zischte stattdessen: »Ich habe morgen einen Termin in Freiburg. Sorgen Sie dafür, dass ich dort hinkomme, oder ich sorge dafür, dass Sie sich einen neuen Job suchen müssen.« Ohne auf eine Antwort zu warten, beendete Lina das Gespräch und schnaubte wütend. Dann sah sich die Dreißigjährige in der einfachen Ferienhütte um.

»Ein Benzinkanister und ein Streichholz, das ist alles, was mir dazu einfällt«, entschlüpfte es ihr. Die gleichen Worte hatte sie auch gebraucht, als die Besitzerin der kleinen Ferienanlage sie herumgeführt hatte.

Lina Kraspe gehörte zu den Menschen, die ihre Unverschämtheiten als Ehrlichkeit verkauften. Sie hielt sich stets für etwas Besseres, fühlte sich gegenüber Leuten aus einfachen Verhältnissen überlegen und war völlig unfähig, Mitgefühl aufzubringen.

Ihr Handy klingelte. »Das wird aber Zeit«, giftete sie in den Hörer.

»Was ist denn passiert, Schatz?«, reagierte ihr Ehemann Dirk scheinbar besorgt.

»Wo warst du? Ich habe dir vor einer Stunde eine Nachricht hinterlassen. Warum rufst du erst jetzt an?«

»Wir hatten eine Besprechung, ich …«

»Vergiss es, du bist ja nie da, wenn ich dich brauche«, unterbrach sie ihn.

»Lina, das ist unfair«, antwortete er, was sie ihm sofort übel nahm.

»Unfair?«, schrie sie daher schrill. »Unfair ist, dass ich auf der Autobahn stand, bis mich ein schmieriger Typ vom Abschleppdienst, der vermutlich nicht bis drei zählen kann, abgeholt hat. Unfair ist, dass ich den Wagen erst morgen früh zurückbekomme und so lange in einer Baracke bleiben muss, die allenfalls dazu geeignet ist, Schrott zu lagern, und den Namen ›Ferienanlage‹ bei Gott nicht verdient hat«, fuhr sie unermüdlich fort. »Unfair ist, dass ich mit einem Schlappschwanz wie dir verheiratet bin.«

Dirk überging ihre Beschimpfung und gab sich Mühe, enttäuscht zu klingen, als er fragte: »Du kommst also heute Abend nicht nach Hause?«

»Offensichtlich nicht, du Genie«, schnappte sie und spürte ein Ziehen hinter den Augenbrauen. »Kaum rede ich mit dir, kündigt sich meine Migräne an«, warf sie ihm gereizt vor.

»Soll ich später noch einmal anrufen?«, erwiderte Dirk geduldig.

»Ich überlege gerade, ob du mich überhaupt je wieder anrufen solltest. Besonders viel liegt dir ja nicht an meinem Befinden«, entgegnete sie boshaft, wohl wissend, dass solche Andeutungen ihn nervös machten. Immerhin wäre er völlig mittellos, wenn sie sich von ihm scheiden lassen würde.

Wie zu erwarten zeigte sich Dirk bestürzt. »Wie kannst du das sagen? Du bist mein Leben, das weißt du doch. Ich liebe dich! Du bist die schönste Frau, die ich kenne, ohne dich kann ich nicht existieren.«

Von Lina kam daraufhin lediglich ein Brummen, bevor sie auflegte. Sie hatte gehört, was sie hören wollte. Komplimente und Unterwürfigkeit waren Dinge, nach denen Lina lechzte wie ein Vampir nach Blut. Zusätzlich versüßte sie sich den Tag auch gerne mit Alkohol und Tabletten, die sie angeblich gegen ihre Migräne einnahm. Ihr Hausarzt in Freiburg verteilte großzügig entsprechende Rezepte, trotzdem hatte sie keine Reserve dabei. Schließlich war diese zusätzliche Übernachtung nicht geplant gewesen.

Voller Zorn erinnerte sie sich jetzt an ihren Besuch in der hiesigen Apotheke. Die Alte hinter dem Tresen hatte sich geweigert, ihr das Medikament ohne Rezept auszuhändigen. Fast schien die eine sadistische Freude daran gehabt zu haben, sich so stur zu verhalten. Etwas, dem Lina natürlich entsprechend begegnet war. Auch ihren Abstecher in den schrecklichen Tante-Emma-Laden würde sie nicht so schnell vergessen. Dort war es enger als in einer Umkleidekabine gewesen, ganz zu schweigen von der mangelhaften Auswahl. Unzufrieden starrte Lina auf die zwei Flaschen Weißwein, die sie notgedrungen erstanden hatte. Die Verkäuferin des Ladens war in Linas Augen unfähig gewesen – auch das hatte sie in deutliche Worte gefasst und sich gegenüber der Frau mit Beleidigungen nicht zurückgehalten.

Sie seufzte und nahm einen großen Schluck Wein, den sie mangels adäquaten Gefäßes aus einem Wasserglas trinken musste. Während sie ihre Nachrichten auf dem Handy checkte, trank sie die erste Flasche. Beim Öffnen der zweiten war es bereits dunkel. Lina knipste gerade die Lampe an, als es an der Tür klopfte.

Nicht mehr ganz nüchtern lallte sie unfreundlich: »Was ist

denn?« Sie war in eine äußerst interessante Online-Lästerei mit ihrer besten Freundin vertieft und wollte beim Nachrichtenaustausch keinesfalls gestört werden.

Eine Antwort blieb aus, dafür klopfte es erneut, dieses Mal lauter und hartnäckiger. Bereit, den Störenfried in seine Schranken zu weisen, riss Lina die Tür auf. Doch noch bevor sie auch nur eine Silbe hervorbringen konnte, bohrte sich etwas Spitzes in ihren Hals. Lina versuchte zu schreien, ruderte mit den Armen und wollte sich verteidigen, allerdings hatte das gewundene Metall bereits einen zu großen Schaden angerichtet. Als es jetzt zurückgerissen wurde, hinterließ es eine tiefe Wunde, aus der unaufhaltsam Blut sprudelte. Lina umschloss die schmerzende Stelle automatisch mit den Händen, aber der Tod ließ sich nicht mehr aufhalten. Die Halsschlagader war durchtrennt und damit das Ende eines Lebens besiegelt worden.

Ungläubig starrte Lina zu ihrem Gegenüber. Sie war mittlerweile auf die Knie gefallen, röchelte hilflos, die Hand immer noch an der Kehle, und fast schien es, als würde sie auf eine Erklärung warten. Aber niemand sprach zu ihr, stattdessen sah sie einen blutverschmierten Gegenstand auf sich zukommen. Erst im letzten Moment erkannte sie die Spitze eines Korkenziehers und nahm das spiralförmige Metall wahr, das sich für gewöhnlich in weiche, bröselige Korken bohrte, um dann mit einem Ruck samt Verschluss aus der Flasche gezogen zu werden. Die Spitze war jetzt direkt vor Linas Auge.

Ihre letzten Minuten erlebte die Frau mit der mitleidlosen Seele so intensiv, als wäre sie für den Moment des Sterbens mit einer besonderen Sensibilität bestraft worden. Sie spürte den Schmerz, während der Korkenzieher erbarmungslos in ihr rechtes Auge gerammt wurde, erlebte dann die ganze Grausamkeit, mit der die Waffe den empfindlichen Glaskörper zerfetzte, bevor der Stillstand ihres Herzens die Qualen schließlich beendete.

* * *

Am nächsten Morgen

Sofie Pfortmann stand in dem kleinen Badezimmer und wusch sich die Hände. Zuerst rieb sie die Seife mit der rechten Hand über die linke, dann machte sie das Gleiche umgekehrt. Jedes Mal zählte sie dabei bis zehn. Anschließend hielt sie die Finger unter das fließende Wasser und sah zu, wie der Seifenschaum im Abfluss verschwand. Eigentlich hätte sie jetzt nach dem Handtuch greifen müssen, das maisgelbe, das für das Trocknen der Hände vorgesehen war, aber sie hielt inne und begann zu zittern.

Schweiß stand ihr auf der Stirn. Hatte sie wirklich bis zehn gezählt? War sie nicht bei der linken Hand schneller fertig gewesen als bei der rechten? Womöglich hatte sie einen Fehler gemacht. Unruhe kam in ihr auf und sie konnte dem Drang, noch einmal von vorne anzufangen, unmöglich widerstehen. Also griff sie erneut zur Seife, begann sie aufzuschäumen, rieb zuerst die linke Hand damit ein, während sie langsam bis zehn zählte, dann die rechte. Es war ihre fünfte Wiederholung und augenscheinlich auch nicht die letzte.

»Was ist nur mit mir los?«, jammerte sie, »ich hatte es doch so gut unter Kontrolle.« Sie stöhnte, jetzt war sie auch noch beim Zählen durcheinandergekommen, also startete das zwanghafte Ritual erneut.

Als sie endlich fertig war, hatten ihre Hände eine rosige Farbe und die Haut um ihre schmalen Finger spannte. Sofie betrachtete sich im Spiegel. Große Augen blickten der Siebenunddreißigjährigen entgegen. Sie hatte zwar nicht geweint, wirkte jedoch blass.

Vor einer Woche war etwas geschehen, mit dem niemand mehr gerechnet hatte. Nach zwanzig Jahren war die Leiche ihrer Mutter aufgetaucht.

»Nun seid ihr wieder vereint, Mama und Papa«, flüsterte Sofie und wandte endlich ihren Blick vom Spiegel ab. Sie musste jetzt stark sein, so wie damals.

* * *

Zur gleichen Zeit in Freiburg

Julian Meister öffnete nicht die Augen, sondern schnüffelte mit einem Lächeln in die Luft. »Ich rieche schwarzen Kaffee, frische Brötchen und einen Hauch sexueller Begierde. Scheint so, dass heute mein Glückstag ist! Es sei denn, ich bin noch mitten in einem Traum.«

»Kein Traum«, bekam er zur Antwort, »nur eine kleine Aufmerksamkeit zu unserem 1518-Tage-Jubiläum.«

Julian lachte und hielt die Lider nicht länger geschlossen. »Dieses Jubiläum ist mir doch tatsächlich entgangen«, erwiderte er scherzhaft und rückte ein bisschen zur Seite, damit Platz für das Frühstückstablett und seinen Freund Karsten war.

Anerkennend betrachtete er das liebevolle Arrangement: die kleine Vase mit der Rose und die hübschen Servietten in Apfelgrün, zu denen das Geschirr perfekt passte. Nicht das erste Mal fragte er sich, wie ausgerechnet er und Karsten ein Paar werden konnten.

»Siehst du, wir haben es trotz aller Unkenrufe schon länger als vier Jahre miteinander ausgehalten«, sagte Karsten, als hätte er die Gedanken seines Freundes erraten, und gab ihm einen sanften Kuss auf die Lippen.

»Vermutlich dein Verdienst«, antwortete Julian gut gelaunt und schnappte sich die Kaffeetasse, aus der er gierig einen großen Schluck trank. Wie es seine Art war, zerbrach er das Brötchen mit den Händen und verteilte dabei eine Heerschar Krümel im Bett. Karsten unterließ es, ihn zu bitten, das Messer und den Teller zu verwenden, sondern rollte nur mit den Augen. Julian war eben so. Als Karsten ihn kennengelernt hatte, gab es weder Vorhänge an den Fenstern noch Zierkissen auf der Couch. Die Teller im Schrank waren zusammengewürfelt und die schmutzige Wäsche türmte sich so lange neben der Maschine auf, bis Julian die sauberen Sachen ausgingen.

Während Karsten an seinem Kaffee nippte und sich sein Brötchen hauchdünn mit Magerquark bestrich, bugsierte sein Freund auf eine dicke Schicht Butter fast den gesamten Wurstaufschnitt. Wieder schwieg Karsten, unterließ die gewöhnlichen Sticheleien und wartete ungeduldig darauf, dass Julian die kleine Schachtel neben dem Frühstücksei entdecken würde.

Als dieser dann endlich sagte: »Ist das etwa ein Geschenk zu unserem …« Er überlegte und fügte an: »… zu unserem 1518-Tage-Jubiläum?«

Er wirkte ehrlich überrascht, obwohl ihm Karstens romantische Natur natürlich vertraut war.

»Mach es auf«, entgegnete dieser mit einem breiten Grinsen und beobachtete voller Glück, wie Julian mit fast kindlicher Freude die Schachtel öffnete.

Allerdings blieb die erwartete euphorische Reaktion aus. Stattdessen schien sich Julian an einem Krümel im Hals verschluckt zu haben und hustete jetzt ausgiebig, bevor er stammelte: »Das ist ein Ring.«

Karsten strahlte über das ganze Gesicht. »Ja, das ist es«, antwortete er vielsagend.

»Ein Antrag?«, krächzte Julian und da nun ein panikähnlicher Ausdruck auf seinem Gesicht erschien, konnte Karsten nicht länger ignorieren, dass sein Freund wenig begeistert war.

»Das schien mir an der Zeit. Ich dachte, du liebst mich«,

gab er nun enttäuscht Antwort, »aber offensichtlich habe ich mich geirrt. Eine blöde Idee. Vergiss das mit dem Ring, vergiss das mit der Liebe, machen wir einfach so weiter wie bisher«, fuhr er schnippisch fort und stand auf. Demonstrativ sammelte er die Kleider ein, die Julian am Vorabend auf den Boden geworfen hatte, und verließ anschließend wortlos den Raum.

Julian fuhr sich durch das dunkle Haar und stieß ein sehr leises, aber von Herzen kommendes »Himmel, Arsch!« aus. Das hatte ihm gerade noch gefehlt. Der erste freie Tag seit Wochen und den konnte er jetzt mit dem Kitten seiner Beziehung verbringen. Kurz überlegte er, ob er einen Anruf vom Kommissariat vortäuschen und sich mit der Ausrede, zu einem Tatort zu müssen, davonstehlen sollte, aber das wäre nun wirklich schäbig gewesen. Es half nichts, er würde das irgendwie wieder hinbiegen müssen.

* * *

Etwas später in Brachweiler

Annegret Brucker verspürte nicht die geringste Lust, ihrer Pflicht nachzukommen und am Bungalow Nummer zwei zu klopfen, um die dort untergebrachte Dame darauf hinzuweisen, dass es bereits nach zwölf Uhr mittags war. Die Gäste mussten laut den allgemeinen Geschäftsbedingungen bis zu diesem Zeitpunkt entweder auschecken oder für einen weiteren Tag bezahlen.

Dafür, dass sie ihr Quartier gestern noch niederbrennen wollte, hält sie es aber verdammt lange darin aus, dachte die Sechzigjährige an den Kommentar ihres Bruders Gabriel.

Sie hatte auf ihrem Grundstück sechs Ferienbungalows aufgestellt und mittlerweile einige Stammkunden. Die Gegend war ruhig, ideal für Spaziergänge, und das Moor und die angrenzenden Wälder begeisterten so manchen

Naturliebhaber. Die letzten Monate hatte Annegret sogar überlegt, das Geschäft weiter auszubauen. Das Grundstück war groß genug, sodass ausreichend Abstand zu ihrem Privathaus gehalten werden konnte. Allerdings kamen ihr seit letzter Woche Zweifel. Der Leichenfund draußen im Moor könnte ihre Entscheidung womöglich beeinflussen. Sie seufzte und strich sich eine ihrer blonden Strähnen aus dem Gesicht. Da sie am Vormittag in ihrem Kräutergarten gearbeitet hatte, trug sie noch die derben Schuhe und die abgewetzte Hose, als sie die Unterkunft von Lina Kraspe erreichte.

»Frau Kraspe!«, rief sie laut und wenig freundlich. Als sie keine Antwort bekam, klopfte sie gegen die Tür. »Die Werkstatt versucht Sie schon den ganzen Morgen zu erreichen. Ihr Auto ist fertig«, fügte sie schnippisch an.

Wieder folgte keine Reaktion. Annegret spähte durch das Fenster neben der Tür. Die Vorhänge waren zwar zugezogen, aber sie erkannte, dass im Inneren Licht brannte. Erneut hämmerte sie gegen das Holz, rief Linas Namen und vermutete schließlich, dass diese undankbare Person einfach, ohne sich zu verabschieden, gegangen war. Konnte man nur hoffen, dass sie den Schlüssel im Bungalow zurückgelassen hatte, sonst würde Annegret ein neues Schloss benötigen. Energisch drückte sie die Klinke nach unten und verzog verärgert das Gesicht, als diese nachgab. Der Fluch, den sie für Lina Kraspe bereithielt, wollte ihr dann jedoch nicht mehr über die Lippen kommen.

Annegret Brucker war beherzt ins Zimmer getreten, hatte dann aber gestockt. Mit ihren schweren Schnürschuhen stand sie in einer Pfütze und glaubte, die rote Masse würde sie wie Klebstoff daran hindern, sich einfach umzudrehen und wieder zu gehen. Stattdessen hing ihr Blick wie gebannt an dem Körper auf dem Boden. Sie konnte jede einzelne Verletzung sehen, die man Lina Kraspe zugefügt hatte. Wie in Trance betrachtete sie die Wunde am Hals, die blutverkrustete rechte Augenhöhle und die auseinanderklaffende Haut unterhalb der Brüste der toten Frau, dort, wo man ihr mehrere Stücke Fleisch herausgeschnitten hatte. Für einen winzigen Augenblick spürte sie Befriedigung, der sofort ein Gefühl der Scham und Reue folgte. Hatte sie nicht gestern noch dieser Frau den Tod gewünscht, sich vorgestellt, wie sie in ihrem eigenen Blut baden würde, nachdem sie sich all die Unverschämtheiten von ihr hatte anhören müssen? Aus der gewalttätigen Fantasie schien Realität geworden zu sein.

Die Sechzigjährige hörte ein Dröhnen in ihrem Kopf, registrierte, wie ihr die Luft drohte wegzubleiben, bevor sich endlich ihre Starre löste. Annegret geriet in Panik, stieß einen spitzen Schrei aus und wollte davonrennen, rutschte allerdings in der Blutlache aus und stürzte schmerzhaft zu Boden. Die Hand, mit der sie den Fall versuchte abzufangen, tauchte in das kalte Blut und aus Annegrets Panik wurde nun eine regelrechte Hysterie. Sie schrie, rappelte sich ungeschickt auf, fand nicht sofort Halt und krabbelte schließlich mehr, als dass sie aufrecht ging, aus der Hütte. Ihre Schreie wurden noch lauter, als sie die eigene blutverschmierte Handfläche betrachtete und wie von Sinnen Richtung Haus rannte.

Erst ihr Bruder, der sie an den Armen packte und heftig schüttelte, konnte sie schließlich aus diesem Schock befreien, sodass sie nach erlösenden Tränen in der Lage war, wieder klar zu denken und die Polizei zu verständigen.

* * *

Am Abend im Haus der Familie Kraspe in Freiburg

Im Laufe des Tages wurde die Öffentlichkeit über den Mord an der dreißigjährigen Lina Kraspe informiert und auch darüber, dass die Freiburger Polizei eine Sonderkommission unter der Leitung von Hauptkommissarin Frederike Zimmer eingerichtet hatte, die das Verbrechen aufklären sollte. Die renommierten Nachrichtenkanäle bezeichneten Zimmer als erfahrene Kriminalbeamtin, die vermutlich schnell Ergebnisse liefern würde. Die Klatschpresse hingegen betitelte die Hauptkommissarin als *altes Schlachtross der Gerechtigkeit* und stellte somit die unausgesprochene Frage, ob für diesen Fall nicht jemand Jüngeres geeigneter wäre. Der Sprecherin eines Internetkanals, die vermutlich gerade erst die Volljährigkeit erreicht hatte, schien es zumindest sichtlich schwerzufallen, der dreiundfünfzigjährigen Beamtin mehr zuzutrauen als das Lesen von Kriminalromanen.

Die Aufmerksamkeit, die der Fall auf sich zog, war für die Ermittlungen nicht gerade hilfreich. Frederike Zimmer hatte sich nicht um die Leitung der Sonderkommission gerissen. Lina Kraspe, Tochter eines Multimillionärs und seit ihrer frühsten Jugend angesagtes It-Girl, würde nach ihrem Tod genauso wie zu Lebzeiten jede Menge Staub aufwirbeln. Und Frederike Zimmer verspürte keinerlei Verlangen, im Zentrum dieses aufkommenden Sandsturms zu stehen. Allerdings war die Entscheidung weiter oben getroffen worden und so saß die Beamtin nun zusammen mit ihrem Kollegen, Oberkommissar Julian Meister, im Wohnzimmer der Familie Kraspe.

Die Villa war weitläufig, beinhaltete mehrere Wohntrakte und glich beinahe schon einem kleinen Schloss. Der riesige Raum, der offensichtlich als Wohnzimmer diente und die zweifache Größe von Frederikes Eigentumswohnung hatte, war stilvoll eingerichtet. Die Gemälde an den Wänden sahen aus wie echte Kunstwerke von bedeutendem Wert und die Tassen, in denen der Kaffee serviert wurde, hatten vermutlich den Aufdruck einer exklusiven Porzellanmanufaktur auf ihrer Unterseite.

Theo Kraspe, Linas Vater, hatte bisher kein Wort gesagt. Der selbstbewusste Mann, der sich von ganz unten an die Spitze eines weltweiten Konzerns gearbeitet hatte, saß mit unbeweglicher Miene in einem der Sessel und starrte vor sich hin.

Er sah mit seinen sechzig Jahren immer noch gut aus. Sein Haar war voll, der Körper durchtrainiert und die Falten in seinem Gesicht zeugten von einem Menschen, der es liebte zu lachen. Vermutlich würde der humorvolle Zug um seine Augen bald verschwinden und der Verbitterung Platz machen. Jeder wusste, wie sehr Kraspe seine einzige Tochter vergöttert hatte. Nicht einmal die Heirat mit Dirk hatte er ihr abschlagen können. Die Beziehung zwischen Lina und Dirk war dermaßen in der Presse breitgetreten worden, dass selbst Hauptkommissarin Zimmer davon gelesen hatte. Ihr Blick wanderte nun zu dem Ehemann der Toten, der mit hängendem Kopf seinem Schwiegervater gegenübersaß. Zimmer kramte in ihrem Gedächtnis und erinnerte sich daran, dass Dirk in irgendeiner Talentshow den zweiten Platz belegt hatte und damals der Liebling vieler weiblicher Teenager des Landes gewesen war, bevor er Lina Kraspe kennengelernt hatte. Das lag etwa vier Jahre zurück. Was dann folgte, waren eine Blitzheirat und seither wilde Spekulationen über den Termin einer möglichen Scheidung.

»Wie war das Verhältnis zwischen Ihnen und Ihrer Frau?«, blieb Zimmer daher nichts anderes übrig, als nach den gestellten Routinefragen nun zum eigentlichen Punkt zu kommen.

Dirk hob den Kopf. Die Beamtin schätzte ihr Gegenüber als hübschen Burschen ein, der sich in ein gemachtes Nest gelegt hatte. Sofort ermahnte sie sich allerdings, nicht in solchen Klischees zu denken.

»Es war sehr gut. Wir haben uns geliebt«, antwortete er, ohne zu zögern, mit rauer Stimme.

Das erste Mal, seit die Beamten die Villa betreten hatten, kam eine Regung von Theo Kraspe. Es war nicht mehr als ein leises Zischen, in dem aber so viel Missbilligung lag, dass Frederike einfach darauf reagieren musste.

»Herr Kraspe?«, wandte sie sich daher fragend an den Alten.

Dessen Anwalt, der sich bisher wie ein schweigsamer Adjutant im Hintergrund gehalten hatte, trat sofort einen Schritt auf seinen Mandanten zu und flüsterte ihm etwas ins Ohr, dann entfernte er sich wieder lautlos und erinnerte dabei an einen geschmeidigen Eiskunstläufer.

»Ich werde nicht länger den Mund halten«, begehrte Kraspe wütend auf. »Du hast sie auf dem Gewissen, du elender Versager, du Null!« Plötzlich kam Bewegung in die Szene, und noch ehe einer der Beamten es verhindern konnte, stürzte sich der Vater von Lina auf deren Ehemann und schlug mit der Faust zu.

Obwohl die Beamten sofort eingriffen, musste Dirk, der den Schlag nicht hatte kommen sehen, eine blutige Lippe einstecken.

Theo Kraspe, immer noch außer sich, schrie: »Du Mörder! Am Ende werden sie es herausfinden und bei Gott, ich schwöre, ich werde dich dafür kaltmachen.«

Er versuchte sich aus Julian Meisters festem Griff zu winden, aber der umschloss den Oberkörper des aufgebrachten Mannes wie ein Schraubstock.

Frederike Zimmer schritt ein: »Das reicht jetzt.« Ihr Blick wanderte zu dem Anwalt. »Kümmern Sie sich um Ihren Mandanten, wir werden das Gespräch später fortsetzen!« Und an Dirk gewandt sagte sie: »Vielleicht können wir uns woanders unterhalten.«

Wenige Minuten später führte sie der Ehemann des Opfers in den Trakt, den er mit Lina bewohnt hatte. Er entschuldigte sich und eilte ins Bad. Schließlich kam er mit einem Handtuch zurück, das er gegen seine blutige Lippe drückte. Sein kurzes Verschwinden bot den Beamten die

Gelegenheit, die Räumlichkeiten genauer in Augenschein zu nehmen. Der Luxus setzte sich hier fort, war aber nach Frederikes Meinung auf die Spitze getrieben worden. Fast sah es so aus, als hätte jemand einfach alles, was teuer war, gekauft und in den Räumen verteilt, ohne darauf zu achten, ob es überhaupt zueinander passte oder alltagstauglich war.

Dirk ging zu einem silbernen Kühlschrank, der gewaltige Ausmaße hatte, und holte sich eine Dose heraus – wie es aussah, ein Gemisch aus Alkohol und Energydrink. Er riss den Verschluss auf und nahm einen großen Schluck. »Auch einen?«, fragte er die Beamten, schüttelte dann den Kopf und fügte an: »Ich vergaß, Sie sind ja im Dienst. Vielleicht ein Wasser?«

Frederike lehnte ab und wartete, bis sich Dirk gesetzt hatte. Sie brauchte den Mann nicht zu drängen, denn der machte sich sofort Luft: »Der Alte ist ein Arschloch, das war er schon immer. Er war von Anfang an gegen mich.«

»Sie haben also kein gutes Verhältnis. Die Abneigung Ihres Schwiegervaters machte das Leben sicher nicht einfach für Sie«, hakte Frederike nach und hatte dabei den Tonfall einer verständnisvollen Mutter.

Dirk entspannte sich sofort und Julian Meister, der interessiert die Vernehmung verfolgte, wunderte sich nicht das erste Mal, wie leicht seiner Vorgesetzten die Menschen in die Falle gingen.

»Ja, er hasst mich.«

»Das muss furchtbar sein. Und dann noch unter einem Dach leben, wie hält man das aus?«, blieb die Kriminalbeamtin weiterhin mitfühlend.

»Ich wäre ausgezogen, aber Lina bestand darauf, hier zu leben.«

»Sie waren sich in diesem Punkt nicht einig?«

»Nein.« Er stieß geräuschvoll die Luft aus, sagte weiter nichts.

Die Beamtin beschlich augenblicklich das Gefühl, dass es

weitere Themen gegeben hatte, bei denen sich die Eheleute uneinig waren. Noch hielt sie es jedoch für verfrüht, dem Mann auf den Zahn zu fühlen. Stattdessen bat sie ihn, die Geschehnisse des Vortages wiederzugeben.

Dirk berichtete davon, dass seine Frau eine Freundin in München besucht und auf der Rückfahrt eine Autopanne gehabt hatte. »Lina wollte für dieses Treffen unbedingt ihren neuen Wagen benutzen.« Er lächelte schwach, als er nun sagte: »Die hat dem Autohaus wegen der Auslieferung ganz schön eingeheizt.«

»Stand Ihrer Frau denn kein anderes Fahrzeug zur Verfügung?«, hakte Frederike Zimmer scheinbar ahnungslos nach.

»Scheiße, wir haben eine Garage voll mit geilen Kisten«, entfuhr es Dirk Kraspe, bevor ihm bewusst wurde, wie unangebracht seine Ausdrucksweise war. Nach einem unbeholfenen Räuspern fuhr er mit dem gebotenen Ernst fort: »Sie wollte ihrer Freundin den neuen Wagen zeigen«, sagte er bemüht darum, Lina nicht als Angeberin darzustellen.

Die Beamtin bohrte auch an dieser Stelle nicht weiter nach, sondern fragte lediglich: »Sie rief also an und sagte, sie würde sich verspäten?«

»Ja, und dass ich mir keine Sorgen machen sollte, sie sei gut untergebracht und könnte am nächsten Tag mit Sicherheit weiterfahren«, schloss er seine Ausführungen.

»Und wie haben Sie dann den gestrigen Abend verbracht?«, fasste Frederike Zimmer arglos nach.

* * *

Als die Beamten eine Stunde später in ihrem Wagen saßen, zeigte die Digitalanzeige am Armaturenbrett bereits dreiundzwanzig Uhr an. Die beiden hatten einen langen Tag hinter sich. Trotzdem lehnte Julian nicht ab, als seine Vorgesetzte fragte: »Was ist? Brainstorming und Kaffee?«

Kurz darauf betraten die beiden eine der zahlreichen Freiburger Kneipen, um ihr mittlerweile lieb gewonnenes Ritual zu zelebrieren. Der Wirt kannte die Beamten und stellte Frederike ungefragt einen sehr schwarzen und sehr starken Kaffee vor die Nase. Julian, der nicht mehr fahren musste, gestattete sich ein Pils.

»Ich tippe auf den Ehemann«, begann er nach einem kräftigen Schluck das Gespräch.

Frederike, deren Magen knurrte, hob eine Hand und signalisierte dem Wirt, ihr seinen »Schäufele-Spezialteller mit allem« zu bringen.

»Jedenfalls profitiert der am meisten vom Tod seiner Frau«, gab die Ermittlerin ihrem Kollegen recht. »Laut der Aussage des Schwiegervaters erbt er eine extrem hohe Summe, bei einer Scheidung wäre er hingegen leer ausgegangen.«

Der Wirt unterbrach ihr Gespräch, indem er eine ovale Platte auf den Tisch stellte und sagte: »Einmal Spezial mit Sauerkraut und Bubespitzle.« Letzteres bezeichnete die Schupfnudeln, die sich großzügig an die auf einem Sauerkrautbett liegende Schweineschulter schmiegten.

Julian hob anerkennend die Augenbrauen, als seine Chefin herzhaft zulangte. Frederike Zimmer wirkte zwar wie eine behäbige Dame mittleren Alters, bei der man eher vermutete, sie würde ihr Strickzeug herausholen anstatt ein modernes Smartphone, aber in Wirklichkeit war die Hauptkommissarin alles andere als zimperlich und stand mitten im Leben. Die schlichte Kleidung – meist trug sie wadenlange Röcke, wallende Jacken aus grobem Stoff und Schals in undefinierbaren Erdfarben – täuschte, was den Charakter der Frau anging. Sie war keineswegs die gutmütige Oma von nebenan, sondern eine Polizistin mit messerscharfem Verstand. Allerdings half die harmlose Wirkung, die sie auf die Menschen hatte, deren Vertrauen zu gewinnen, und so ließen sich auch die übelsten Straftäter dazu hinreißen, mehr auszuplaudern, als sie eigentlich wollten.

Frederike Zimmer hätte sich selbst als Genussmensch bezeichnet. Sie hielt nichts von Diäten, hörte, wie sie es nannte, gerne auf den Ruf ihres Magens bei der Auswahl ihrer Nahrungsmittel und trug die Pfunde, die ihr eine Kleidergröße jenseits der 38 bescherten, mit Stolz und Selbstbewusstsein.

»Und er hat gelogen. Der konnte uns ja kaum in die Augen sehen, als er uns weismachen wollte, gestern den ganzen Abend zu Hause gewesen zu sein«, nahm der Oberkommissar das Gespräch wieder auf.

Frederike vertilgte ihr Sauerkraut und rief sich noch einmal die Vernehmung in Erinnerung. Ihr Kollege hatte vermutlich recht. Dirk Kraspe war ein Lügner, ein schlechter noch dazu.

»Aber hätte der auch die Eier gehabt, so etwas durchzuziehen?«, fragte sie nun nachdenklich. »Von Freiburg nach Brachweiler bräuchte er bei guter Verkehrslage etwa zwei bis zweieinhalb Stunden. Laut Handydaten der Toten hat er die erste Nachricht seiner Frau um 16:00 Uhr bekommen.«

»Das wäre locker zu schaffen gewesen«, führte Julian den Gedanken weiter.

»Aber ist das vorstellbar?«, sinnierte die Polizistin und verschlang ein besonders dickes Bubespitzle.

»Warum nicht?«, hielt ihr Kollege dagegen.

»Weil das bedeuten würde, dass seine Frau angerufen hat, ihm sagte: ›Schatz, mein Wagen ist kaputt, ich übernachte in Brachweiler‹, und er …« Sie schnippte mit den Fingern. »… plötzlich auf die Idee kam, knapp zweihundert Kilometer zu fahren, um sie umzubringen. Weder konnte er vorhersehen, ob sie allein in ihrer Unterkunft war, noch, ob er unbemerkt zu ihr gelangen würde.«

»Vielleicht hat er schon eine ganze Weile vorgehabt, sie zu beseitigen, und nur auf eine Gelegenheit gewartet. Stell dir vor, es war einfach ein Versuch. Sieht ihn niemand, dann schlägt er zu, ist die Situation vor Ort ungünstig, dann behauptet er einfach, er hatte Sehnsucht und wollte seine Frau mit seinem spontanen Auftauchen überraschen. Dirk Kraspe hat uns erzählt, dass jede Menge Fahrzeuge in der Garage stehen. Ein älteres Modell ohne GPS und Bordelektronik wird sicher auch darunter sein. Wir könnten ihm also nichts nachweisen.«

Die Hauptkommissarin gab einen undefinierbaren Brummton von sich.

»Du hältst ihn nicht für den Mörder«, reagierte ihr Kollege daraufhin resigniert.

»Ich denke an den Autopsiebericht. Lina Kraspe wurde nicht nur brutal abgestochen, man hat ihr auch noch Fleisch herausgeschnitten. Warum hätte Dirk Kraspe das tun sollen?«

»Weil er irre ist, seine Frau hasst und an das Erbe will«, erwiderte Julian, ohne zu zögern.

»Das Anwesen der Familie wurde durchsucht, es gibt keine Spuren«, hielt Frederike dagegen.

»Er wäre doch nicht so blöd, Spuren zu hinterlassen. Schließlich muss ihm klar sein, dass er als Erster verdächtigt wird. Sein Schwiegervater würde ihn nur zu gerne hinter Gittern sehen.«

»Stimmt, wenn der Ehemann unser Täter ist, dann spielt er den Dummen nur. Ich denke ebenfalls, dass er, was sein Alibi angeht, gelogen hat. Fragt sich also warum.« Sie seufzte. »Schön, so lautet der Plan: Wir fahren morgen nach Brachweiler. Ich will mir den Tatort ansehen, mit den Zeugen sprechen und mit der Werkstatt, die den Wagen von Lina Kraspe repariert hat. Ein Teil der Sonderkommission bleibt vorerst in Freiburg. Die Kollegen sollen die Familie Kraspe durchleuchten. Ich will, dass die Hausangestellten vernommen werden, jemand mit der Freundin der Toten in München spricht und ein Team den Ehemann überwacht.«

»Denkst du, wir sind länger in Brachweiler?«, hakte Julian nach.

»Vermutlich ist das in wenigen Tagen erledigt«, gab ihm Frederike Zimmer Antwort und verschlang den Rest ihrer Schweineschulter. »Keine Bange, ich werde dich deinem Karsten nur kurz entführen«, fügte sie noch schmunzelnd an.

Allerdings schien Julian daraufhin nicht erleichtert, sondern eher enttäuscht.

Die Hauptkommissarin betrachtete den jungen Mann eingehend. Sie kannte den Oberkommissar nun schon beinahe sieben Jahre, in der Zeit waren ihr die zahlreichen Affären des gut aussehenden Beamten nicht entgangen. Erst mit Karsten hatte sich das geändert. Eigentlich nahm Frederike an, ihr Kollege wäre endlich sesshaft geworden, aber dessen Reaktion deutete darauf hin, dass etwas nicht stimmte.

»Alles in Ordnung mit dir und Karsten?«, fragte sie daher direkt.

Julian winkte ab. »Ja, alles bestens!«

Die Hauptkommissarin glaubte ihm kein Wort, beließ es aber dabei und sagte stattdessen: »Dann sollten wir nach Hause und packen.«

* * *

Kapitel 2

Am nächsten Morgen in Brachweiler

Sofie Pfortmann stand in dem kleinen Raum hinter dem Laden, der ihr als Werkstatt, Backküche und Lager diente. Hier fertigte sie einige der Produkte an, die sie im Geschäft an Touristen und Einheimische verkaufte. Besonders beliebt waren die selbstgebundenen Adventskränze zur Weihnachtszeit oder die wollenen kleinen Schafe, die Sofie aus Stoffresten bastelte und in der Woche vor Ostern der Kundschaft anbot. Aber auch die selbstgesiedeten Seifen, die sie seit einigen Monaten als Werbegeschenke verteilte, erfreuten sich großer Beliebtheit.

Sofie hatte Spaß daran, in der provisorischen Küche zu stehen und neue Rezepte auszuprobieren. Das, was später einmal ein wohlriechendes Kosmetikstück werden sollte, brodelte jetzt noch als undefinierbare zähe Masse in einem alten Topf. Die scharfe Lauge aus Wasser und Natriumhydroxid stand schon bereit und nun würde der letzte und damit der kreativste Akt der Seifenproduktion beginnen. Behutsam mischte die Siebenunddreißigjährige alles zusammen und gab dann die Farben, Kräuter, Blüten und ätherischen Öle dazu, die jedes Seifenstück zu einem Rausch der Sinne machen konnten. Sofie konzentrierte sich auf den angenehmen Geruch, der sich zusammen mit dem Dampf verteilte. Es war, als würde sie ganz plötzlich zur Ruhe kommen.

Der Leichenfund ihrer Mutter im Moor, die mitleidigen Blicke der Nachbarn und die Albträume schienen vergessen. Selbst die allgemeine Panik wegen des Mordes in der Ferienanlage, der Brachweiler momentan in Angst und Schrecken versetzte, konnte Sofie nichts anhaben. Alles war weit weg, waberte davon wie die Schwaden über dem Topf und schien bedeutungslos.

Mit einem verträumten Lächeln betrachtete Sofie die Förmchen, in die sie die duftende Masse nun goss. Sie hatte sich dieses Mal für Herzen entschieden und konnte es kaum erwarten, die rosafarbene Flüssigkeit erstarren zu sehen. Die Vorstellung, eines dieser Herzen später in die Hand zu nehmen und unter heißem Wasser zwischen den Fingern zu reiben, bis es zu schäumen begann, wirkte auf Sofie tröstend. Sie stellte sich die vielen kleinen Blasen vor, aus denen der sanfte duftende Schaum bestand. »Wie überschwängliche Gefühle, die aus einem glücklichen Herzen blubbern«, flüsterte Sofie beinahe andächtig. Sie wünschte sich wieder einmal, das Leben hätte ihr bisher mehr bieten können als lediglich Seifenblasen.

Das Klingeln der Ladentür riss sie aus ihren Gedanken.

Eine laute Stimme rief: »Sofie, bist du da?«

Die Siebenunddreißigjährige seufzte leise, sie hatte überhaupt keine Lust, ihre Arbeit zu unterbrechen, trotzdem antwortete sie freundlich: »Komme schon.«

Ein letzter wehmütiger Blick fiel auf die gefüllten Seifenformen, bevor sie ihre Handschuhe und die Schürze abstreifte und in den Laden eilte.

Oliver Müller hatte gerade einen der Antistressbälle in der Hand, die Sofie seit Kurzem im Sortiment führte, und drückte ihn fest zusammen.

»Ich hoffe, das heißt nicht, dass du mit schlechten Nachrichten kommst«, spielte sie auf seine Übungen mit dem weichen Ball an.

Er drehte sich zu ihr um und sagte in seiner typischen direkten Art: »Taugen die Dinger denn etwas? Ich meine, kann man sich wirklich besser fühlen, wenn man ein Stück Gummi zusammendrückt, ich …«

»Weißt du was?«, unterbrach ihn Sofie mit einem Lächeln, »ich schenke dir einen, dann kannst du es ausprobieren und mir die Erkenntnisse, die du gewonnen hast, mitteilen. Nennen wir es Marktforschung.«

Er wollte ablehnen, aber sie bestand darauf, dass er das kleine Geschenk annahm, bevor sie ernst wurde und fragte: »Ist etwas passiert?«

Seit dem Fund der Leiche ihrer Mutter sah sie Oliver mit anderen Augen. Wenn er auftauchte, dann war er nicht mehr der alte Schulkamerad, der bei ihr einkaufte, sondern vor allem der Polizist, der ihr die Nachricht überbracht und sie gebeten hatte, erneut eine Aussage zu machen.

»Ich wollte nur hören, wie es dir geht«, antwortete er freundlich, »kein Grund zur Sorge.« Dann besann er sich jedoch und fuhr mit einem entschuldigenden Gesichtsausdruck fort: »Abgesehen davon, dass man diese Freiburgerin in Annegrets Bungalow ermordet hat. Aber das weißt du ja schon, so wie der Rest der Welt. Jedenfalls hätte ich mir nicht träumen lassen, einmal so einen Fall zu bekommen.«

»Du bearbeitest den Mord?«, rief Sofie ungläubig aus, und da sich das so anhörte, als würde sie ihm eine solche Aufgabe nicht zutrauen, sagte sie schnell: »Ich meine, das kann doch einer allein gar nicht, oder?«

Ihr Gegenüber winkte ab. »Natürlich nicht, das übernehmen die Profis von der Kriminalpolizei. Ich bin nur derjenige, der den Kaffee macht und Papier im Drucker nachlegt.« Es sollte witzig klingen, aber den Frust konnte er nicht ganz aus seiner Stimme heraushalten.

Oliver Müller war immer schon ein engagierter Beamter gewesen, der einiges hätte erreichen können. Eigentlich hatte er sich geschworen, nie so zu enden wie sein Vater Anton – der hatte sein ganzes Leben als Polizist in Brachweiler verbracht, um Verkehrssünder zu maßregeln. Dessen einziger großer Fall war vor zwanzig Jahren das Verschwinden von Berta Pfortmann gewesen, Sofies Mutter.

Oliver wollte immer raus aus dem Kleinstadtmief und hatte nach der Polizeiausbildung eine Anstellung in Stuttgart gefunden, geheiratet und eine Eigentumswohnung gekauft. Kinder waren geplant gewesen und alles war hervorragend gelaufen, bis … Aber darüber wollte er jetzt nicht nachdenken. Es genügte, wenn die Leute glaubten, er wäre nach Brachweiler zurückgekehrt, weil er Sehnsucht nach der Heimat und ein großes Verantwortungsgefühl seinem alten Vater gegenüber hatte, um den er sich kümmerte.

»Die kommen hierher?«, entfuhr es Sofie überrascht.

»Ja«, gab ihr Oliver Antwort. »Vermutlich bleiben die aber nicht lange, dann kehrt wieder Ruhe ein und die ganzen Presseleute verschwinden ebenfalls.«

»Weiß man denn schon, wer es war? Gibt es einen Verdacht?«, hakte sie neugierig nach.

»Du also auch«, witzelte Oliver und sah, wie sich daraufhin Sofies Wangen rot färbten. »Macht nichts«, beruhigte er sie, »diese Frage stellt mir jeder, der mir heute begegnet. Aber ich darf nichts sagen und ganz unter uns« – er begann zu flüstern – »ich weiß auch nichts.« Er grinste. »Kann aber sein, dass man dich noch mal vernimmt, weil die Tote doch bei dir eingekauft hat.«

Sofie rollte mit den Augen. »Ich habe dir doch schon alles erzählt. Nichts für ungut, aber langsam habe ich genug von polizeilichen Befragungen.«

Oliver mochte Sofie, sie hatte etwas an sich, das bei ihm immer das Bedürfnis auslöste, schützend seinen Arm um sie zu legen. Zugegeben, sie war optisch nicht mit seiner Ex-Frau zu vergleichen, die allerdings, sowie es brenzlig geworden war, die Flucht ergriffen hatte. Dafür schien Sofie jedoch ein netter Mensch zu sein; einer, auf den man sich verlassen konnte.

Deshalb versuchte er auch, sie zu trösten, indem er sagte:

»Es ist nicht ausgeschlossen, dass derjenige, der das deiner Mutter angetan hat, noch gefunden wird. Auch nach all den Jahren können Hinweise auftauchen.«

»Deine Kollegen haben mir das schon erklärt, allerdings wirkten die wenig zuversichtlich«, erwiderte sie.

Er hob entschuldigend die Hände. »Ich wünschte, ich könnte dir das leichter machen.«

Sofie sah ihn lange an, bevor sie leise sagte: »Das ist sehr nett von dir, aber die Vergangenheit hat mich eingeholt, jetzt muss ich sie eben ein zweites Mal hinter mir lassen.«

Das Gespräch hatte eine beklemmende Wendung genommen und Oliver, der Sofie eigentlich zum Essen einladen wollte, hielt das nun für unpassend. Daher verabschiedete er sich, dankte ihr noch einmal für den Stressball und fragte sich, ob er seine Vergangenheit eines Tages ebenfalls hinter sich lassen könnte.

* * *

Zwei Stunden später stand Polizeihauptmeister Oliver Müller auf dem Gelände hinter Annegret Bruckers Haus. Nach dem Fund von Lina Kraspes Leiche hatte er sofort reagiert und mit der Freiburger Dienststelle telefoniert. Innerhalb kürzester Zeit war eine Soko gegründet worden, hatte man die Kriminaltechnik und die Gerichtsmedizin hergeschickt, Streifenbeamten aus umliegenden Dienststellen abgezogen, um die Sicherung des Tatorts zu gewährleisten, und ihn damit betraut, deren Einsatz zu koordinieren. Danach blieb für ihn nur noch die Routinearbeit und er fühlte sich wie ein Statist. Natürlich hatte er noch die ersten Aussagen aufgenommen, aber bald schon hieß es, eine Kriminalhauptkommissarin würde nach Brachweiler kommen und übernehmen.

Für ihn war damit kein Platz mehr in der ersten Reihe. Genauso wie nach dem Fund von Sofies Mutter im

Moor – der lag nun mehr als eine Woche zurück. Auch da hatte man ihn zur Seite geschoben wie ein kleines Kind, das nicht in der Lage war, einen schwierigen Sachverhalt zu verstehen. Er erinnerte sich an den Anruf von Ines Jenner.

»Sie müssen sofort ins Moor kommen, zur Baustelle«, hatte sie aufgeregt in den Hörer geblökt.

Im ersten Moment hatte er angenommen, Ines wollte wie gewöhnlich in ihrem Engagement für die Natur die Trockenlegung des Neubaugebietes verhindern. Dann sagte sie jedoch: »Es gibt eine Leiche, oder so ähnlich, und die wollen das vertuschen.«

Oliver Müller wusste nicht, was er davon halten sollte, aber Ines hatte längst aufgelegt und so blieb ihm keine andere Wahl, als sich sofort mit seinem einzigen Kollegen, einem jungen Polizeimeister, auf den Weg zu machen.

Noch fühlte er sich gewappnet für das Betreten eines Tatorts und die Besichtigung einer Leiche. Als er dann jedoch vor den Überresten stand, brach ihm der Schweiß aus, rumorte sein Magen und für eine Sekunde verschwamm alles vor seinen Augen. Nur unter größter Anstrengung gelang es ihm, wie ein besonnener Polizist zu agieren, der konzentriert seine Arbeit machte. Das menschliche Bündel zu seinen Füßen wirkte klein und schutzlos. Vermutlich war die Embryonalstellung, in der sich die Leiche befand, dafür ausschlaggebend. Anstatt die typischen Zeichen von Verwesung aufzuweisen, sah der Körper aus, als hätte ihn ein experimentierfreudiger Künstler modelliert. Oliver fiel wieder ein, was er in einem der zahlreichen Fortbildungsseminare gehört hatte: Moorleichen waren meist noch sehr gut erhalten, oft konnte man sogar die Gesichtszüge erkennen. Er betrachtete die ovale Physiognomie und glaubte tatsächlich die zusammengedrückte Nase, die aufeinandergepressten Lippen und die breiten Wangenknochen würden zu einer Frau gehören. Einer Frau, die ihm sogar bekannt vorkam. Vermutlich bildete er sich das jedoch nur ein. Die

Haut war dunkelbraun und ledrig, als hätte man sie gegerbt. Auch das war, wie er sich erinnerte, typisch. Der Fäulnisprozess wurde durch die Sauerstoffarmut im Moorboden aufgehalten. Auf diese Weise konnte der Körper konserviert werden. Es war also gut möglich, dass der Leichnam schon sehr lange hier lag.

Oliver ging in die Hocke. Der Geruch von Torf lag in der Luft und mit einem Mal fröstelte der Polizist. Er entdeckte eine Armbanduhr am Handgelenk der Toten, damit schied ein prähistorischer Fund aus, und plötzlich, als hätte man ihn kräftig geschüttelt, wurde ihm klar, wer da vor ihm lag. Schnell sprang er auf, trat einen Schritt zurück und scheuchte die Arbeiter zur Seite. Sie hatten Berta Pfortmann gefunden, der große Vermisstenfall, den sein Vater damals nicht hatte aufklären können. Würde man den wieder aufrollen, bekam er dadurch eine Chance, sich zu beweisen, und womöglich eine Fahrkarte raus aus Brachweiler. Aber wie so oft in Olivers Leben war dann alles anders gekommen.

Nach Meinung der Freiburger Kollegen gab es nicht viel Hoffnung auf Aufklärung. Zwar wurden Zeugen von damals erneut befragt und natürlich eine Autopsie durchgeführt, aber die daraus resultierenden Ergebnisse schienen nicht zu genügen, um die sowieso knappen Ressourcen der Kriminalpolizei für den Fall Berta Pfortmann zu verschwenden. Natürlich wurde die Akte offiziell nicht geschlossen, aber bei der Masse an Verbrechen, mit der sich die Beamten jeden Tag befassen mussten, würde ein zwanzig Jahre zurückliegender Mord keine Priorität haben.

Oliver betrachtete die Landschaft. Wie gewöhnlich wurde es, je weiter man in das Hochmoor hineinlief, immer ruhiger. Er stand nur wenige Meter von Annegret Bruckers Haus entfernt; trotzdem hörte er kein Stimmengewirr und kein Hupen mehr. Es war, als würde das Torfmoos alles verschlucken, was von außen in das Feuchtgebiet eindrang. So wie die Geräusche vom Moos absorbiert wurden, so schien der Nebel den Eindringlingen die Sicht zu nehmen. Jedenfalls hingen heute feine Schleier in der Luft und Oliver wurde in diesem Moment wieder einmal bewusst, wie gefährlich es sein konnte, zu weit ins Zentrum des Moorgebietes vorzudringen, vor allem, wenn man sich nicht auskannte.

Das brachte ihn zurück zu dem Grund seines Hierseins, er hielt ihn bereits in der Hand. Die Archivierungstüte, in die er den blutverschmierten Korkenzieher gepackt hatte, gab ihm das Gefühl, einen unbezahlbaren Schatz mit sich zu führen, einen Schatz, der ihn zurück in die erste Reihe bringen konnte.

* * *

Etwa zur gleichen Zeit

Julian Meister hatte Mühe, den Dienstwagen durch das Aufgebot an Presseleuten und Schaulustigen zu lenken. Leider war das Grundstück von Annegret Brucker so groß, dass es beinahe unmöglich war, den Tatort vor neugierigen Blicken zu sichern. Die Absperrung direkt an der Einfahrt hielt Unbefugte zwar zurück, allerdings hatten einige der Paparazzi schnell herausgefunden, dass man sich auch über das angrenzende Moorgebiet hinter dem Gelände Zugang verschaffen konnte. Aus den umliegenden Gemeinden angeforderte Streifenbeamten sperrten daher auf der Rückseite den Tatort ab und zertrampelten dabei die kleinen Beete und Grünflächen, die die Besitzerin mit viel Herzblut angelegt hatte.

»Hier werden wir wohnen«, krähte von der Rückbank Anja Kirsch. Die achtundzwanzigjährige Kommissarin war ihnen von der Pressestelle zugeteilt worden. Sie sollte vor allem als Pressesprecherin fungieren und die Medien in Schach halten, gegebenenfalls aber auch Hauptkommissarin Zimmer und ihr Team bei den Ermittlungen in Brachweiler unterstützen.

Julian mochte Anja Kirsch nicht besonders. Er kannte sie von einem anderen Einsatz und hielt sie für zu ehrgeizig und gefühllos.

»Ihr hübsches Gesicht wird die Reporter im Zaum halten und wenn Ehrgeiz Fleiß bedeutet, dann kann ich damit leben«, hatte ihm seine Chefin auf seine Einwände hin geantwortet und auch jetzt schien sie sich an der wichtigtuerischen Art der jungen Frau nicht zu stören.

»Ich habe bereits alles veranlasst«, fuhr Anja Kirsch in einem Ton fort, als wäre von ihr soeben die Welt gerettet worden.

»Hotelzimmer zu buchen, ist ja auch irre kompliziert«, murmelte Julian gereizt und bemerkte sehr wohl, dass sich seine Chefin auf dem Beifahrersitz missbilligend räusperte.

Anja Kirsch war die Bemerkung des Kollegen nicht entgangen und prompt folgte eine Entgegnung. »Natürlich ist das normalerweise unkompliziert.« Sie schnalzte genervt mit der Zunge. »Aber es geht hier nicht um einen Badeurlaub, sondern um einen Mordfall, in dem das Opfer der Liebling der Presse ist. Das Ganze findet in einem Kaff mit recht wenigen Einwohnern statt. Was glauben Sie denn, Herr Oberkommissar«, fuhr sie nun bissig fort, »wie viele Hotels es in Brachweiler gibt? Und vor allem, wie viele freie Zimmer, wenn jeder Sender in Deutschland ein Team hierherschickt?«

»Meine Heldin«, konnte sich Julian nicht verkneifen.

Allerdings hatte Anja Kirsch dieses Mal keine Gelegenheit mehr, darauf zu reagieren, weil sie gerade in diesem Moment die Absperrung erreichten und von einem uniformierten Kollegen aufgehalten wurden. Frederike Zimmer ließ die Fensterscheibe herunter und zeigte ihren Ausweis.

»Willkommen in Brachweiler«, entgegnete der Mann förmlich. »Ich nehme an, Sie sind wegen des neuen Mordes hier, oder?«

»Gibt es denn noch einen alten?«, fragte die Hauptkommissarin automatisch und rechnete eigentlich nicht damit, dass der Mann bejahend nickte.

Überrascht hörte sie ihn deshalb sagen: »Die Moorleiche, zwanzig Jahre vermisst und letzte Woche wieder aufgetaucht, Schädel eingeschlagen.« Er unterbrach sich, hob den Kopf und ließ den Blick über die Menge ein Stück entfernt schweifen wie ein alter Vogel, der das Nest seiner Jungen bewachte.

Frederike vermutete sofort, dass der Kollege äußerst erfahren war, wenn es darum ging, Demonstrationen und andere Massenveranstaltungen unter Kontrolle zu halten, auch wenn ihm in der zwischenmenschlichen Kommunikation eindeutig das Feingefühl fehlte.

Er sah wieder in das Fahrzeug, brummte ein »Na dann viel Erfolg, Kollegen«, trat zurück und ließ sie passieren.

»*Moorleiche?*«, fragte Frederike Zimmer in Richtung Anja Kirsch.

Die junge Frau auf dem Rücksitz stammelte nervös: »Davon wurde mir nichts gesagt.«

»Ich dachte, Sie haben sich vorbereitet«, schnauzte die Hauptkommissarin zurück, die sich ärgerte, so ein Detail nicht erfahren zu haben.

Anja Kirsch griff zu ihrem Handy, um online zu gehen, während Julian eine diebische Freude darüber empfand, dass man seine überhebliche Kollegin eben von ihrem hohen Ross gestürzt hatte.

»Geben Sie das an Dietmar Klein weiter und kümmern Sie sich um die Presse«, unterbrach die Hauptkommissarin sie jedoch und an Julian gewandt folgte ein gereiztes »Dir war auch nichts bekannt?«.

Dietmar Klein hatte sich gerade seine beeindruckende Computerecke im Brachweiler Polizeiposten eingerichtet, als der Anruf kam. Er war ebenfalls Mitglied der Soko im Mordfall Lina Kraspe, Hauptkommissarin Zimmer hatte ihn extra angefordert. Sie brauchte jemanden für die Recherche und die Aufbereitung der eingehenden Informationen. Dietmar Klein war in Frederikes Alter und seit einem Unfall vor allem im Innendienst tätig. Er bezeichnete sich daher selbst als Schreibtischtäter, verschwieg dabei jedoch, dass er äußerst talentiert darin war, die modernen Medien zu nutzen, und einen guten Instinkt hatte, wenn es darum ging, an Informationen zu gelangen. Er würde den anderen außerdem den Papierkram abnehmen, mit Kriminaltechnik und Gerichtsmedizin den Kontakt halten, der Staatsanwaltschaft berichten und ihre Arbeit dadurch erheblich erleichtern.

»Soso, eine Moorleiche«, sagte er, nachdem er aufgelegt hatte, auf seine gemütliche Art, die oft den Eindruck erweckte, er wäre etwas behäbig. In Wirklichkeit war jedoch genau das Gegenteil der Fall. Seinen Rückruf erhielt Frederike Zimmer schon zehn Minuten später.

»Was hast du herausgefunden?«, kam sie gleich zur Sache.

»Völlig andere Vorgehensweise«, ging Klein als Erstes auf das Wesentlichste ein. »Völlig anderes Opferprofil«, fuhr er in sachlichem Ton fort, bevor er seiner Kollegin die ersten Einzelheiten zu Berta Pfortmann und deren Tochter zusammenfasste. »Gefunden wurde die Leiche auf einer Baustelle, wegen der es in der Vergangenheit bereits viel Ärger gegeben hatte.«

»Wie darf ich das verstehen?«, fragte Zimmer neugierig nach.

»Nun, zu dem Grundstück, das bebaut werden soll, gehört ungefähr ein halber Hektar Moorland. Der Eigentümer, eine Grundstücksgesellschaft, hat die Genehmigung zur Trockenlegung dieses Gebiets erhalten, was aus ökologischer Sicht mehr als bedenklich ist. Im Ort wurde eine Bürgerinitiative unter der Leitung einer gewissen *Ines Jenner* ins Leben gerufen. Die Mitglieder haben versucht den Bau zu stoppen, aber am Ende kamen die damit nicht durch. Diese Frau Jenner hat übrigens den Leichenfund gemeldet.«

»Wie kam es dazu?«, hakte die Hauptkommissarin nach, die sich zeitgleich zu dem Bungalow führen ließ, in dem man Lina Kraspe gefunden hatte.

»Die Dame ist offenbar sehr engagiert, hat nicht aufgegeben und versucht den Bau auf ihre Weise aufzuhalten. Das hat ihr mehrere Verwarnungen und eine Anzeige eingebracht. Sie hat nicht lockergelassen und die Baustelle im Auge behalten. Dabei muss sie die ausgegrabene Leiche gesehen haben. Vermutlich wüssten wir sonst auch nichts davon.«

»Das musst du mir jetzt aber erklären«, hörte Dietmar seine Vorgesetzte sagen.

»Der Vorarbeiter hat zwar Stein und Bein geschworen, dass er die Polizei wegen des Leichenfundes noch verständigen wollte und ihm Ines Jenner nur zuvorgekommen sei, aber das ist nicht glaubhaft. Nach der Befragung der anderen Mitarbeiter kam heraus, dass man die Leiche schon am Morgen ausgebuddelt hat, der Anruf von Ines Jenner ging am Mittag ein, gleich nachdem sie sich Zugang zur Baustelle verschafft hatte. Bleibt ein Zeitfenster von ungefähr vier Stunden, in dem der Bautrupp seelenruhig darauf verzichtet hat, die Polizei über den Fund zu informieren.«

»Gibt es dafür einen Grund?«

»Sicher«, antwortete Dietmar Klein, »allerdings hat das nichts mit dem Mord zu tun, sondern mit Profit. Leichen auf Baustellen können genauso wie historische Funde einen Baustopp bedeuten. Ich möchte nicht wissen, wie viele römische Ruinen in unserer Gegend unter Neubaugebieten schlummern, von denen das Denkmalamt nie erfahren hat.«

»Wie weit ist die Gerichtsmedizin mit der Moorleiche?«

»Ich habe alle Berichte und Laborergebnisse hier. Der Bau geht bereits weiter.«

»Bleib da auf jeden Fall dran, ich möchte auf dem Laufenden sein. Überprüfe auch diese Grundstücksgesellschaft. Vermutlich hängen die beiden Morde nicht zusammen, aber …«

»Nun, eines solltest du vielleicht noch wissen«, unterbrach

sie der Kollege. »Damals, im Fall Pfortmann, gab es einen Verdächtigen namens Gabriel Brucker, seine Schwester Annegret Brucker hat ihm jedoch ein Alibi gegeben. Wenn mich nicht alles täuscht, heißt die Frau, in deren Ferienhaus man Lina Kraspe ermordet hat, ebenfalls Annegret Brucker.«

Das laute Schnaufen der Hauptkommissarin, bevor diese auflegte, signalisierte dem Mann am anderen Ende der Leitung, dass sie über die Entwicklung, die dieser Fall plötzlich nahm, alles andere als erfreut war.

Julian Meister folgte seiner Chefin schweigsam, als sie der Mitarbeiter der Kriminaltechnik in den Bungalow führte. Die Leiche von Lina Kraspe war bereits in der Gerichtsmedizin obduziert worden, daher zeugten einzig die Blutspritzer noch von dem Verbrechen, das hier stattgefunden hatte.

»Was sagt die Analyse?«, fragte Hauptkommissarin Zimmer mit rauer Stimme.

»Keine Einbruchsspuren, das Opfer hat höchstwahrscheinlich selbst die Tür geöffnet. Angriff von vorne, laut Gerichtsmedizin mit einem Korkenzieher, direkt in den Hals. Die Frau geht auf die Knie, der Täter holt aus, sticht ihr ins Auge, sie fällt zu Boden.« Der Kriminaltechniker unterstrich seine Ausführungen mit großzügigen Gesten und Bewegungen und deutete immer wieder auf die entsprechenden Blutspritzer und Schlieren im Raum, die durch die einzelnen Verletzungen verursacht worden waren. Die Beamten bekamen somit eine ziemlich genaue Vorstellung vom Tathergang.

»Was ist mit dem entnommenen Fleisch?«, fragte Frederike Zimmer den Mann, während sie parallel auf ihrem Smartphone die Berichte der Gerichtsmedizin studierte.

Dieses Mal deutete der Kriminaltechniker auf eingetrocknetes Blut am Boden. »Wurde sofort nach dem Tod entnommen. Das Opfer lag dabei auf dem Rücken, ganz schöne Sauerei«, fügte er noch an, und es klang trotz der Wortwahl mitfühlend.

»Habt ihr davon irgendetwas gefunden?«

Ein Kopfschütteln signalisierte ihr, dass das nicht der Fall war. Die Frage, was mit den circa 500 Gramm menschlichen Gewebes passiert war, stellte vorerst keiner der Beamten. Jeder kannte Geschichten von kannibalischen Mördern und Trophäensammlern. Allein schon das Wissen, dass man Lina Kraspe Fleisch herausgeschnitten hatte, reichte, um sich darüber im Klaren zu sein, dass sie es mit einem äußerst gefährlichen Täter zu tun hatten.

Frederike Zimmer öffnete auf ihrem Handy die Datei mit den Tatortfotos. Man sah auf ihnen Lina Kraspe, die nichts mehr gemein hatte mit der Stilikone auf den glänzenden Pressebildern. Nicht einmal die zahlreichen Skandalfotos, auf denen man die halb nackte, angetrunkene oder wütende Lina in der letzten Zeit zu sehen bekommen hatte, konnten jene Betroffenheit auslösen, die einen erfasste, wenn man die letzte Aufnahme von der Dreißigjährigen betrachtete, und zwar die der toten Lina.

Frederike scheuchte diese Gedanken davon und vergrößerte auf ihrem Handy das Messer, das neben der Leiche lag. Laut Gerichtsmediziner hatte man dem Opfer damit ein Stück der Bauchdecke entfernt und es dann am Tatort zurückgelassen.

»Gibt es hier Geschirr? Besteck?«, fragte sie in die Runde und sah sich in dem Bungalow um, der offensichtlich mit einer kleinen Kochnische ausgestattet war.

»Ja«, antwortete ihr der Kriminaltechniker. »Die Besitzerin hat uns bereits bestätigt, dass das Messer, das wir neben der Leiche gefunden haben, zu der Zimmerausstattung gehört.«

»Und die Tatwaffe? Der Korkenzieher?«, fuhr die Beamtin fort.

»In der Schublade haben wir einen gefunden, aber keinerlei Spuren von Blut. Mit dem wurde sie jedenfalls nicht umgebracht.«

Frederike lief vorsichtig den Tatort ab und begutachtete erneut die Blutspritzer, bevor sie sagte: »Er hat ihn folglich mitgebracht. Vermutlich hatte er ihn schon in der Hand, als ihm die Tür geöffnet wurde. Da es keine Spuren von einem Kampf gibt, wurde augenscheinlich sofort zugestochen. Aber warum hat er einen Korkenzieher benutzt?«, überlegte die Hauptkommissarin laut.

»Klein, handlich, lässt sich gut verstecken und ist äußerst tödlich«, reagierte Julian eifrig, um seine Vorgesetzte vergessen zu lassen, dass er genauso unvorbereitet in Brachweiler aufgetaucht war wie Anja Kirsch.

»Richtig«, stimmte ihm Frederike zu, »trotzdem eine ungewöhnliche Wahl.« Ihr Blick wanderte über die zwei Weinflaschen auf dem Tisch und blieb an den Schraubverschlüssen daneben hängen. Durch den gerichtsmedizinischen Bericht wusste sie bereits, dass das Opfer, Lina Kraspe, eine große Menge Alkohol im Blut gehabt hatte. Außerdem legten die Laborergebnisse nahe, dass die junge Frau Schmerzmitteln und Antidepressiva gegenüber nicht abgeneigt gewesen war.

Julian hatte seine Chefin beobachtet und unterbrach ihre Gedanken, indem er sagte: »Irgendwie ironisch. Das Opfer trinkt Wein aus Schraubverschlussflaschen und wird mit einem Korkenzieher ermordet.«

Der Kriminaltechniker grinste vorsichtig, hielt sich aber angesichts Frederike Zimmers ernster Miene zurück.

»Sucht das Grundstück und die nähere Umgebung nach der Tatwaffe ab. Irgendwie habe ich das Gefühl, dass dieser Korkenzieher eine Rolle spielen könnte«, sagte die Beamtin nun bestimmt und wollte schon Richtung Badezimmer gehen, als jemand ihren Namen rief.

Die erste Begegnung zwischen Frederike Zimmer und Oliver Meister war ungewöhnlich. Man hatte nicht den Eindruck, dass sich zwei völlig Fremde gegenüberstanden, sondern eher das Gefühl, auf ein eingespieltes Team zu treffen, das sich mit wenigen Worten verstand.

»Das ist vermutlich die Tatwaffe«, sagte Oliver Müller mit ernstem Gesicht und überreichte Frederike Zimmer eine Archivierungstüte, die einen blutverschmierten Korkenzieher beinhaltete.

»Wo gefunden?«

»Hinterm Haus im Moor, der Platz ist markiert.«

»Weit entfernt?«

»Circa fünfzig Meter, gerade so weit, wie man bei Dunkelheit noch gehen kann.«

Schon setzte Hauptkommissarin Zimmer zu einer weiteren Frage an, aber der Polizeihauptmeister kam ihr zuvor. »Bis 23:00 Uhr gibt es am äußeren Ring eine Beleuchtung. Vielleicht sollte ich es Ihnen zeigen.«

»Das sollten Sie unbedingt«, erwiderte Frederike mit einem leichten Zucken um ihre Mundwinkel und fragte sich, warum jemand, der offensichtlich so engagiert war und so selbstbewusst auftrat, ausgerechnet in Brachweiler seinen Dienst tat.

Der Beamte verlor daraufhin etwas von seiner Anspannung und sagte ein wenig verlegen: »Ich bin Oliver Müller, Polizeihauptmeister, ich leite den Dienstposten.«

Frederike Zimmer unterließ es, sich selbst vorzustellen, da ihr Gegenüber längst wusste, wer sie war. Stattdessen stellte sie eine Frage: »War Ihre Entdeckung Zufall oder haben Sie nach der Tatwaffe gesucht?«

Oliver räusperte sich und seine Antwort klang ein wenig trotzig. »Ich habe danach gesucht.« Er unterließ es, sein Vorgehen zu begründen, da er nicht den Eindruck erwecken wollte, sich zu entschuldigen.

»Eigeninitiative, sehr gut«, lobte die Hauptkommissarin und warf ihrem Oberkommissar einen Blick zu, der so viel bedeuten sollte wie: *Nimm dir daran mal ein Beispiel.*

Als Oliver Müller die Beamten nun zum Ende des Grundstücks führte, hatte Julian Meister bereits beschlossen, dem

Polizeihauptmeister erst einmal distanziert zu begegnen; ein weiterer übereifriger Kollege hatte ihm gerade noch gefehlt.

»Sie müssen sich das Moor als Zentrum der Stadt vorstellen, am besten wie einen großen ovalen See«, begann Oliver mit seinen Ausführungen und deutete auf die Fläche hinter Annegret Bruckers Haus. »Der Ort wuchs um das Moor herum. Die Häuser, die direkt daran angrenzen, sind ziemlich begehrt, denn wie Sie sehen, gelangen Sie über deren Rückseite ohne Umwege in die Natur. Der äußerste Ring ist ein Wanderweg, ein Rundweg, der das Moor umschließt.« Er deutete auf den etwa ein Meter breiten Grünstreifen. »Und da wir einige Hundebesitzer haben, die abends oder am frühen Morgen ihre Runde drehen, hat die Gemeinde zugestimmt, Lampen aufzustellen, etwa alle fünfzig Meter.« Sein Arm wanderte in die Höhe und die Beamten entdeckten eine Laterne.

»Alle fünfzig Meter ist nicht besonders hell«, warf Julian ein.

»Stimmt«, gab ihm der Polizeihauptmeister recht, »aber besser als nichts.«

Er ließ sich nicht beirren und führte die Freiburger Kollegen quer über den Wanderweg ein Stück ins unbefestigte Gelände, bevor er sagte: »Dort vorne lag der Korkenzieher, ich habe die Stelle mit Absperrband markiert. Der, der ihn weggeworfen hat, konnte sich mit dem Licht der Laterne orientieren.«

Frederike gab Julian Meister ein Zeichen, der sofort zum Handy griff und die Kriminaltechniker verständigte.

»Die Häuser stehen an manchen Stellen eng nebeneinander wie Reihenhäuser. Manche Grundstücke sind jedoch großzügiger«, erklärte Oliver weiter. »Zwischen den einzelnen Anwesen gibt es meistens schmale, öffentliche Wege, die ins Moor führen. Über so einen hat der Täter wieder zurück auf die Hauptstraße gelangen können. Annegrets Besitz ist übrigens einer der größten. Sie könnte mit dem Verkauf eine Menge Geld verdienen«, fügte er noch hinzu.

»Hört sich so an, als wollte sie kein Geld verdienen?«, hakte Frederike nach, die es nie für einen Fehler hielt, auch auf den ersten Blick unwichtige Informationen zu sammeln.

»Nein, Annegret weigert sich zu verkaufen, sehr zum Ärger ihres Bruders.«

»Gabriel Brucker«, erwiderte Frederike, als wäre es selbstverständlich, dass ihr der Namen geläufig war. »Recherche, gehört zur Hausarbeit«, erklärte sie ihrem Gegenüber mit einem verschmitzten Lächeln.

»Ich will in die Sonderkommission«, sagte der Polizeihauptmeister unvermittelt und ohne Umschweife. »Ich habe die Tatwaffe gefunden.«

»Das können unsere Schäferhunde von der Polizeistaffel auch«, entgegnete die Hauptkommissarin ruhig.

»Ich kenne Brachweiler, das Moor und die Menschen, die hier leben«, gab er stur zurück.

»Gehen Sie davon aus, dass es bei der Tätersuche notwendig sein wird, die Menschen von Brachweiler zu kennen?« Sie beobachtete genau seine Reaktion.

Er hatte ihre Andeutung sofort verstanden. Sie fragte ihn gerade, ob er einen der Einwohner, einen seiner Nachbarn, für einen Mörder hielt.

Nun überlegte er fieberhaft, suchte nach einer guten Antwort, einer, die einem Ermittler würdig war, gleichzeitig sollte sie aber nicht unterwürfig oder aufgesagt klingen.

Frederike Zimmer befreite ihn jedoch aus seinem Dilemma, indem sie sagte: »Ich denke, Sie werden unser Team hervorragend ergänzen.«

* * *

Kapitel 3

Im Laufe des nächsten Tages

Die Videoaufnahme war alt und in Schwarz-Weiß. Trotzdem erkannte man, dass sie in einem Krankenzimmer gedreht worden war. Im Hintergrund standen ein typisches Klinikbett mit Nachttisch und die Halterung für eine Infusion. Die junge Frau, die nach einigem Kamerawackeln nun auf dem Bildschirm erschien, war siebzehn Jahre alt. Um ihren Kopf hatte man eine dicke Mullbinde gewickelt, die langen Haare darunter fielen ihr ungekämmt auf die Schultern. Sie hatte eine Schürfwunde im Gesicht und auf ihrem rechten Handrücken klebte ein Pflaster.

Eine Stimme erklang, den Sprecher sah man nicht.

Es war jedoch eindeutig ein Mann, der jetzt behutsam fragte: »Sofie, kannst du uns erzählen, was da draußen passiert ist?«

Das Mädchen, denn in diesem Moment wirkte sie längst nicht wie eine Erwachsene, schüttelte vorsichtig den Kopf. Sie trug einen Jogginganzug, hatte die Beine angezogen, die sie mit den Armen umschlang, und blickte ins Leere. Neben ihr saß die Betreuerin vom Jugendamt, die nun sanft Sofies Arm tätschelte und sagte: »Lass dir Zeit!«

»Aber ich weiß nichts«, wiederholte Sofie und dieses Mal schwang all die Ungeduld mit, die bei pubertierenden Teenagern so typisch war, wenn sie sich von Erwachsenen nicht verstanden fühlten.

»Erinnerst du dich denn noch an das, was ihr morgens getan habt?«, fasste der Mann im Hintergrund, bei dem es sich um Anton Müller, Olivers Vater handelte, nach.

»Frühstück, ich hatte schlecht geschlafen«, reagierte Sofie ungeduldig. »Mama sagte, ich solle erst einmal ein Bad nehmen.« Sie schüttelte sich. »Das ist alles.«

»Was gab es denn zum Frühstück?«, versuchte es der Beamte weiter, bemüht, den Eindruck zu erwecken, es wäre nur eine belanglose Unterhaltung.

»Brot«, entgegnete Sofie knapp.

»Und dann seid ihr in den Laden?«, half Anton Müller aus.

»Ja.« Dieses Mal huschte ein kurzes Lächeln über das Gesicht der Siebzehnjährigen. »Anlieferung von Ware.«

»Und das ist etwas Besonderes?«, fragte der Beamte, dem die Veränderung an seiner Zeugin nicht entgangen war.

»Eigentlich nicht, aber dieses Mal hatte der Fahrer Geschenke dabei.«

»Was für Geschenke?«, hakte Müller nach und seine Unruhe war fast spürbar.

»Ein Set mit Seife und Parfüm, eines für Mama und eines für mich.«

»Weißt du, warum er euch diese Geschenke gegeben hat?«

Sofie zuckte mit den Schultern, bevor sie sagte: »Ich dachte, das sind Werbegeschenke. So wie an Weihnachten, da bekommen wir Wein und Pralinen.«

»Dieser Fahrer«, fuhr Müller nun fort, »kennst du den Mann?«

»Natürlich.« Wieder folgte ein Lächeln. »Das ist Herr Brucker, der wohnt nicht weit von uns.«

»Kommt Herr Brucker schon lange zu euch?«

Wieder ein Schulterzucken, aber dieses Mal verschloss sich das Gesicht der jungen Frau. Fast misstrauisch antwortete sie: »Einige Zeit.«

»Liefert er immer Ware an oder taucht er manchmal auch so auf? Vielleicht als Kunde im Laden oder als Gast?«

»Kann schon sein, was weiß ich?«, wich sie aus.

»Ist er vielleicht ein Freund deines Vaters gewesen?«, bohrte der Beamte weiter.

Sofie schüttelte den Kopf und presste die Lippen zusammen.

»Nein? Also eher ein Freund deiner Mutter?«

»Weiß nicht …« Nun sah sie Hilfe suchend zu der Frau vom Jugendamt, die ihrerseits dem Polizisten einen warnenden Blick zuwarf.

»Schön«, sagte der deshalb, »ihr habt gefrühstückt, du hast gebadet, ihr seid in den Laden und dann wurde Ware angeliefert. Herr Brucker, der Fahrer, hat euch Geschenke überreicht und ist wieder gegangen.«

»Genau«, stimmte ihm Sofie zu.

»Was ist dann passiert?«

»Wir hatten noch eine Hauslieferung für die alte Frau Kräutner, ich sollte Mama tragen helfen. Das war so gegen 12:00 Uhr, da schließen wir immer. Mittagspause bis 15:00 Uhr«, fügte sie noch an und klang wie eine Verkäuferin, die gerade einen Kunden über die Öffnungszeiten informieren wollte.

»Und nachdem ihr bei Frau Kräuter wart, seid ihr gleich zurück.«

»Ja!«

»Aber ihr habt nicht den Weg über die Hauptstraße genommen?«, bohrte die Stimme ohne Gesicht weiter.

Sofie nickte zustimmend, sah auf ihre Knie und zupfte an den Ärmeln ihres Oberteils. Es herrschte vollkommene Stille, und als man bereits glaubte, es würde keine weitere Antwort folgen, begann Sofie doch zu sprechen. Sie sah dabei niemanden an und das Zupfen am Ärmel wurde hektischer. »Sie hat gesagt, es sei so warm und der Weg hinter den Häusern am Moor entlang wäre kühler. Ein netter Spaziergang. Wir haben deshalb gestritten. Ich gehe nicht gerne durchs Moor, es macht mir Angst. Außerdem wollte ich meine Sendung nicht verpassen.« Sie nannte den Namen einer Daily Soap, die damals bei den Jugendlichen sehr angesagt war. »Aber Mama bestand darauf, also sind wir beim Haus von Frau Kräutner ins Moor abgebogen.«

»Und dann?«, forderte sie Anton Müller behutsam auf weiterzuerzählen.

»Mama hatte es nicht eilig, ich war wütend, weil wir nicht direkt nach Hause sind, und habe nicht mit ihr gesprochen.« Sofie verstummte.

»War deine Mutter irgendwie anders als sonst?«, stellte der Beamte eine weitere Frage.

Das verletzte Gesicht verzog sich zu einer Grimasse. »Na ja, wenn ich so darüber nachdenke …« Wieder folgte eine lange Pause. »Normalerweise hätte sie mir meinen Trotz übel genommen, aber sie war gut gelaunt.« Sofie runzelte die Stirn. »Seltsam.« Plötzlich begann sie zu schluchzen. »Ich war gemein zu ihr und jetzt ist sie fort.« Das Mädchen steigerte sich in einen Weinkrampf hinein.

Die Frau vom Jugendamt sah sich genötigt einzuschreiten: »Wir brechen ab, sofort!«

Aber plötzlich richtete sich Sofie auf und wischte sich über das Gesicht. »Nein«, schrie sie hysterisch, »er soll mich fragen, damit ich es hinter mich bringen kann. Er soll mich fragen und dann will ich nach Hause.«

»Bist du sicher?«, erkundigte sich die Betreuerin und man sah ihr die Zweifel an.

»Fragen Sie!«, zischte das Mädchen nun wütend in Richtung Anton Müller.

»Was ist im Moor passiert?«

Sofie dachte angestrengt nach, ihre Hände krallten sich regelrecht um die eigenen Knie und ihre Gesichtszüge verhärteten sich. »Es ist alles verschwommen. Mama lacht, wirkt so fröhlich und da ist eine Stimme.« Fast euphorisch sagte sie: »Da ist jemand, jemand, der ihren Namen ruft, aber ich kann niemanden sehen.«

»Ist es die Stimme eines Mannes oder einer Frau?«, folgte eine sehr ruhig gestellte Frage von Anton Müller.

Seine Zeugin kniff die Augen zusammen, als könnte sie so die Bilder in ihrer Erinnerung schärfen. »Ich weiß es nicht, aber Mama ist plötzlich gar nicht mehr vergnügt, sie flüstert mir zu. Ich verstehe sie nicht, bin immer noch wütend, aber mit einem Mal wird mir klar, dass etwas passiert sein muss. Sie sagt: ›Versteck dich!‹« Über Sofies Wangen laufen Tränen. »Mein Kopf tut weh, so als hätte ich mich gestoßen, ich halte mich mit den Händen irgendwo fest, und ich höre Mama schreien. Dann wache ich im Krankenhaus auf, das ist alles, woran ich mich erinnern kann«, rief sie nun verzweifelt. »Mehr weiß ich nicht, ich versuche es, aber da ist nur diese Dunkelheit, die mir Angst macht.«

»Puh«, stieß Hauptkommissarin Zimmer einen Seufzer aus, als das Band endete. »Das ist kein Fall, um den ich die Ermittler beneidet hätte.«

»Die haben die Kleine später noch mehrmals befragt, aber die Erinnerung an die Geschehnisse dieses Tages kam offenbar nie zurück«, erklärte ihr Dietmar Klein.

»Kein Wunder«, entgegnete die Beamtin, »sieht immerhin so aus, als wäre das Mädchen Zeugin am Mord ihrer Mutter geworden. So etwas steckt man nicht einfach weg. Körper und Geist entwickeln manchmal eigene Mechanismen, um damit fertigzuwerden.«

»Ein Wunder, dass sie das überlebt hat«, warf Julian ein.

Außer den drei Freiburger Ermittlern war auch Oliver Müller anwesend.

Der sagte jetzt: »Mein Vater hat das auch immer hinterfragt. Er nahm an, der Täter wäre gestört worden.«

»Das könnte eine Erklärung sein«, stimmte ihm Frederike zu und warf einen Blick auf die Fotos aus der alten Akte, die Dietmar Klein an einer Tafel sichtbar platziert hatte.

Die meisten zeigten Gegenstände, die achtlos auf dem Boden lagen. Gemacht wurden die Aufnahmen ein gutes Stück von der Stelle entfernt, an der man zwanzig Jahre später die Leiche von Berta Pfortmann ausgegraben hatte.

»Das ist alles, was man damals gefunden hat«, klärte

sie Oliver Müller auf. »Einen Schal von Sofies Mutter, die Handtasche der Frau und den blutigen Knüppel. Das Blut, das man daran sichergestellt hat, stammt von Berta Pfortmann, und der Gerichtsmediziner hält es für sehr wahrscheinlich, dass der Knüppel die Tatwaffe ist. Außerdem befand sich auch das Blut von Sofie daran. Ohne Frage hat man ihr die Kopfverletzung an der Schläfe damit zugefügt. Die Moorleiche konnte übrigens einwandfrei als Berta Pfortmann identifiziert werden.«

Frederike überflog den Auszug aus Sofies Krankenakte. »Abschürfungen im Gesicht und an den Händen, allerdings keine Anzeichen sexueller Gewalt, vermutlich hatte sie wirklich einen Schutzengel. Die Ärzte nahmen allerdings an, sie würde sich eines Tages wieder erinnern können.«

»Ja, aber bisher ist das nicht der Fall«, warf Oliver ein. »Nachdem die Leiche ihrer Mutter gefunden wurde, erfolgte natürlich erneut eine Befragung, deshalb …« Er zögerte. »Ist es wirklich notwendig, sie noch einmal in die Mangel zu nehmen? Sofie musste schon genug durchmachen.«

»So wie Lina Kraspe«, hielt Julian Meister ein wenig hochmütig dagegen.

»Kommen Sie«, erwiderte der Polizeihauptmeister, »Sie nehmen doch nicht wirklich an, dass es da einen Zusammenhang gibt.«

Frederike Zimmer ließ es nicht zu einer Diskussion kommen, sondern fragte: »Was war Berta Pfortmann für ein Mensch?«

* * *

Etwa zur gleichen Zeit in der Brachweiler Moor-Apotheke

Frau Günter verließ mit vollen Tüten und einem schreienden Kleinkind auf dem Arm die Apotheke der Schwestern Tränkle.

»War das nicht ein bisschen übertrieben?«, bemerkte Karla, die jüngere der beiden, als die Schiebetür hinter der Kundin zuglitt. »Immerhin ist doch klar, dass sie kaum Geld hat, um sich und das Kind durchzubringen. Die Sachen auf dem Rezept hätten vollkommen genügt.«

Ihre zwei Jahre ältere Schwester, die fünfzigjährige Emma, schnaufte verächtlich und stemmte die Hände in die Hüften. »Du gehst mir auf die Nerven«, antwortete sie grob. »Frau Günter hat ein krankes Kind und deutlich signalisiert, dass sie für dessen Genesung bereit ist alles zu tun, auch ihren Geldbeutel zu leeren.«

»Aber das, was du ihr aufgeschwatzt hast, wäre nicht unbedingt nötig gewesen«, warf Karla kleinlaut ein. »Vielleicht hätte weniger …«

»Weniger?«, ereiferte sich ihre Schwester. »*Weniger?*«, fügte sie noch einmal schrill an. »Warum sollte sich Frau Günter mit weniger zufriedengeben und vor allem« – sie machte nun angriffslustig einen Schritt nach vorne – »warum sollte ich mich mit weniger zufriedengeben? Die Frau brauchte Medikamente und ich muss Geld verdienen, damit ich meine hohlköpfige Schwester miternähren kann.«

Beschimpfungen dieser Art kannte Karla zur Genüge, das war schon in ihrer Kindheit so gewesen und hatte sich über ihr Erwachsenenleben hinweg nicht geändert. Statt sich zu verteidigen, wechselte sie daher das Thema und fragte, während sie die Halstabletten ins Regal sortierte: »Denkst du, die werden uns nochmals vernehmen?«

»Nein«, gab Emma entschlossen zurück. »Dafür besteht keine Notwendigkeit. Wir haben denen alles gesagt. Diese Lina Kraspe stürmte herein, wollte rezeptpflichtige Medikamente ohne Rezept, die wir ihr nicht gegeben haben, woraufhin sie wütend davoneilte. Ende der Geschichte.«

»Und die andere Sache?«, hakte Karla schüchtern nach.

Emmas Gesicht war alles andere als ansehnlich. Auch Karla hätte man mit ihren dicken hängenden Backen niemals als Schönheit bezeichnet, aber zumindest waren ihre Züge weiblich und weich. Ihre ältere Schwester hingegen wirkte mit ihrem breiten Pfannkuchengesicht, den grauen, kurz geschorenen Haaren und dem dunklen Flaum auf der Oberlippe wie ein schwammiger Mann und es fiel an manchen Tagen direkt auf, dass die Kundschaft sich bevorzugt von Karla bedienen ließ. Nun verwandelte sich Emmas sowieso schon hartes Gesicht in das unnachgiebige Antlitz eines Feldherrn, der seine Truppen sehenden Auges in den Tod führen wollte, als sie entschlossen zischte: »Die andere Sache liegt zwanzig Jahre zurück und gehört zur Vergangenheit.«

»Aber«, wollte Karla aufbegehren, wurde jedoch von ihrer älteren Schwester sofort unterbrochen. »Nichts aber! Berta Pfortmann ist tot. Und egal, was hier alle sagen, sie hat es verdient. Wir haben damals geschwiegen und werden das auch heute. Belassen wir es dabei.«

Ein weiterer Widerspruch seitens Karla wurde von der Türglocke abgewürgt. Einer der Reporter betrat die Apotheke. Auch er hielt zielsicher auf die jüngere Schwester zu, nachdem er einen kurzen Blick in Richtung der älteren geworfen hatte. Trotzdem lächelte Emma freundlich. Die Umsatzsteigerung durch die Presseleute, die Unmengen an Kopfschmerztabletten, Pulver gegen Sodbrennen und Abführmittel kauften, entschädigte sie für deren Geringschätzung ihres Äußeren.

* * *

Auf die Frage nach Berta Pfortmann hatte Oliver Müller vorgeschlagen, seinen Vater hinzuzuziehen, immerhin hatte der den Fall damals bearbeitet und die Familie persönlich gekannt.

Frederike ließ sich bis zum Eintreffen des Mannes im Fall Lina Kraspe auf den neusten Stand bringen. Die Werkstatt, die den defekten Wagen der Toten repariert hatte, schloss Sabotage aus. »Definitiv ein Elektronikproblem. Das zu manipulieren, ist äußerst aufwendig und zudem benötigt man eine spezielle Ausrüstung«, hatte man ihnen erklärt.

Die Freundin in München, die Lina Kraspe vor ihrem Tod besucht hatte, war außer sich gewesen und hatte sofort den Verdacht geäußert, dass der Ehemann dahinterstecken würde. Sie gab an, dass Lina über eine Scheidung nachgedacht hätte, musste allerdings auch gestehen, dass ihre Freundin, was das anging, sehr wankelmütig war. Zwei Wochen zuvor hatte sie nämlich noch überlegt, eine Familie mit Dirk zu gründen.

Das Team, das von Frederike Zimmer auf Dirk Kraspe angesetzt worden war, hatte einige Gerüchte über den jungen Mann ausgegraben. Mit der Treue nahm er es offensichtlich nicht so genau, war jedoch bequem, weshalb ihm nichts Besseres als Lina hätte passieren können. »Der hat, ohne mit der Wimper zu zucken, ihren Nachnamen angenommen und sich von ihr herumkommandieren lassen. Lina hat ihm sogar seine Freunde vorgeschrieben«, war die übereinstimmende Meinung der Bekannten gewesen, mit denen er nach seiner Heirat den Kontakt abgebrochen hatte. Sein aktueller Freundeskreis ließ sich nicht so leicht zu negativen Aussagen bewegen. Allerdings rückten die meisten dann doch mit der Wahrheit heraus, die besagte, dass Lina Kraspe eine tyrannische, launische Frau gewesen sei, man allerdings eher mit einer Scheidung als einem Mord gerechnet hätte, weil Letzteres dann ja wohl doch ein wenig drastisch wäre.

Frederike Zimmer hatte die Protokolle gelesen und sich bezüglich der leichtfertig gemachten Äußerungen gefragt, wie lange es wohl noch dauern würde, bis man Mord nur noch als Kavaliersdelikt ansah.

Momentan versuchten die Beamten in Freiburg herauszufinden, ob sich Dirk Kraspe zum Zeitpunkt des Mordes an seiner Frau wirklich zu Hause aufgehalten hatte. Die Möglichkeit bestand nach wie vor, dass er der Täter war, auch wenn die Durchsuchung der Räumlichkeiten nichts ergeben hatte.

»Bleibt weiter dran«, hielt Frederike ihr Team in Freiburg an.

Einige der Streifenbeamten, die den Tatort in Brachweiler gesichert hatten, waren abgezogen worden, um die Nachbarn zu befragen, in der Hoffnung, jemand hätte den Täter in der Nacht im Moor gesehen. Aber die Aktion blieb erfolglos.

An der Stelle, an der Oliver Müller den Korkenzieher gefunden hatte, ließen sich ebenfalls keine weiteren Spuren ausmachen. Allerdings hatte das Labor mehr Glück.

»Das konnte nämlich an dem Korkenzieher neben dem Blut und der DNA des Opfers einen brauchbaren Teilfingerabdruck sicherstellen, der nicht von Lina Kraspe stammte.«

Hauptkommissarin Zimmer richtete sich automatisch auf. »Endlich einmal etwas Erfreuliches.«

»Der Abgleich mit unserer Datenbank läuft bereits. Und da ist noch etwas«, fuhr Dietmar Klein fort. »Die Kollegin Kirsch hat mir das gerade eben mitgeteilt. Offensichtlich hat sich herumgesprochen, dass sich unser Opfer in Brachweiler nicht gerade liebenswürdig aufgeführt hat. Es wird eine entsprechende Berichterstattung geben, die dem Vater der Toten sicher nicht gefällt. Also mach dich auf Beschwerden gefasst, er wird uns die Schuld an der negativen Presse geben.«

»Ich habe die Protokolle gelesen, sowohl Annegret Brucker wie auch die Apothekerinnen und Sofie Pfortmann sagen aus, dass Lina Kraspe ungehalten war.«

»Sie hat sich unverschämt benommen, um es auf den Punkt zu bringen. Wenn sie immer so auftrat, hatte sie vermutlich einige Feinde.«

»Sicher, aber nichtsdestotrotz hinterlässt sie nur ihrem

Ehemann einen Haufen Geld.« Die Hauptkommissarin dachte einen Moment nach und sagte dann: »Lina Kraspe hatte einen reichen Vater. Verständige das Team in Freiburg, die sollen den Mann durchleuchten. Sprecht mit ihm, fragt ihn nach Feinden, berufliche und private. Rache ist ebenfalls ein gutes Motiv für einen Mord.« Frederike Zimmer rieb sich über die Augen.

»Schwieriger Fall«, sagte Dietmar Klein und zog sich einen Stuhl heran. Etwas umständlich ließ er sich darauf nieder, was daran lag, dass er eine Prothese trug. Sein linkes Bein hatte er bei dem schweren Unfall vor zehn Jahren verloren. Der Wagen, in dem Klein gesessen hatte, war bei einer Verfolgungsjagd von der Straße gedrängt worden. Im Gegensatz zu der Kollegin, die gefahren war, hatte er überlebt. Bis heute fühlte er sich deshalb schuldig. Eigentlich hatte er genau aus diesem Grund den Dienst quittieren wollen. Frederike war damals diejenige gewesen, die ihn zum Glück davon abgehalten hatte. Die Arbeit war nämlich am Ende auch seine Rettung gewesen. Er schuldete Frederike mehr als nur einen Gefallen, deshalb sagte er nun auch vertraulich: »Dieser Kraspe hat viel Einfluss, ich habe mich umgehört. Der kann dir das Leben richtig schwer machen. Abgesehen davon beobachtet die Presse jeden unserer Schritte. Außerdem hat mir ein guter Freund zugetragen, dass die Kollegen, die den Fall Berta Pfortmann quasi geschlossen haben, ihren Unmut darüber äußern, dass du die Sache nicht auf sich beruhen lässt. Die befürchten wohl, du könntest etwas finden und das würde sie dumm dastehen lassen.«

»Und was willst du mir jetzt sagen?«, fragte sie und sah ihn mit einem traurigen Lächeln an. »Dass ich meinen Hut nehmen soll, bevor die mir einen Tritt in den Hintern verpassen?«

Dietmar seufzte. »Deine direkte Art ist manchmal anstrengend. Aber ja, lass einen der jungen Ehrgeizlinge die

Leitung übernehmen, solange die sich noch darum reißen. Diese Ermittlung bringt dir nichts als Ärger.«

»Denkst du nicht, dass hier eine altgediente Beamtin mit Erfahrung gefragt ist?«

Er sah sie eindringlich an. »Ich bin sogar davon überzeugt, aber gelegentlich sollte man sich auch fragen, ob sich der Kampf überhaupt noch lohnt.«

Sie legte ihm eine Hand auf den Arm. »Ich weiß, dass du es gut meinst, aber lass uns nicht so schnell aufgeben. Das wäre ja nicht unsere erste schwierige Schlacht.«

* * *

Kapitel 4

Sofie rannte direkt auf ihn zu. Sie schrie, weinte und ruderte mit den Armen. »Meine Mutter, wo ist meine Mutter? Hilfe, so helft mir doch«, wiederholte sie wieder und wieder und bekam kaum noch Luft. Als sie ihn erblickte, brach sie erschöpft zusammen, so als hätte sie ihr Ziel endlich erreicht. Natürlich eilte er zu ihr, legte tröstend die Arme um sie, fragte, was passiert sei, und spürte unter seinen Handflächen das Beben ihres Körpers.

Anton Müller hielt die Hände an die Schläfen und schloss die Augen; er versuchte, auf diese Weise die Erinnerung loszuwerden. Aber jenen Tag vor zwanzig Jahren würde er wohl nie vergessen können. Auch heute holten ihn die Bilder wieder ein. Die kleine Sofie – er hatte sie immer ›die kleine Sofie‹ genannt, obwohl sie damals bereits siebzehn Jahre alt gewesen war – hatte sich an ihn geklammert. Sie war in dem Moment aus dem Moor gestürmt, als er gerade seine tägliche Kontrollrunde gedreht hatte. Aber er war nicht mehr in der Lage gewesen zu helfen, denn das Moor hatte Berta Pfortmann zu diesem Zeitpunkt bereits verschlungen.

Anton Müller stand vor seinem Spiegel im Schlafzimmer, zog die Krawatte zurecht und strich sich über das schüttere Haar. Er wollte einen guten, gesunden Eindruck machen, wenn er nachher mit den Kollegen sprach. Sein Arm begann zu zittern und er spürte das verräterische Zucken des linken Auges. Ein sicheres Zeichen dafür, dass er nervös war. Der dumpfe Schmerz in seiner Brust signalisierte ihm, dass es notwendig wurde, eine Tablette zu nehmen. Die zitternde Hand gehorchte ihm kaum, als er den Schraubverschluss des Medikamentes öffnen wollte. Nicht das erste Mal fiel ihm das Behältnis aus der Hand und die winzigen runden Pillen sprangen wie vergnügte Flöhe, die ihn an der Nase herumführen wollten, über den Boden. Anton seufzte, ging umständlich auf alle viere, spürte dabei das Ziehen der Bypass-Operationsnarbe und fragte sich, ob sein Zustand wirklich die Folge des natürlichen Alterungsprozesses oder nicht vielleicht doch eine Strafe für seine Sünden war.

Nachdem er eine der Pillen geschluckt, die anderen eingesammelt und sich wieder erhoben hatte, entspannte sein Körper, das Zittern hörte auf, der Druck in der Brust verschwand und beide Augen blickten ihm nun ruhig aus dem Spiegel entgegen.

»Ich bin nur noch eine Witzfigur«, flüsterte er müde.

Damals, als er noch im Dienst gewesen war, hatte man ihn als beeindruckende Erscheinung bezeichnet. Groß, muskulös und immer einen flotten Spruch auf den Lippen. Kurz kam ihm der schreckliche Gedanke, was denn wäre, wenn er eines Tages nicht mehr selbst für sich sorgen könnte, wenn ihm junge Mädchen die Windeln wechseln müssten und man ihn wie ein kleines Kind zur eigenen Sicherheit am Bett fixieren würde.

Vorher erschieß ich mich, gab er sich ein stilles Versprechen. Gerne hätte er sich damit getröstet, dass ja Oliver nach Hause zurückgekehrt war. Mit Freude wäre er herumspaziert und hätte damit geprahlt, dass sein Sohn nun in die Fußstapfen des Vaters getreten sei, aber er empfand keine Freude, nicht bei den Gründen, die den Jungen zurückgebracht hatten.

Das Klopfen an der Schlafzimmertür schreckte ihn aus seinen trüben Gedanken.

»Papa, können wir?«, rief sein Sohn von draußen.

»Ja, natürlich«, gab sich Anton Müller gut gelaunt. »Wer

hätte gedacht, dass ich noch mal zum Einsatz komme?« Er öffnete die Tür und zwang sich zu einem Lächeln.

* * *

Frederike Zimmer begrüßte den Vater von Oliver Müller freundlich und bot ihm einen Stuhl an. Sie sah die Ähnlichkeit zwischen den beiden Männern und konnte sich gut vorstellen, wie Anton in seiner Jugend ausgesehen hatte. Allerdings entging ihr auch nicht, dass es um die Gesundheit des ehemaligen Polizeihauptmeisters nicht sonderlich gut bestellt war. Oliver hatte ihr bereits von der Herzoperation seines Vaters erzählt.

»Ich hoffe, das wird nicht zu anstrengend für Sie«, sagte sie daher besorgt.

Der ältere Müller winkte ab. »Tut mir gut, die Luft hier einzuatmen.« Er sah sich in dem Polizeiposten um. Einen Moment blieb sein Blick auf den Bildschirmen und Computern hängen, die die Soko mitgebracht hatte, und wanderte dann zu den angehäuften Unterlagen auf dem Besprechungstisch. Er seufzte. »Sieht nach viel Arbeit aus.«

Frederike, die sich ihm gegenübergesetzt hatte, nickte. »Wir sind eigentlich wegen des Mords an Lina Kraspe hier, das wissen Sie bestimmt.«

Kurz wanderten seine Augen zu Oliver, dann antwortete er ernst: »Mein Sohn erzählt mir keine Dienstgeheimnisse, aber natürlich hat sich das herumgesprochen.«

Die Hauptkommissarin lächelte freundlich. »Nun, Herr Müller, Sie sind ja kein Außenstehender, sondern gehören zur Truppe.« Normalerweise, das wusste Frederike, freuten sich die ehemaligen Beamten, wenn man ihnen das Gefühl gab, immer noch Teil einer Gemeinschaft zu sein. Anton Müller schien das jedoch gleichgültig. Er zuckte nur mit den Schultern.

»Jedenfalls«, fuhr Frederike fort, »wäre es nett, wenn Sie

mir von Berta Pfortmann und dem, was damals geschehen ist, erzählen könnten. Wir haben natürlich die Akten gelesen, aber ein Augenzeugenbericht ist manchmal trotzdem hilfreich.«

Anton Müller überlegte einen Moment, dann fand er den Einstieg. »Ich habe das Mädchen aufgelesen. Sofie ist mir quasi direkt in die Arme gelaufen. Habe sie dann anschließend befragt. Sie kennen das Band?«

Frederike nickte und der ehemalige Polizist fuhr mit einem bedauernden Gesichtsausdruck fort: »Wir sind sofort ins Moor, ich habe Helfer rekrutiert, eine Suchmannschaft aufgestellt, aber Berta war verschwunden. Wir fanden nur ihre Handtasche, diesen blutigen Holzknüppel und irgendein Tuch.«

»Ihren Schal«, half Frederike aus.

»Wir haben das Moor abgesucht, aber mehr hat es uns nicht gegeben.«

Die Hauptkommissarin warf ihm einen fragenden Blick zu.

Anton Müller lachte bitter auf. »Die Matrosen sagen doch, dass die See eine launische Geliebte sei. Nun«, fuhr er mit belegter Stimme fort, »das Moor ist dann die dazugehörige rachsüchtige Ehefrau.«

»Verstehe«, erwiderte die Beamtin und stellte eine Frage, die sie schon die ganze Zeit beschäftigte. Dafür breitete sie eine Karte des Brachweiler Moores auf dem Tisch aus. »Die Sachen von Berta Pfortmann hat man hier gefunden.« Ihr Zeigefinger deutete auf eine Stelle. »Die Leiche fand man aber fast eineinhalb Kilometer entfernt. Gab es denn damals keine Schleifspuren oder Abdrücke? In der Akte steht jedenfalls nichts.«

Anton Müller verzog das Gesicht. »Zu jener Zeit wussten wir auch schon, wie das geht.« Seine Antwort klang längst nicht mehr freundlich.

»Vater«, warf Oliver mahnend ein und Anton Müller wedelte entschuldigend mit der Hand.

»Ich wollte nicht unhöflich sein, ich weiß ja, dass diese Fragen gestellt werden müssen. Wie ich schon sagte, folgt das Moor seinen eigenen Regeln. Wer weiß schon, wo man Berta hineingeworfen und welche Bewegungen der Boden in den letzten zwanzig Jahren gemacht hat? Aber nein, wir fanden keine Schleifspuren. Fußspuren hingegen jede Menge, und zwar von verschiedenen Personen. Viele stammten von Sofie, die einige Zeit orientierungslos herumgeirrt sein muss. Sie stand unter Schock, wusste weder, wo sie angegriffen worden war, noch, von wem. Die Ärzte halfen, so gut sie konnten, auch das Jugendamt hat jemanden geschickt. Der Vater von Sofie war zwei Jahre zuvor gestorben, ein verschleppter Infekt, traurige Geschichte. Das Mädchen war zwar noch keine achtzehn, aber da ihr Geburtstag kurz bevorstand, haben die Behörden sie nicht in ein Heim gesteckt. Ich und der damalige Bürgermeister haben dann dabei geholfen, die Mutter für tot erklären zu lassen.«

Der interessierte Blick der Hauptkommissarin ließ ihn erklären: »Normalerweise dauert es mehrere Jahre, bis man einen Vermissten für tot erklären kann, außer eben alles deutet darauf hin, dass er tatsächlich nicht mehr lebt. Wir mussten damals von einem Mord ausgehen, der blutige Knüppel und Sofies Verletzungen sprachen eindeutig dafür. Das hat auch der zuständige Richter so gesehen. Nichts hat darauf hingedeutet, dass Berta Pfortmann entführt wurde oder einfach untertauchen wollte. Sie hätte Sofie nie zurückgelassen. Deshalb wurde der Totenschein kurzfristig ausgestellt. So konnten wir wenigstens dafür sorgen, dass das Mädchen an sein Erbe kommt. Ein Punkt, den man nicht vergessen darf. Sofie wären die Hände gebunden gewesen. So aber wurden das Haus und das Geschäft auf sie übertragen.«

»Wundert mich, dass sie hiergeblieben ist«, warf Frederike ein.

»Eigentlich ist das gar nicht so erstaunlich«, widersprach ihr Anton Müller. »Wir sind eine kleine Gemeinschaft, aber eine Gemeinschaft. Sofie bekam viel Unterstützung.«

»Und die Mutter, Berta Pfortmann, wie war die so?«

»Beliebt«, antwortete Anton Müller, ohne zu zögern. »Eine richtige Dame. Den kleinen Laden hat sie immer mit besonderer Sorgfalt geführt. Keine abgelaufenen Joghurts, saubere Regale, hygienische Frischetheke, wenn Sie verstehen. Ich habe neulich erst eine Reportage über die Zustände in manchen Lebensmittelgeschäften gesehen, da dreht es einem den Magen um.«

»Aber bei Berta Pfortmann gab es nie Beschwerden«, führte ihn die Hauptkommissarin zurück zum Thema.

»Nein, da war alles picobello, wie man so schön sagt, und Sofie führt das Geschäft genauso weiter. Ich kaufe gerne dort ein.«

»Was war mit Gabriel Brucker? Er wurde damals verdächtigt, wie kam das?«

»Es sah so aus, als hätte er Berta Pfortmann den Hof gemacht, altmodisch ausgedrückt.«

»Hatten die beiden ein Verhältnis?«, fragte Frederike Zimmer direkt.

»Dafür gab es keine Beweise«, entgegnete Müller scharf, als müsste er Berta Pfortmanns Ruf verteidigen. Ein warnender Blick seines Sohnes ließ ihn anfügen: »Ich mochte Berta, ich kannte sie persönlich, sie und ihren Mann Manfred. Als meine Frau noch lebte, kamen wir häufig zusammen.«

»Aber Frau Pfortmann war Witwe. Es wäre ja nichts dagegen einzuwenden gewesen, wenn sie sich mit Herrn Brucker getroffen hätte.«

»Berta war nicht der Typ, der sich mit so einem Nichtsnutz eingelassen hätte. Er hat übrigens ebenfalls bestritten, dass es eine Beziehung gab.«

»Sie haben ihn verdächtigt?«

»Ja, damals habe ich das. Womöglich eine Tat im Affekt. Wir wussten, dass er Berta öfter Geschenke gemacht, vielleicht versucht hat, mit der Frau zu flirten. Durch ihre stets freundliche Art fühlte er sich vielleicht ermutigt. Also fängt er sie im Moor ab, bedrängt sie, es kommt zu einem Streit und er verliert die Kontrolle.«

»Und das im Beisein der fast erwachsenen Tochter?«, hakte Frederike ungläubig nach.

»Womöglich hat er erst zu spät bemerkt, dass sie dabei war. Laut Sofies Aussage hatte sie mit ihrer Mutter Streit, wenn sie bockig hinterhergetrottet ist …«

»Und das Alibi von Herrn Brucker?«

»Stammte von der Schwester. Ich brauche Ihnen ja nicht zu erklären, wie glaubhaft der Schwur eines Angehörigen ist. Am Ende fehlten trotzdem die Beweise.«

»Und Sofie wusste nichts von einem Freund ihrer Mutter?«

»Nein, vermutlich weil es keinen gab.«

Die Hauptkommissarin, die mittlerweile die Akte überflogen hatte, kam deshalb noch auf einen anderen interessanten Punkt zu sprechen: »Allerdings gab es die Aussage einer Bekannten von Berta Pfortmann, einer Frau namens Ines Jenner. Die hat damals nämlich behauptet, Berta hätte ihr gegenüber angedeutet, mit jemandem liiert zu sein. Auf deren Frage hin, ob es sich denn um Brucker handelte, hätte Berta nur gelacht und gesagt, der wäre ihr zu langweilig, zu normal. Was wiederum nahelegen würde, dass es womöglich einen Geliebten mit aufregendem Background gab. Vielleicht einen Künstler, jemand Jüngeres oder einen Mann, der verheiratet war.«

»Ines Jenner ist ein Klatschmaul, das überall herumschnüffelt«, reagierte Anton Müller wütend. »Zumal sie keinen Namen nennen konnte. Daher denke ich, sie hat das vor zwanzig Jahren nur erfunden, um sich wichtig zu machen.«

»Ines Jenner hat aber auch den Fund der Leiche gemeldet, ist doch ein komischer Zufall.«

»Eigentlich nicht, niemand außer Ines treibt sich ständig im Moor herum.« Er zog geräuschvoll die Luft ein. »Nur an dem Tag, als Berta umgebracht wurde, da war sie dann nicht zur Stelle.«

»Sie sagten eben, dass Sie Gabriel Brucker damals verdächtigt haben. Hat sich das zwischenzeitlich geändert?«

Anton Müller zögerte. »Ich weiß es nicht«, seufzte er schließlich. »Vielleicht war es ein Fehler gewesen, ihm so zuzusetzen. Er hat sich nie etwas zuschulden kommen lassen, außer dass er ein unsympathischer Zeitgenosse ist. Ich gebe zu, dass ich ihn nicht mochte und mir womöglich die Objektivität gefehlt hat. Abgesehen davon war mein Ehrgeiz, den Fall aufzuklären, ziemlich groß. Ich habe mich oft gefragt, ob ich nicht anders hätte vorgehen müssen.«

Die Hauptkommissarin beobachtete den älteren Mann genau, vor allem, als sie ihre nächste Frage stellte: »Was denken Sie heute, wer für den Mord verantwortlich war?«

Sie bemerkte, dass seine Hand zu zittern begann. Besorgt sagte sie deshalb: »Wir sollten vielleicht ein anderes Mal weitersprechen.«

Anton Müller beruhigte sich jedoch und griff nach dem Glas Wasser, das ihm sein Sohn unaufgefordert anbot.

»Es geht schon wieder«, sagte der ehemalige Polizist und blickte die Hauptkommissarin ernst an. »Ich habe keine Ahnung. Vermutlich ein Auswärtiger, vielleicht ein Landstreicher, jemand, auf den Berta zufällig getroffen ist.«

»Und als Sie von dem jüngsten Mord, dem an Lina Kraspe, hörten, dachten Sie da nicht sofort an Brucker?«

Anton Müller sah sie beinahe überrascht an. »Nein, warum sollte ich? Brucker ist jetzt« – er rechnete kurz nach – »fast siebzig. Ein alter Mann, was hätte der mit einer wie der Kraspe zu schaffen? Das war niemand von hier.«

Frederike konnte sich nicht verkneifen, mit einem ironischen Unterton zu sagen: »Wieder ein Landstreicher?«

Die Gesichtszüge des Ex-Polizisten verhärteten sich, offensichtlich hatte er nichts übrig für den Humor der Freiburger Kollegin. Sein Sohn schob ihm noch einmal das

Wasserglas hin, vermutlich um ihn so von einem giftigen Kommentar abzuhalten.

Müller senior trank einen Schluck und schüttelte schließlich müde den Kopf. »Wissen Sie, Berta wurde immer von allen geschätzt, auch weil sie Sofie so herzlich aufgenommen hat.«

»Aufgenommen?«, hakte die Hauptkommissarin irritiert nach.

»Ja, wussten Sie das denn nicht? Sofie wurde von den Pfortmanns adoptiert, allerdings schon als Baby, direkt nach der Geburt. In so einem kleinen Ort ist das natürlich kein Geheimnis.«

* * *

Während Frederike Zimmer ihrem Ärger Luft machte und blaffte: »Dass diese Sofie Pfortmann adoptiert ist, hätte mir ja auch einmal jemand sagen können«, brachte Oliver seinen Vater zur Tür.

»Kommst du klar?«, fragte er besorgt, wenn auch mit einem Unterton, der darauf schließen ließ, dass er hoffte, sich jetzt nicht um den alten Mann kümmern zu müssen. Oliver drängte es nämlich zurück ins Besprechungszimmer, um bei den Ermittlungen dabei zu sein.

Sein Vater wusste das und spürte die Ungeduld des Sohnes. Mahnend legte er ihm eine Hand auf die Schulter. »Lass die Finger davon, geh auf Streife und verwarne die Parksünder, kümmere dich meinetwegen um die Tatortabsperrung, aber halte dich ansonsten raus. Dieser Fall ist nichts für dich.«

»Du meinst, der ist zu groß für mich. Glaubst du etwa, dass ich versage, so wie du damals?« Sofort bereute er seine gemeinen Worte, aber der Alte nahm ihm den Ausbruch offenbar nicht übel.

»Es wird andere Möglichkeiten geben. Bitte vertraue mir,

lass das diese Hauptkommissarin übernehmen, die hält sich doch sowieso für besonders schlau.«

»Aber warum sollte ich die Chance nicht nutzen?«

Anton Müller sah seinen Sohn eindringlich an, bevor er leise sagte: »Weil der Fall Berta Pfortmann bisher nur Kummer gebracht hat und ich mir daher Sorgen um dich mache.«

Oliver reagierte verärgert: »Ich bin kein Kind mehr«, schnauzte er wütend.

»Doch, und zwar meines«, erwiderte der Vater daraufhin mit einem beschwichtigenden Lächeln, nickte seinem Sohn noch einmal zu und schlurfte aus der Tür.

Für einen kurzen Augenblick legte sich ein dunkler Schatten über das Gesicht des Polizeihauptmeisters und seine Züge wirkten verbissen, dann aber verlangte man ihn am Telefon und seine Miene nahm wieder den typischen freundlichen Ausdruck an, den man von ihm kannte.

* * *

Anton Müller schlug den Weg Richtung Moor ein, nachdem er sich bei Sofie Pfortmann unter dem Vorwand, eine Flasche Wasser kaufen zu wollen, nach deren Befinden erkundigt hatte. Es war wie gewöhnlich schwierig gewesen, mit Bertas Tochter über die Vergangenheit zu sprechen, also gab er es schließlich auf. In der Apotheke ein Stück weiter bediente ihn anschließend Emma Tränkle, die ältere der beiden Schwestern. Sie wechselten nicht viele Worte, aber schienen darin übereinzustimmen, dass die Freiburger Ermittler den Frieden des Ortes störten. Auf der Straße war er dann noch Gabriel Brucker begegnet.

Auch das noch, hatte der ehemalige Polizist gedacht, jedoch erleichtert registriert, dass Brucker ihn anscheinend übersehen hatte, bevor er sich in seinen Transporter mit der Aufschrift *Scheren- und Messerschleifer, Metall- und Drechselarbeiten* gesetzt hatte.

Endlich umgab ihn die Ruhe des Moores und er ging langsam über den Fußweg hinter den Häusern von Brachweiler. Zwei alte Damen mit einem dicken Dackel, der sich träge über den Grünstreifen schleppte und dem sich Anton Müller mit seinen eigenen steifen Knochen seltsam verbunden fühlte, waren die Einzigen, die ihm begegneten, bevor er den Weg verließ, um tiefer in das Moorgebiet vorzudringen. Schilder warnten Wanderer davor, das zu tun. Aber die kannten sich auch nicht so aus wie Anton Müller.

Er wusste, wo der Boden fest und begehbar war und wo sich die Wassermassen nur als grüne Flächen tarnten, in Wirklichkeit aber jeden, der darauf trat, bis zu den Oberschenkeln einsinken ließen. Er hatte viel über das Moor gelernt, vor allem in der Zeit, als er mit Ines Jenner eine Affäre gehabt hatte. Bei dieser Erinnerung überkam ihn ein unangenehmes Schamgefühl, schließlich hatte er seine Frau fast zwei Jahre mit Ines betrogen. Ines hatte ihn schließlich verlassen, als er sich nicht zu einer Scheidung durchringen konnte. Etwas, das er ihr bis heute übel nahm. Sie war es auch gewesen, die ihm die vielen wunderschönen Stellen im Hochmoor gezeigt hatte. Es war zu einem Spiel geworden: geheime Treffpunkte, Sex inmitten der wilden Natur, frei von allen Verpflichtungen und Regeln.

Automatisch dachte er an den Fall *Berta Pfortmann*. Immer mehr bekam er den Eindruck, etwas übersehen zu haben – und nicht nur das. Allmählich ahnte er sogar, was es gewesen war. Erst schien alles unklar, hinter einem dichten Nebel verborgen, aber langsam hob sich der Schleier und Anton Müller wusste, worauf er stoßen würde. Die Erkenntnis ließ sein Herz rasen. Er fühlte regelrecht, wie sein Blut mit doppelter Geschwindigkeit durch die porösen Arterien gepumpt wurde. Wieder begann das verhasste Zittern, das es ihm erschwerte, eine Tablette zu nehmen. Emma hatte ihm dieses Mal zwar eine andere Verpackung verkauft – Blisterstreifen, bei denen man die Pillen herausdrücken konnte –, aber auch das strengte ihn an.

»Kann ich behilflich sein?«, ließ ihn eine vertraute Stimme aufschrecken und herumfahren.

»Wundert mich nicht, dass du hier bist. Einmal Polizist immer Polizist, was?«

Anton Müller hörte die Worte, aber speicherte sie nicht in seinem Gedächtnis. Seine gesamte Gehirntätigkeit war nur darauf konzentriert, Gedanken und Erinnerungen zusammenzusetzen, als wären es kleine Puzzleteile, die nun um das letzte entscheidende Stück ergänzt wurden und so endlich ein Gesamtbild ergaben.

»Lass uns ein paar Schritte gehen«, wurde der Ex-Polizist aufgefordert und folgte ohne Widerworte.

Es war, als könnte er nicht mehr über seinen Körper bestimmen. Warum tat er nichts? Weil er es nicht wollte? Weil er versagt und daher Strafe verdient hatte? Vielleicht sollte er etwas sagen, das Gespräch suchen – aber dazu kam es nicht mehr.

Die Klinge des Fleischermessers drang direkt in Höhe seines Bauchnabels ein. Sie hatte die Form eines lang gezogenen Dreiecks und die breiteste Stelle maß fast sechs Zentimeter. Ein ungekannter Schmerz durchfuhr seinen schwachen Körper, als das Messer in seinem Unterleib gedreht wurde und sich durch Anton Müllers Gedärme arbeitete. Sein Herz hörte auf zu rasen; Antons Blut schien den Lebensmuskel nur noch tröpfchenweise und sehr gemächlich zu befeuchten. Alles verlangsamte sich: seine Atmung, seine Bewegungen, selbst der Lidschlag – und dann war es vorbei. Anton Müller sackte in sich zusammen. Sein Herz stand still und aus der tiefen Bauchwunde floss Blut. Blut, das zwischen den dunklen Bodengewächsen verschwand und spätestens nach dem nächsten Regen völlig unsichtbar sein würde.

Der ehemalige Polizist spürte nicht mehr, wie ihm das

Hemd vom Leib geschnitten wurde, ein Augenpaar mit Abscheu auf die hässliche Narbe der Herzoperation starrte, dann die verletzte Bauchdecke beäugte und schließlich an den schlaffen Oberarmen hängen blieb. Dort wurde das Messer erneut angesetzt, um das Fleisch zwischen Achselhöhle und Ellenbogen auszulösen. Erst links, dann rechts. Die Hautfetzen vermischten sich mit der Erde und dem Moos, bevor sie in eine Plastiktüte gepackt und in einer Tasche verstaut wurden. Dann zerrte man den Leichnam von Anton Müller zu einer Stelle, die sich hervorragend als Grab eignete und ihm, wenn auch vielleicht nicht auf ewig, dann jedoch für sehr lange Zeit als Ruhestätte dienen würde. Sein Körper klatschte in das Moorwasser. Er ging schnell unter, begraben von einer dicken Schicht Torfmoos, die an eine grüne, saftige Wiese erinnerte.

Weit von Anton Müllers nassem Grab entfernt wurde dann noch die Tatwaffe ins Moor geworfen. Ihr folgten blutige Handschuhe sowie eine verschmierte Jacke. Das anschließende Überstreifen eines sauberen Pullovers genügte, damit aus einem Monster wieder eine harmlose Person werden konnte. So einfach war es, mit einem weiteren Mord davonzukommen.

* * *

Es war bereits spät, aber noch waren die Mitglieder der Soko für heute nicht fertig.

»Wir haben einen Treffer bei dem Fingerabdruck auf dem Korkenzieher«, richtete Dietmar Klein das Wort triumphierend an die Hauptkommissarin. »Das wird dir gefallen, er gehört Gabriel Brucker. Ich dachte mir, ein Abgleich mit den Abdrücken, die man ihm im Fall Berta Pfortmann abgenommen hat, könnte nicht schaden.«

»Das ändert natürlich alles«, freute sich die Hauptkommissarin, die versucht war zu glauben, innerhalb kürzester Zeit sogar zwei Fälle aufklären zu können. Dann jedoch fiel ihr wieder ein, was Anton Müller über Ehrgeiz und über Bruckers Alter gesagt hatte. Zu Dietmar Kleins Verwunderung verzichtete sie deshalb vorerst darauf, einen Richter um die Ausstellung eines Haftbefehls zu erbitten.

»Ich möchte erst mit dem Mann sprechen«, sagte sie erklärend und richtete dann das Wort an ihren Oberkommissar: »Wir brechen auf, wo ist Oliver Müller?«

»Wenn du deinen neuen Assistenten suchst«, antwortete Julian Meister gereizt, »der koordiniert gerade den Einsatz der Streifenkollegen.«

»Wir machen das zu zweit«, entgegnete sie ungerührt. Jetzt stand ihr nicht der Sinn danach, auf Julians Eifersüchteleien zu reagieren. Auch die kurze Fahrt vom Polizeiposten zu Bruckers Haus verlief schweigend.

Trotzdem es bereits dunkel war, fanden sie das richtige Grundstück auf Anhieb. Es gab ein Wohnhaus und eine fast doppelt so große Scheune. An deren Dach waren mehrere Neonscheinwerfer befestigt, die das Areal davor hell erleuchteten, so wie Flutlichter ein Fußballstadion. In der Einfahrt stand Bruckers Lieferwagen mit der Firmenaufschrift. Frederike Zimmer sah sich um und ein Wort kam ihr in den Sinn: *verrottet*.

Der Begriff passte nicht nur zu dem rostigen Fahrzeug, dessen weißer Lack zum größten Teil von Dreck bedeckt war und in dessen Radläufen Erdklumpen hingen wie nach einer Fahrt durch unzugängliches Gelände. Das Wohnhaus im Schatten der Lichter wirkte ebenfalls verwahrlost. Dreckige Scheiben, vergilbte Gardinen und in einem der Blumenkästen auf der Veranda vervollständigten die verwelkten Stiele irgendwelcher Sommerblumen das Bild.

Aus dem Inneren der Scheune hörten sie Geräusche und durch den breiten Spalt der Schiebetür drang Licht.

»Wir versuchen es als Erstes hier«, gab die Hauptkommissarin Anweisung, klopfte und rief laut: »Herr Gabriel Brucker, Polizei, mein Name …« Weiter kam sie nicht, denn im nächsten Augenblick wurde die Tür aufgerissen und ein hagerer Typ mit wutverzerrtem Gesicht blökte: »Mensch, gehts noch lauter?«

»Es geht«, erwiderte die Beamtin trocken und schwenkte ihren Dienstausweis vor dem Gesicht des Mannes. »Möchten Sie vielleicht drinnen mit uns sprechen?«

»Eigentlich möchte ich gar nicht mit Ihnen sprechen, ich will Sie noch nicht einmal sehen. Aber«, lenkte er schließlich ein und gab die Tür frei, »das wird Sie vermutlich nicht davon abhalten, meine Bürgerrechte mit Füßen zu treten.«

»Wir haben ein paar Fragen, noch bewegen wir uns auf einem ungezwungenen Pfad«, gab Hauptkommissarin Zimmer scharf zurück. »Sie müssen nicht mit uns sprechen, das wissen Sie. Ihre Entscheidung.«

»Los, kommen Sie schon rein«, knurrte der Alte und stapfte ins Innere der Scheune.

In dem wettergeplagten Gebäude hatte Brucker seine Werkstatt eingerichtet. Allerlei Gerätschaften und zahlreiche Utensilien mit scharfen, spitzen Klingen, die sich hervorragend als Waffe eigneten, lagen auf wackligen Tischen und Werkbänken. Julian Meister war daher auf der Hut: Alter hin oder her, wer in die Enge getrieben wurde, setzte sich zur Wehr und durfte keinesfalls unterschätzt werden.

In diesem Augenblick kam Julian sein Ex-Freund Karsten in den Sinn. Julians abweisende Reaktion auf den Heiratsantrag hatte am Ende zu einer Trennung geführt. Für eine Sekunde gab sich der Beamte der Vorstellung hin, er würde jetzt, hier in dieser schmutzigen Garage von Gabriel Brucker, verletzt werden und dann im Krankenhaus um sein Leben ringen. Frederike müsste Karsten verständigen. Wie würde sich sein Ex-Freund unter diesen Umständen fühlen? Hoffentlich täte ihm sein übertriebenes Verhalten dann leid. Die kindischen Rachegedanken verschwanden und er sah Karstens Gesicht vor seinem geistigen Auge. Das Verständnis, die Fürsorge, die Liebe und plötzlich hörte er ganz leise eine Stimme in seinem Kopf, die sagte: »Sie werden ihn im Krankenhaus nicht zu dir lassen. Er ist ja nicht dein Ehemann.«

»Sie vielleicht?«, riss ihn Bruckers nörgelndes Organ aus seinen Gedanken. Der Alte hielt ihm provozierend eine Bierflasche vor die Nase, die Frederike bereits abgelehnt hatte.

»Nein danke«, antwortete Julian automatisch, woraufhin Brucker meckerte: »Soll keiner sagen, dass ich unsere Ordnungshüter nicht gastfreundlich behandle.« Damit ließ er sich auf einem abgewetzten Barhocker nieder, der ihm als Arbeitsstuhl diente, trank einen Schluck Bier und rülpste. »Nun, was gibt es denn so Dringendes?«

Frederike Zimmer hätte dem ungehobelten Kerl mit Vergnügen Handschellen angelegt. Sie konnte sich gut vorstellen, wie der Mann in seiner Jugend gewesen war. Vermutlich einer dieser ewigen Rebellen.

So neutral wie möglich fragte sie: »Was können Sie uns zu der Nacht sagen, in der man Lina Kraspe ermordet hat?«

»Scheiße, dass das ausgerechnet hier passiert ist! Jetzt lungern überall diese Typen von der Presse herum und die Grundstückspreise sinken.«

»Sie wollen verkaufen?«, tat Frederike Zimmer so, als würde sie nicht verstehen.

»Was sollte ich verkaufen?«, blaffte Brucker ungehalten. »Ich habe das nicht zu entscheiden.« Er nahm noch einen Schluck Bier und erzählte weiter. Für einen Mann, der eigentlich nichts mit der Polizei zu tun haben wollte, war er sehr redselig. Die Beamten warfen sich einen schnellen Blick zu, sie hatten begriffen: Gabriel Brucker war so einsam, dass ihm selbst sein ärgster Feind willkommen war – etwas, das sie ausnutzen würden.

»Annegret hat die Hand auf den Grundstücken. Meine

Eltern haben das noch zu Lebzeiten geregelt, hielten mich wohl nicht für vertrauenswürdig.« Er wühlte zwischen den Werkzeugen, und Julians Hand wanderte automatisch zur Dienstwaffe.

Aber der alte Mann hatte nur nach seinen filterlosen Zigaretten gesucht. Er zündete sich eine an und sofort erfüllte ein würzig-scharfer Geruch den Raum. Brucker nahm einen Zug und musste husten.

»Das klingt aber übel«, konnte sich Julian nicht verkneifen, woraufhin der Alte moserte: »Was gehts dich an?«

»Sie wollten uns von den fallenden Grundstückspreisen erzählen«, führte ihn Frederike zurück zum Thema und wartete geduldig, bis der Mann einen weiteren Hustenanfall hinter sich gebracht hatte.

»Annegret hängt an Brachweiler, deshalb sitzen wir immer noch hier fest. Ich habe auf sie eingeredet, mit Engelszungen.« Er seufzte. »Wir hätten schon vor langer Zeit auf eine der spanischen Inseln ziehen sollen, das würde vieles vereinfachen.«

»Was zum Beispiel?«, fragte ihn die Beamtin.

»Na, was denken Sie denn?«, gab er unwirsch Antwort. »Wie, glauben Sie, lebt es sich in einer Stadt, in der dich alle für einen Mörder halten?«

»Sie hätten alleine weggehen können.«

»Ach, hätte ich das?«, erwiderte Brucker. »Und wie? Ich hatte Schulden, meinen Fahrerjob hat man mir gekündigt. Angeblich Stellenabbau, aber ich weiß, dass die mich loswerden wollten. Annegret hat mir geholfen und ich bin geblieben. Vielleicht ein Fehler«, fügte er noch nachdenklich an.

»Was war nun an dem Abend, an dem Lina Kraspe ermordet wurde?« Frederike Zimmer nannte ihm den ungefähren Todeszeitpunkt. Durch die Aktivitäten des Opfers in den sozialen Netzwerken und die Berechnungen der Gerichtsmedizin konnte der ziemlich genau bestimmt werden. Lina Kraspe starb zwischen 20 und 21 Uhr.

»Ich war auf dem Rückweg vom Flohmarkt in Leinbach, da war ich übrigens seit Mittag. Dort bin ich gegen acht aufgebrochen. Da gibt es sicher genug Zeugen, ich hatte nämlich einen ziemlich lauten Streit mit Bert vom Korbstand.«

Julian ging schnell mit seinem Smartphone ins Netz und sah sich die Umgebungskarte an. »Da hätten Sie um halb neun in Brachweiler sein können«, warf er dem Mann an den Kopf.

»Erstens fährt mein alter Schüttler nicht mehr so schnell und zweitens hatte ich eine Reifenpanne, musste das Rad wechseln, das hat eine Weile gedauert. Ich habe sogar beim Pannendienst angerufen.«

»Und wann kam der?«

»Gar nicht«, erwiderte Brucker gereizt. »Erst habe ich gewartet, dann war ich es leid und habe mir selbst geholfen. Das Ersatzrad ist immer noch drauf, können Sie gerne überprüfen.«

»Das beweist aber nicht, dass es zu der Zeit von Ihnen gewechselt wurde, als Lina Kraspe starb. Hat Sie vielleicht jemand gesehen?«

Er überlegte und plötzlich blitzten seine Augen. »Es gab da tatsächlich jemand, und ich bin mir sicher, dass er mich gesehen hat. Der ist nämlich sehr langsam an mir vorbeigefahren, bis er mich erkannt hat, dann gab er Gummi.«

»Und wer war das?«, fasste Frederike nun ungeduldig nach.

»Der gute Anton, Anton Müller.«

»Und der wird uns Ihre Geschichte bestätigen?«

»Wer weiß? Vielleicht lügt er so wie damals, dem traue ich alles zu.«

»Was heißt, er lügt?«

»Anton Müller hat diese Hexenjagd gegen mich angezettelt. Er hat allen erzählt, ich wäre ein Mörder, hat mir damit schwer zugesetzt. Dem traue ich zu, zu lügen, nur um mich endlich in den Knast zu bringen.«

»Wir werden Anton Müller befragen, trotzdem haben wir da noch ein anderes Problem«, fuhr die Beamtin ernst fort. »Wie kommen Ihre Fingerabdrücke auf die Tatwaffe?«

* * *

Kapitel 5

Dirk Kraspe warf den Kopf in den Nacken und stieß einen undefinierbaren Laut aus, ähnlich dem, den man von sich gab, wenn man schnell unter eine kalte Dusche sprang. Dann massierte er sich mit Zeigefinger und Daumen die Nasenflügel und begutachtete im Spiegel sein Gesicht. Die letzten Reste des Kokses wischte er sorgfältig ab und warf sich anschließend schwungvoll auf die Couch.

Der Witwer von Lina war vorübergehend in ein Freiburger Hotel gezogen, was zu reichlich Spekulationen in der Presse geführt hatte. Die einen nahmen an, er könne nach dem Tod seiner geliebten Frau nicht ertragen, in der gemeinsamen Wohnung zu bleiben, die anderen vermuteten, dass die Polizei das Haus versiegelt hatte. Nichts davon traf zu. Die Polizei hatte das Anwesen zwar durchsucht, aber er hätte bleiben können. Gegangen war er wegen seines Schwiegervaters. Theo Kraspe hasste ihn und würde versuchen, ihm das Leben zur Hölle zu machen. Er hatte sogar eine Unterhaltung aufgeschnappt, die der Alte mit seinem Anwalt bezüglich der Anfechtung des Erbes geführt hatte.

Dirk fluchte laut und schnappte sich ein gut gefülltes Glas Gin Tonic, das ihm der Zimmerkellner mit verständnisvollem Blick gebracht hatte. Der erste Schluck des leicht bitteren Getränks milderte die aufputschende Wirkung des Kokains etwas ab.

»Ich habe es mir immerhin nicht leicht gemacht«, sagte er leise und voller Selbstmitleid. »Lina zu daten und dann auch noch zu ehelichen, bedeutete für mich schließlich, die eigenen Interessen völlig hintanzustellen. Meine Karriere, meine

Freunde, selbst meinen Namen – alles habe ich für diese Frau geopfert. Steht mir da nicht wenigstens eine angemessene Abfindung zu?«, fuhr er fort, als säße ihm ein Psychotherapeut gegenüber. »Zugegeben, meine Karriere war nicht wirklich schwungvoll, meine Freunde sind alle Loser und durch die Namensänderung bin ich nun ein *Kraspe.*« Er schwenkte sein Glas wild hin und her und verschüttete dabei Teile des Inhalts über der Couch. »Die Leute kriechen dir in den Arsch, wenn du ein Kraspe bist.« Er lachte auf, bevor er mit finsterer Miene fortfuhr: »Aber trotzdem war das Zusammenleben mit ihr nicht einfach. Lina war launisch, boshaft und eine totale Egoistin.« Er trank noch einen Schluck und vergaß den imaginären Seelendoktor. Stattdessen prostete er dem Bild eines unbekannten Künstlers zu, das an der gegenüberliegenden Wand hing. Die Umrisse einer Frau, die auf das Meer hinausblickte, waren darauf abgebildet und man konnte es für dreihundert Euro käuflich erwerben. »Du wirst mir trotzdem fehlen, du Miststück!«, sagte er zu der in Ölfarbe gezeichneten Gestalt und überlegte, ob er das Gemälde nicht kaufen sollte. Er grinste wie jemand, der genau wusste, was er wollte, und dieses Ziel auch unnachgiebig verfolgen würde. Wieder hob er sein Glas. Dieses Mal sagte er zu dem Kunstwerk: »Wir werden doch wegen solch einer Kleinigkeit wie Geld nicht streiten. Ich bekomme, was mir zusteht, und du wirst dafür in Frieden ruhen.« Er starrte, ohne zu blinzeln, auf die gerahmte Darstellung, dann rief er gut gelaunt: »Ja, ich werde dich kaufen.«

Umständlich griff Dirk zum Telefonhörer, um das Hotel über seine Absichten zu informieren. Aber noch bevor er wählen konnte, klopfte es an der Tür.

»Was?«, blökte er genervt, und leise fügte er noch an: »Ich trauere, ich will meine Ruhe.«

Von außen hörte er ein »Ich bin es« und in dem Moment, in dem er die Stimme erkannte, sauste er in die Höhe wie ein Springteufel, dessen Schachtel geöffnet worden war.

In der nächsten Sekunde riss er die Tür auf und sah seinen Gast voller Zorn an.

»Willst du mich nicht hineinbitten?«, sagte die junge Frau mit den üppigen, rot geschminkten Lippen wollüstig.

»Bist du verrückt, hier aufzukreuzen?!«, zischte er wütend und hätte sich selbst am liebsten dafür geohrfeigt, so leichtsinnig seine übliche Suite bezogen zu haben.

»Du hast dich nicht mehr gemeldet«, warf sie ihm nun vor und zog einen Schmollmund.

Hektisch blickte er im Hotelflur nach links und rechts, dann zog er sie grob in seine Räumlichkeiten.

»Herrgott, Carola, wir hatten einen Plan.«

Der Schmollmund verschwand und mit einer unerwarteten Kälte antwortete sie: »Ach, du erinnerst dich daran, dass es einen Plan gibt. Dann weißt du sicher auch noch, dass ich darin vorkomme. Ich bin dein Alibi, schon vergessen?«

»Womöglich werde ich keines brauchen, das würde die Sache extrem vereinfachen.«

»Ich dachte, die glauben dir nicht, dass du zu Hause warst?«, reagierte Carola überrascht und eine Sorgenfalte erschien auf ihrem sonst so makellosen Gesicht. Vermutlich befürchtete sie gerade, ausgebootet zu werden.

»Momentan sieht es nicht so aus, als würden die mich verdächtigen.«

»Das heißt, du brauchst mich nicht und jagst mich zum Teufel?« Ihre Stimme klang schrill.

»Aber nein«, sagte er sofort beschwichtigend. »Du bist doch meine Versicherung, natürlich brauche ich dich.«

Er ging auf sie zu, um sie zu berühren, aber sie wich zurück.

»Warum sagst du den Bullen nicht einfach, dass du bei mir warst, als deine Frau starb, würde das nicht allen viel Arbeit ersparen? Du wärst endgültig von der Verdächtigenliste und ich müsste mich nicht mehr verstecken. Und solange ich behaupte, dass du schon ab 20:00 Uhr in meinem Bett gelegen hast, so lange ist auch niemand versucht herauszufinden, was du in der Zeit wirklich getan hast.« Die Worte gingen ihr geschmeidig über die Lippen. Sie tat so, als hätte sie ihm einen freundschaftlichen Rat gegeben, dabei war die Drohung offensichtlich.

Für einen Augenblick dachte er daran, Carola einfach totzuschlagen. Er sah es direkt vor sich. Seine Hände legten sich um ihren Hals, er schob sie zur Wand, schüttelte sie erst und knallte dann ihren Hinterkopf gegen die blütenweiße Tapete. Dirk roch sogar das Blut, glaubte, warme Tropfen davon auf seiner Haut zu spüren, und stellte sich vor, wie er sie anschließend zu Boden werfen, sich auf sie setzen und ihr hart mit der Faust mitten ins Gesicht schlagen würde, immer und immer wieder, so wie er es sich bei Lina viele Male vorgestellt hatte.

»Was ist los?«, holte ihn ihre Stimme zurück ins Hier und Jetzt.

Er schüttelte sich, ging nicht auf ihre Frage ein, sondern sagte geduldig: »Wir waren uns doch einig. Du kommst erst ins Spiel, wenn es unbedingt notwendig wird. Denn …«

Nun sah er sie herausfordernd an und genoss sichtlich, dass sie dadurch verunsichert wurde. »Denn wenn der Alte auch nur den Hauch einer Chance sieht, wird er das Testament anfechten, und dann stehen wir beide ohne einen Cent da. Er wartet nur darauf, mir einen fragwürdigen Lebenswandel nachzuweisen.«

»Geht das denn?«, fragte sie aufgebracht. »Wir haben doch Gesetze?«

»Ja, meine Liebe, aber wenn Theo einen Rechtsstreit beginnt, zieht sich die Auszahlung des Erbes hin. Ein großer Teil von Linas Vermögen liegt im Ausland, keine Ahnung, welche Chancen er da hat. Und eines kann ich dir über meinen Schwiegervater definitiv sagen: Wenn er einen Weg findet, mir zu schaden, dann wird er das auch tun. Und je schlechter ich dastehe, desto leichter kann er seine Lügen über mich unters Volk bringen. Was, wenn er behauptet, ich hätte Lina misshandelt und zu dem Testament gezwungen? Selbst wenn er nicht damit durchkommt, gewinnt er Zeit. Zeit, in der uns die Kohle fehlt.«

Carola hatte zwar die naive Nummer gut drauf, war aber dennoch mit ausreichend gesundem Menschenverstand ausgestattet. Sie nickte betreten.

»Also hoffen wir, dass deine Aussage nie nötig sein wird«, setzte Dirk noch einmal nach.

»Du hast recht, ich hätte nicht kommen dürfen, das war dumm.«

»Hat dich jemand gesehen?«

»Nein, ich bin direkt über die Tiefgarage nach oben, so wie wir es immer gemacht haben. Ich dachte mir schon, dass du hier bist, nachdem es in der Presse hieß, du wärst ausgezogen.« Sie warf ihm einen verführerischen Blick zu. »Ich gehe jetzt.« Es klang mehr wie eine Frage.

Als er dieses Mal auf sie zutrat, wich sie nicht zurück. Er streifte ihre Jacke ab. »Wo du schon einmal hier bist«, sagte er lüstern und griff mit einer Hand in ihr volles rotes Haar. Sie quietschte, als er sie sanft in den Hals biss, dann seine Zunge bis zu ihrem Ohrläppchen bewegte und daran knabberte.

»Willst du das wirklich? Bist du sicher?«, fragte sie, nur um ihn zu provozieren.

Er zog sie fester am Haar, riss ihren Kopf nach hinten und zischte: »Ich bin mir immer sicher und du? Bist du dir auch sicher, dass ich um 20:00 Uhr in Linas Todesnacht bei dir war?«

»Ja«, stammelte sie von dem Themenwechsel und seiner Brutalität überrascht.

Dirks Griff wurde nun noch fester. »Und wirst du, wenn es sein muss, auch brav das aussagen, was wir besprochen haben?«

Sie hauchte erneut ein »Ja« und der Schmerz trieb ihr die Tränen in die Augen. In diesem Moment hatte sie das erste Mal Angst vor Dirk, der sie mit geweiteten Pupillen und verschwitztem Gesicht ansah und den plötzlich ein Hauch von Wahnsinn umgab.

Abrupt ließ er ihr Haar los und küsste sie auf den Mund. Am liebsten hätte Carola das Ganze abgebrochen, aber er streifte ihr bereits die Kleider vom Leib.

»Nicht so stürmisch.« Sie lachte gekünstelt, allerdings ignorierte Dirk ihre Einwände.

Er warf die junge Frau aufs Bett und zog sich die Hose herunter. Sie konnte sehen, wie erregt er bereits war. Als er in sie eindrang, empfand Carola das als unangenehm. Sie war noch nicht so weit und konnte den Sex mit ihm heute das erste Mal nicht genießen. Trotzdem stöhnte sie und feuerte ihn an, als er mit harten Stößen versuchte, zum Höhepunkt zu kommen. Carola hatte das Gefühl, ein Fremder würde über sie herfallen, jedoch untersagte sie sich Protest und ertrug auch die schmerzhaften Bisse in ihre Schulter, die ihn offenbar antörnten. Noch nie hatte sie ihn so erlebt und langsam beschlich sie das Gefühl, einen großen Fehler begangen zu haben.

* * *

Zur gleichen Zeit in Gabriel Bruckers Werkstatt

Wenn die Beamten erwarteten, der Mann wäre geschockt darüber, dass man seinen Fingerabdruck gefunden hatte, wurden sie schlichtweg enttäuscht.

Völlig unaufgeregt fischte sich Gabriel Brucker auf Frederike Zimmers Anschuldigung hin eine neue Zigarette aus der verknitterten Schachtel und zündete sich diese an der alten an.

»Kann ich das Ding mal sehen?«, fragte er, nachdem er einen tiefen Zug genommen hatte.

»Sicher«, erwiderte die Hauptkommissarin und hob ihm ihr Smartphone vor die Nase. Der Korkenzieher war auch auf dem kleinen Display gut zu erkennen. Ein Holzgriff, an dem die typische Metallspirale befestigt war, mit der man die Korken herausziehen konnte. Das Holz hatte man bearbeitet und lackiert. Frederike hatte selbst ein ähnliches Teil zu Hause, ein Überbleibsel aus dem Partykeller ihrer Eltern und unverwüstlich.

»Aha«, brummte Brucker und stand auf.

Wieder war es Oberkommissar Meister, der auf der Hut war und seine Waffe griffbereit hatte.

Brucker blieb das nicht verborgen, er grinste. »Was ist los, Herr Polizist? Befürchten Sie etwa, ich würde mir nach dieser Offenbarung den Weg freischießen?«

Frederike kam einer Antwort des Oberkommissars zuvor. »Erklären Sie uns das mit dem Fingerabdruck«, sagte sie bestimmt.

»Bin ja gerade dabei, folgen Sie mir«, entgegnete Brucker ironisch und lotste die Beamten in eine Ecke, in der ein alter Bauernschrank stand.

Die Türen gaben ein schauriges Geräusch von sich, als er sie öffnete. »Haben Sie so einen gefunden?«, fragte Brucker gut gelaunt und deutete auf eines der Schrankfächer, in dem mindestens vierzig Korkenzieher lagen. Alle waren einzeln in durchsichtige Tüten verpackt und alle sahen genauso aus wie die Tatwaffe im Fall Lina Kraspe.

»Ich wette, auf jedem dieser Teile sind meine Fingerabdrücke, schließlich mache ich die selbst, inklusive eigenhändiger Verpackung. Bedienen Sie sich, lassen Sie Ihr Labor das überprüfen. So läuft das doch, oder?«

Er schlurfte zurück zu seinem abgewetzten Barhocker, setzte sich, trank einen Schluck Bier und überließ die Beamten hinter seinem Rücken sich selbst.

Frederike Zimmer unterdrückte ein enttäuschtes Stöhnen, griff stattdessen nach einigen der Tütchen und begutachtete den Inhalt, bevor sie Julian die Anweisung gab, eine Handvoll in eine Archivierungstüte zu packen. Aufmerksam betrachtete sie die kleinen Küchenhelfer. Sie sahen identisch aus, manche unterschieden sich leicht in der Holzmaserung des Griffes, das war alles. Kein Richter der Welt würde jetzt noch einen Haftbefehl ausstellen, dafür reichten die Indizien nicht aus. Außerdem war da noch die Geschichte mit der Reifenpanne. Würde sich die bestätigen, wäre Brucker runter von der Verdächtigenliste. Im Stillen dankte sie ihrem Instinkt, der sie vor einer übereilten Verhaftung bewahrt hatte.

Langsam ging sie zurück zu der traurigen Gestalt auf dem Barhocker, Julian folgte ihr mit enttäuschter Miene.

»Wo werden Ihre Korkenzieher verkauft?«, fragte sie Brucker.

»Du liebe Güte«, antwortete der amüsiert, »ich bin auf Flohmärkten und Straßenfesten unterwegs. Bis Freiburg im Süden und Mannheim im Norden.«

»Wie viele Korkenzieher verkaufen Sie denn bei so einer Veranstaltung?«, fragte Hauptkommissarin Zimmer, die sich über den großen Radius wunderte.

»Unterschiedlich, aber ich verkaufe ja nicht nur die Dinger«, gab Brucker ihr Auskunft. »Ich schleife Messer und Scheren, damit lässt sich Geld verdienen, und gelegentlich verkaufe ich Metallskulpturen für den Vorgarten. War ein Hobby von mir und nachdem die mich gefeuert hatten, musste ich ja von irgendetwas leben. Zwischendurch helfe ich bei Metallarbeiten auf Baustellen aus, was eben so anfällt.«

»Ist Ihnen in letzter Zeit irgendetwas Verdächtiges aufgefallen? Ein Kunde, der sich komisch verhalten hat?«, griff Frederike nach dem sprichwörtlichen Strohhalm.

»Es war keiner an meinem Stand und hat gesagt: ›He, ich brauche einen Korkenzieher, um eine Frau abzustechen‹, wenn Sie das mit ›verdächtig‹ meinen.«

Auch wenn sich die Beamtin über Bruckers flapsige Art ärgerte, gab sie ihm im Stillen recht, so einfach war es wohl nie.

»Werden Ihre Artikel auch in Brachweiler gekauft?«, fragte sie daher als Nächstes.

»Kommt schon vor«, gab er knapp Antwort.

»Und von wem?«

»Die Tränkle kauft mir gelegentlich ein paar Korkenzieher ab, um sie an Weihnachten an Kunden zu verschenken. Ein geiziges altes Weib und hässlich wie die Nacht«, fügte er noch an. »Dann beliefere ich die Tankstelle am Ortsausgang und der Pfarrer bekommt jedes Jahr eine Handvoll für seine langweiligen Tombolas.« Er schnalzte verächtlich mit der Zunge. »Vermutlich straft mich der Allmächtige jetzt auch noch für meine Großzügigkeit. Annegret hatte früher welche in den Appartements, hielt sie dann aber für altmodisch und hat sie durch moderne ersetzt. Angeblich bräuchte man bei meinen zu viel Kraft. Typisch meine Schwester.«

»Gibt es noch weitere Verkaufsstellen?«, hakte Frederike Zimmer ungeduldig nach, die momentan keinen Bedarf hatte, mehr über das Verhältnis der Geschwister zu erfahren.

»Nein«, sagte er mit Bedauern. »Vielleicht hätte Sofie mir welche abgenommen, aber ich habe es in all den Jahren nicht geschafft, sie zu fragen.«

Das Thema erschien der Beamtin schon interessanter, deshalb bohrte sie nach: »Sofie Pfortmann, die Tochter von Berta Pf...«

»Ja, genau die«, reagierte Brucker giftig. »Die, die den Lebensmittelladen führt, und die, deren Mutter vor zwanzig Jahren ermordet wurde. Etwas, wofür man mich heute noch verantwortlich machen will. Allerdings ...« Er schien sich zu beruhigen. »Allerdings hat Sofie mir nie etwas vorgeworfen.«

Jetzt hatte er die ganze Aufmerksamkeit der Hauptkommissarin. »Sie hält Sie also nicht für schuldig?«

»Sie gibt mir nie das Gefühl. Das hat sie auch in der Vergangenheit nicht. Sofie war immer schon ein liebes Mädchen, schüchtern und zurückhaltend, aber nie gemein. Ich weiß, dass dieser ganze Mist ausschließlich auf das Betreiben von Anton Müller hin passiert ist. Ich kenne Sofies Aussage. Sie hat mich weder gesehen noch beschuldigt.«

»Was glauben Sie, was Berta Pfortmann passiert ist?«, fragte ihn Frederike nun ganz direkt. Sie wusste, dass sie nicht deshalb hier war, aber die berufliche Neugier plagte sie nun einmal.

Brucker sah sie durchdringend an. Julian im Hintergrund räusperte sich schon ungeduldig, aber der Alte ließ sich nicht drängen. Irgendwann stieß er geräuschvoll die Luft aus, um zu antworten: »Ich weiß es nicht. Aber wenn ich raten soll, dann würde ich sagen, Berta war womöglich nicht ganz der Engel, für den sie alle hielten.«

Frederike Zimmer fasste sofort nach und jetzt merkte man Brucker an, dass er seine Antwort bereits bereute. Umständlich ruderte er zurück: »Es schien mir einfach das Naheliegendste. Warum sonst hätte man sie umbringen sollen?« Er kramte die nächste Zigarette aus der Schachtel. »Besser, ich halte künftig die Schnauze«, fuhr er fort und es klang beinahe wie eine Entschuldigung. »Aber wissen Sie, Bertas Verschwinden hat mein ganzes Leben ruiniert, dafür habe ich sie irgendwann gehasst. Schenken Sie meinen Worten daher nicht allzu viel Beachtung.«

»Sie haben sie aber nicht immer gehasst«, fühlte ihm die Beamtin auf den Zahn. »Sie waren doch sehr vertraut mit Frau Pfortmann.«

Bruckers kurzzeitig sanfte Phase endete. »Glauben Sie ernsthaft, Sie können mir ein Verhältnis mit der Frau anhängen? Das haben die letzten Jahre alle möglichen Leute versucht.« Er war wütend. »Ich sage Ihnen das Gleiche wie denen: Ich hatte nie ein Verhältnis mit Berta. Wir haben ein bisschen gequatscht, wenn ich die Ware gebracht habe, unbedeutendes Geplänkel. Lesen Sie die Akte!«

* * *

Am späten Abend

Oliver Müller betrat das kleine Häuschen, das ebenfalls direkt an das Brachweiler Moor angrenzte. Seine Frau hatte immer gesagt, dass ihnen das eines Tages einen Haufen Kohle einbringen würde. Erst hatte er ihr zugestimmt, einige Zeit später das Thema vermieden und schließlich war er wütend geworden, wenn sie es überhaupt angeschnitten hatte. Er wollte nicht darüber nachdenken, was seither alles passiert war. Stattdessen konzentrierte er sich ganz auf seinen Job.

Hauptkommissarin Zimmer war eine gute Vorgesetzte, eine, die Engagement würdigte und Potenzial sah. Wenn er jetzt alles richtig machte, dann würde ihn das wieder nach vorne bringen. Gerne wäre er auch bei Bruckers Befragung dabei gewesen, aber die hatte er verpasst. Allerdings wurde ihm alles darüber erzählt, auch dass sein Vater erneut eine Rolle spielte, dieses Mal als Zeuge bezüglich der Autopanne. Oliver hatte versprochen, ihn morgen früh zu einer weiteren Aussage mit aufs Revier zu bringen. Nun, bis morgen war noch Zeit.

Die alten Dielen im Gang knarzten unter seinen Füßen. Oliver vermied es, die Räume des Vaters im Erdgeschoss zu betreten. Im oberen Stockwerk schlich er in sein ehemaliges Kinderzimmer. Er hatte sich die Etage hergerichtet, sie modern gestaltet und trotzdem fühlte er sich in diesem Haus nicht erwachsen. Manche Menschen liebten es, in ihre Elternhäuser zurückzukehren und dann die Kindheit zu spüren. Er hasste es. Soweit er sich zurückerinnern konnte, war er kein glückliches Kind gewesen. Der Vater, ein angesehener Polizist, immer erpicht darauf, von allen geachtet zu werden, hatte es seinem Sprössling nicht einfach gemacht, sich zu entfalten. Die Mutter redete ihrem Ehemann stets nach dem Mund und so fühlte sich Oliver oftmals wie ein Utensil, das einfach notwendig gewesen war, um das Bild der anständigen Familie zu vervollkommnen.

»Anständig«, zischte Oliver wütend und ließ sich auf seine kleine Couch fallen. Bilder kamen in ihm hoch, Bilder, die er vergessen wollte. Erinnerungen an einen nackten Frauenkörper, der sich hingab, wild und zügellos, abstoßend und faszinierend zugleich. Und er? Hatte er damals wirklich das Richtige getan?

* * *

Am nächsten Morgen

Sofie Pfortmann war früh aufgestanden. Ihr Schlaf war unruhig gewesen, denn – so hatte sie zumindest den Eindruck gehabt – die Schatten der Vergangenheit hatten wie lauernde Geier auf den vier Bettpfosten gesessen, um sie zu beobachten. Ihre Versuche, sie zu verscheuchen, hatten nur dazu geführt, dass die imaginären Wesen einen Augenblick mit ihren gewaltigen Schwingen geschlagen hatten, letzten Endes aber doch bis zum Morgengrauen geblieben waren.

»Wird es denn nie enden?«, hatte sie sich unter Tränen gefragt und war ins Badezimmer gestürzt.

Ihre Haut brannte noch immer von dem vielen Schrubben und Bürsten. Es war wie ein Anfall gewesen, ein unkontrollierter Ausbruch, ein Rückschlag. Alte Rituale, die sie längst abgeschüttelt geglaubt hatte, waren plötzlich wieder da gewesen.

Jedes Stück Haut ihres Körpers hatte sie gründlich gereinigt, auch die intimen Stellen. Das Wundsein und der damit einhergehende Schmerz, den sie nun spürte, taten ihr gut, waren wie eine Befreiung, ein Gefühl, als wäre sie dadurch ins Leben zurückgekehrt.

Fast schon entspannt nahm sie deshalb den Telefonhörer ab, als es klingelte. Der Laden war zwar noch geschlossen, aber sie vermutete, dass vielleicht ein Fahrer mit Ware vor der Tür stand.

»Ich bin es, Oliver«, hörte sie ihren ehemaligen Schulkameraden sagen, »es geht um meinen Vater.«

Sofie lauschte seinen Worten. Da der alte Mann verschwunden war, versuchte Oliver den gestrigen Tag seines Vaters zu rekonstruieren. »Er ist nicht mehr derselbe. Die Herzoperation, die starken Tabletten, manchmal verlässt ihn sein Gedächtnis. Ich mache mir wirklich Sorgen, befürchte, er irrt irgendwo durch die Gegend.«

»Seit wann ist er denn weg?«, fragte Sofie, nur um überhaupt etwas zu sagen.

Die zögernde Antwort klang nach Schuldgefühl. »Ich habe es erst vor einer Stunde bemerkt, als er nicht zum Frühstück kam.«

»Na«, unternahm Sofie den Versuch, ihn zu beruhigen, »dann ist er vielleicht nur spazieren.«

»Aber nein«, vertraute ihr Oliver an. »Sein Bett ist unberührt und die Sachen, die er gestern getragen hat, sind nicht da. Bisher weiß ich lediglich, dass er in der Apotheke war. Emma Tränkle meinte, er hätte zuvor bei dir eingekauft.«

»Stimmt, er war da«, bestätigte Sofie sofort. »Aber da schien es ihm gut zu gehen« – sie schnappte hörbar nach Luft – »mir ist nichts aufgefallen, aber ich hatte gestern auch keinen guten Tag.« Sie brach ab.

»Ach, Sofie«, hörte sie Oliver am anderen Ende der Leitung sagen, »es tut mir leid, dass ich dich damit belästigen muss. Ich weiß ja, was du gerade durchmachst.«

Sie schwieg und er glaubte, sie würde weinen, aber dann sagte sie mit fester Stimme: »Und ich weiß, wie es dir gerade geht, also wie kann ich helfen?«

»Fällt dir irgendetwas ein, was er gesagt oder getan hat, eine Andeutung, wohin er wollte?«

»Er war schick angezogen, trug sogar eine Krawatte«, begann sie zu antworten. »Er hat eine Flasche Wasser gekauft und gefragt, wie es mir geht. Das macht er immer. Ich glaube, er fühlt sich verantwortlich für mich, dabei bin ich doch längst keine siebzehn mehr.« Es folgte ein leises, trauriges Lachen, dann fuhr sie fort: »Sonst war nichts Ungewöhnliches.« Sie stockte. »Allerdings … ich weiß nicht, ob das wichtig ist …«

»Alles ist wichtig«, drängte sie Oliver.

»Er sah ein paar Mal auf seine Uhr. Ich hatte den Eindruck, er müsste irgendwo hin, hätte vielleicht noch einen Termin. Mehr weiß ich leider nicht.«

»Ich danke dir«, hörte sie ihren Gesprächspartner sagen, bevor er einen Abschiedsgruß murmelte und auflegte.

Sofie ging danach zum Waschbecken, ließ kaltes Wasser über ihre Hände laufen und griff zur Seife. Dieses Mal zählte sie nicht bis zehn, dieses Mal schäumte sie einfach die Haut ein und war ganz versunken in die Erinnerungen an die Zeit, als Suchmannschaften das Moor durchkämmten, man ihr ständig auf die Schulter klopfte und Dinge sagte wie: »Das wird schon«, oder: »Kopf hoch, wir sind für dich da.« Das Wort Tod wurde damals nur geflüstert, dabei hatte es keine Zweifel gegeben.

Gedankenverloren drehte sie den Hahn zu, trocknete sich die Hände und ging langsam nach hinten in ihre kleine Werkstatt. Sie war gestern noch fleißig gewesen. Nach Ladenschluss hatte sie erneut den alten Topf auf den Herd gestellt und sich noch einmal an die Arbeit gemacht. Passend zu den rosigen Herzstücken für die weiblichen Kunden, hatte sie eine würzig duftende männliche Variante kreiert. Dieses Mal hatten die Seifenstücke eine Kugelform. Der Duft der herben Kräuter, die sie dazu verwendet hatte, hing noch in der Luft und wirkte wie ein Beruhigungsmittel. Die Anspannung fiel von ihr ab und geradezu beschwingt begann sie die kleinen Seifen in hauchdünne Papiertütchen zu stecken und mit einer Schleife zu versehen, während sie sich vornahm, die Vergangenheit endlich hinter sich zu lassen.

* * *

Kapitel 6

Etwa zur gleichen Zeit

»Was gibt es Neues?«, fragte Hauptkommissarin Zimmer ungehalten in die Runde. Das allgemeine Schulterzucken brachte sie in Rage. »Der Mann muss doch irgendwo sein!«, sagte sie zum x-ten Mal. Dann schnaufte sie, ließ die Lippen vibrieren, als müsste sie Stimmung auf einem Kindergeburtstag machen, und wandte sich an Dietmar Klein: »Irgendwelche Erkenntnisse bei der Überprüfung von Gabriel Bruckers Alibi?«

Der Kollege nickte. »Der Veranstalter des Flohmarkts bestätigt Bruckers Teilnahme. Die Adressen der Standnachbarn haben wir, die jeweiligen Kollegen vor Ort helfen uns aus und übernehmen die Befragungen. Der Pannendienst bestätigt den Anruf von Brucker und auch, dass sie wegen eines Unfalls auf der Autobahn erst nach 21:00 Uhr an der Pannenstelle ankamen. Die waren ziemlich aufgebracht, dass keiner mehr da war.«

»Der Anruf beim Pannendienst könnte somit nur ein geschicktes Manöver gewesen sein, sich ein Alibi zu verschaffen«, warf Julian ein.

»Das ist mir alles zu dünn«, hielt Frederike dagegen. »Soll er sich womöglich auch noch Anton Müller als Alibizeugen ausgedacht haben? Und damit seine Lüge nicht auffliegt, lässt er den schnell verschwinden, nur damit er eine Frau umbringen kann, die er vermutlich noch nie zuvor in seinem Leben gesehen hat? Wenn er seit Mittag auf dem Flohmarkt war, konnte er unmöglich wissen, dass Lina Kraspe eine Autopanne haben und im Ferienhaus seiner Schwester einchecken würde.«

Im nächsten Moment flog die Tür auf und eine aufgebrachte Anja Kirsch blökte: »Haben Sie ihn jetzt auch noch zum neuen Pressesprecher gemacht?«

Die Hauptkommissarin war perplex, aber die junge Beamtin ließ ihr keine Zeit für Fragen. »Sehen Sie sich das an.« Sie hielt ihr ein Tablet unter die Nase und startete ein Video.

Oliver Müller erschien, umringt von Mikrofonen, die ihn bedrängten wie ein Schwarm blutrünstiger Stechmücken.

»Hat das Verschwinden Ihres Vaters mit dem Fall Kraspe zu tun?«, rief einer der Reporter.

»Zu diesem Zeitpunkt können wir das nicht sagen«, folgte seine Antwort.

Gleichzeitig gab Anja Kirsch einen verächtlichen Laut von sich. »Was fällt dem ein? Ich bin in diesem Fall der Kontakt zur Presse. Ich …«

Frederike Zimmer hob die Hand, um sie zum Schweigen zu bringen. »Ich kümmere mich darum.«

* * *

Oliver Müller war auf den Straßen unterwegs, um die Einwohner von Brachweiler nach seinem Vater zu befragen. Die Hauptkommissarin ließ ihn von Dietmar Klein in den Polizeiposten beordern. Dort bat sie ihn direkt in das Büro, das man ihr zur Verfügung gestellt hatte, und schloss die Tür.

»Wenn Sie auf eigene Faust agieren, ziehe ich Sie von dem Fall ab«, kam sie gleich zur Sache.

»Ich suche meinen Vater, das ist ja wohl normal.«

»Sie sprechen mit der Presse, auch über den Fall Lina Kraspe«, entgegnete die Hauptkommissarin. Sie wurde nicht laut, wirkte völlig ruhig und dadurch gefährlich.

Zumindest wurde Oliver in diesem Moment klar, dass

er auf der Hut sein musste. »Tut mir leid«, sagte er deshalb kleinlaut, »ich habe das nicht gewollt. Die erfuhren vom Verschwinden meines Vaters und plötzlich sprach ich in ein Mikrofon. Andererseits war ich doch verpflichtet, die Möglichkeit zu nutzen. Je größer der Suchradius …«

Sie unterbrach ihn. »Ein erfahrener Polizist wie Sie weiß, dass solche Aktionen abgesprochen werden müssen.«

»Kommt nicht wieder vor.«

»Wenn doch, schmeiße ich Sie aus der Soko«, erwiderte sie sehr deutlich, bevor sie zur Tür ging und die wieder öffnete.

Dietmar Klein kam ihr entgegen.

»Zwei Frauen haben Anton Müller gestern auf dem Rundweg gesehen, der um das Moor führt. Sie waren mit ihrem Hund unterwegs.«

»Welche Richtung?«, fragte Oliver, bevor die Hauptkommissarin etwas entgegnen konnte. Er sah sie sofort entschuldigend an.

Mit einer kurzen Handbewegung überging sie diese Unhöflichkeit und wartete auf Kleins Antwort.

»Nach deren Beschreibung hat sich Ihr Vater auf dem Weg nach Hause befunden. Allerdings könnte er auch zurück auf die Hauptstraße gegangen sein oder tiefer ins Moor«, mutmaßte Klein weiter.

Frederike Zimmer, von der ganz offensichtlich eine Entscheidung erwartet wurde, musste den Tatsachen ins Auge sehen und sagte zu Oliver Müller: »Wir werden das Moor absuchen. Fragt sich nur, wo man da anfangen soll. Vorschläge?«

Wie aufs Stichwort wurde in diesem Augenblick die Tür aufgerissen und eine Frau betrat den Polizeiposten.

* * *

Sie als schillernde Gestalt zu beschreiben, wäre die Untertreibung des Jahrhunderts gewesen. Ines Jenner wandte das

Wort an den ersten Beamten, der ihr vor die Nase kam, und das war Dietmar Klein.

»Wie schön, dass hier einmal Betrieb herrscht, vielleicht nimmt sich dann ja jemand der Verbrechen an, die ständig in Brachweiler geschehen.«

Dietmar Klein starrte mit offenem Mund auf die Frau mit der wallenden silbergrauen Mähne, die ihr fast bis zu den Hüften reichte. Ihre Augen waren von einem tiefen Blau und die zahlreichen Mimikfalten in der gebräunten Haut der Sechzigjährigen zeugten von einem leidenschaftlichen Menschen. Sie trug eine Mischung aus Rock und weiter Pumphose, dazu ein ausgeleiertes Oberteil. Bei ihrem Anblick dachte der Beamte an eine heidnische Göttin, der nur noch ein brennender Speer fehlte, mit dem sie ihn attackieren konnte.

»Also, nehmen Sie jetzt meine Anzeige auf?«, fragte sie mit einer tiefen, dröhnenden Stimme.

»Eigentlich bin ich nicht zuständig, ich werde Ihnen einen Kollegen schicken.«

Die anderen Beamten hatten sich bereits wieder ihren eigenen Aufgaben zugewandt, da hörten sie Ines Jenner sagen: »Nicht zuständig? Ich denke, hier werden Mordermittlungen geführt, und ich habe einen Mord zu melden.«

Jetzt hob sie provozierend das Kinn und stellte mit Genugtuung fest, dass alle Blicke auf sie gerichtet waren.

Frederike Zimmer löste sich aus der Gruppe und trat auf die Frau zu. »Was für einen Mord?«, fragte sie mit einem Unterton, der klarmachte, dass es Zeit war, auf den Punkt zu kommen.

Ines Jenner ließ sich jedoch nicht drängen, sondern deutete auf den Stoffbeutel, den sie in ihrer rechten Hand hielt. »Ich habe sogar die Tatwaffe.«

Die Hauptkommissarin atmete tief durch, sie war schon zu lange dabei, um nicht zu erkennen, dass diese Frau ganz sicher weder eine Leiche gesehen noch einen Mord beobachtet hatte.

Ungeduldig nahm sie daher den Beutel entgegen und blickte hinein. Der Rest der Anwesenden wartete gespannt auf die Reaktion der Vorgesetzten.

Die sagte nun mühsam beherrscht: »Eine Plastikflasche, Mineralwasser mit Kohlensäure, was bedeutet das?«

»Die habe ich im Moor gefunden«, ereiferte sich Ines. »Wissen Sie eigentlich wie lange es dauert, bis sich das Plastik zersetzt? Und ist eigentlich irgendwem klar, wie dankbar wir für das Moor sein müssen? Unglaubliche Mengen Kohlendioxid werden dort umgewandelt. Das Moor ist unsere grüne Lunge. Ist es folglich also kein Mord, wenn man uns unsere Lungen nimmt?«, fuhr sie immer dramatischer fort. »Wir werden alle sterben, weil das« – ihr Zeigefinger deutete auf die Plastikflasche – »uns langsam umbringt.«

Frederike Zimmer starrte immer noch auf den Inhalt des Beutels. Etwas hatte sie aufhorchen lassen, etwas, das Ines gesagt hatte und das zu einer anderen Information passte. Konzentriert ließ sie den Morgen Revue passieren und plötzlich stellte ihr Gehirn die Verknüpfung her.

»Wo genau haben Sie die Flasche gefunden?«, unterbrach Frederike den Monolog ihres Gegenübers.

Ines, verdutzt, dass man ihrem Anliegen mit ernsthaftem Interesse begegnete, kam ins Stammeln. »Im Moor, ein ganzes Stück weit von den Häusern entfernt, ich kann es Ihnen zeigen.«

»Haben Sie die Flasche angefasst?«, stellte die Hauptkommissarin ihre nächste Frage.

»Nein, ich dachte, das könnte ein Beweisstück sein. Ich war sehr vorsichtig wegen der Fingerabdrücke. Auch wenn ich es eigentlich nicht gewohnt bin, dass man meinen Beschwerden Bedeutung schenkt.« Sie verschränkte die Arme vor der Brust und zog eine Schnute, um den Unmut auszudrücken, den sie darüber empfand.

Frederike bedeutete Dietmar Klein, sich um die Zeugin zu kümmern, während sie an den Rest des Teams Anweisungen gab.

Die Hauptkommissarin hatte sich nämlich an Oliver Müllers Bericht erinnert. Demzufolge war dessen Vater im Geschäft von Sofie Pfortmann gewesen, um eine Flasche Wasser zu kaufen. Als Erstes sollte daher ein Anruf klären, ob die Marke, die der alte Mann erworben hatte, mit der gefundenen Flasche übereinstimmte. Sofie konnte das bestätigen.

»Nehmen Sie sich ein paar Männer und lassen Sie sich von Frau Jenner zeigen, wo sie die Flasche gefunden hat. Das Labor überprüft parallel dazu die Fingerabdrücke. Wenn diese Flasche Ihrem Vater gehört hat, haben wir womöglich eine Spur.«

Oliver Müller, der sowieso so ungeduldig wirkte wie ein Rennpferd kurz vor dem Start, ließ sich das nicht zweimal sagen und verschwand mit Ines Jenner im Schlepptau.

»Hätten wir nicht die Laborergebnisse abwarten sollen?«, wandte Julian ein, als die beiden aus der Tür waren.

»Das Risiko, dadurch Zeit zu verlieren, wollte ich nicht eingehen«, gab ihm seine Vorgesetzte Antwort. »Wenn Anton Müller Hilfe braucht, was anzunehmen ist, zählt jede Minute. Vielleicht liegt er irgendwo bewusstlos.«

»Komisch, dass ihn dann diese Verrückte nicht gefunden hat«, warf Dietmar Klein ein.

»Womöglich hat er die Flasche auf seinem Weg fallen lassen, wir müssen jedenfalls handeln.«

Julian Meister konnte nicht umhin, ein anderes Thema anzuschneiden. Er klang streitsüchtig, als er jetzt einwarf: »Hätte man Oliver Müller nicht von dem Fall abziehen müssen? Er ist ja wohl definitiv zu sehr involviert. Unmöglich, dass er da noch objektiv sein kann …«

»Noch haben wir keinen Fall, sondern nur einen vermissten alten Mann. Außerdem entscheide immer noch ich, wer wann abgezogen wird«, reagierte die Hauptkommissarin genervt, vor allem, weil sie wusste, dass Julian recht hatte. Aber andererseits hätte sie sich auch nicht abhalten lassen, nach einem geliebten Angehörigen zu suchen. Wer wusste schon, was Oliver Müller auf eigene Faust angestellt hätte, da war es doch besser, ihn vorerst einzubeziehen und so unter Kontrolle zu halten.

»In der Zwischenzeit kümmern wir uns um den Fall Kraspe.« Ihr Ton war ungewöhnlich unfreundlich, als sie sich an Julian Meister wandte. »Du übernimmst zusammen mit Dietmar die Apotheke, ich will wissen, was Lina Kraspe dort genau wollte und wer gleichzeitig mit ihr im Laden war. Und Sie«, wandte sich Frederike an Anja Kirsch, »Sie werden mich zu Sofie Pfortmann begleiten.«

»Ich?«, entfuhr es der Pressesprecherin, »aber das ist gewöhnlich nicht meine …«

»Sie sind ausgebildete Kommissarin, oder nicht?«, unterbrach sie Frederike ungeduldig. »Ich möchte eine Zeugin befragen, die offensichtlich einiges durchgemacht hat. Da ist ein Gespräch in Anwesenheit einer jüngeren, weiblichen Kollegin manchmal leichter. Abgesehen davon war das Interview von Oliver Müller für heute genug in Sachen Pressemitteilungen, oder etwa nicht?«

Sie ließ die beiden zurück und ging in ihr Büro.

Dietmar Klein nahm den unerwarteten Außendiensteinsatz klaglos hin und zog sich bereits seine Jacke über. Hinter ihm tuschelten Julian Meister und Anja Kirsch.

»Ich weiß ja nicht, wie es Ihnen geht«, sagte die Pressesprecherin gerade spitz, »aber meiner Meinung nach bekommt hier jemand zu viel Rückendeckung. Wie Sie schon sagten: Erstens sollte er an dem Fall nicht mehr mitarbeiten und zweitens hat er sich unerlaubt an die Presse gewandt. Ich bin mir sicher, dass das für eine Suspendierung reichen würde, stattdessen übernimmt er jetzt Ihren Platz«, fügte sie mit einem kurzen Auflachen an.

»Ich denke nicht, dass er irgendjemandes Platz einnimmt«, sah sich Julian nun doch gezwungen, sowohl Frederike als auch den Polizeihauptmeister in Schutz zu nehmen.

»Gott, sind Sie naiv!«, fuhr ihn die junge Kollegin an. »Das passiert doch ständig. Wer nicht die Ellbogen ausfährt, wird bei Beförderungen übergangen, verrottet in irgendeinem kleinen Kaff oder hinter dem Schreibtisch.« Ihr Blick streifte vielsagend Dietmar Kleins Rücken, der außer Hörweite schien. »Ich kenne Typen wie Müller. Die wissen, wie man sich bei Vorgesetzten einschleimt. Ich wette mit Ihnen, dass der am Ende in Freiburg ein Büro bekommt.«

»Blödsinn, warum hat er sich dann nach Brachweiler versetzen lassen?«, gab Julian zwar selbstsicher zurück, aber Anja Kirsch hatte bereits ein kleines Körnchen Zweifel in seine Seele gesät, das nun anfing, erste Blätter zu treiben.

»Das genau ist die Frage«, zischte sie listig. »Ich werde ihm jedenfalls nicht gestatten, auf meine Kosten Karriere zu machen, und Sie sollten auch besser auf den Stuhl unter Ihrem Hintern aufpassen. Nicht dass den mal jemand ruckartig wegzieht.«

Eine Antwort blieb Julian erspart, weil in diesem Augenblick Frederike mit Jacke und Tasche aus ihrem Büro kam, auffordernd in die Runde blickte und sagte: »Also, fangen wir an.«

* * *

Zur gleichen Zeit in Freiburg

Yolanda Karpov war schon seit über zwanzig Jahren im Freiburger »Trauhoff-Hotel« beschäftigt. Die einst kleine Familienpension war zusammen mit ihr gewachsen. Damals hatte sie als einfache Hilfskraft angefangen, heute herrschte sie über die Putzkolonne und die gewaltigen Lagerbestände an Handtüchern, Seifen, Duschgels und was sonst notwendig war, um eine Unterkunft in eine Luxussuite zu verwandeln.

Am späten Vormittag hatte sie eines der Zimmermädchen davon in Kenntnis gesetzt, dass Nummer 202 das »Bitte nicht stören«-Schild am Türknauf hängen hatte und deshalb die tägliche Reinigung noch ausstand. Yolanda musste nicht erst den Computer befragen, um zu wissen, wer Nummer 202 belegt hatte. Dirk Kraspe residierte nicht das erste Mal in dieser Suite und da er zu den VIP-Gästen gehörte, stand ihm selbstverständlich eine Sonderbehandlung zu.

»Ist schon gut, ich werde mich selbst darum kümmern«, hatte sie der jungen Frau deshalb Antwort gegeben und bis 14:00 Uhr gewartet. Vom Empfang erfolgten dann drei Anrufe im Abstand von zehn Minuten und als 202 darauf nicht antwortete, entschied Yolanda zu klopfen. Es wäre schließlich nicht das erste Mal, dass ein Gast sein Zimmer verlassen und einfach nur vergessen hatte, das Schild zu entfernen. Keinesfalls sollte er aber bei seiner Rückkehr eine unsaubere Unterkunft vorfinden. Nach dem Klopfen folgte das Rufen, auch darauf reagierte niemand, daher griff Yolanda beherzt zum Generalschlüssel, öffnete die Tür und betrat mit einem lauten »Hallo, Herr Kraspe, Zimmerservice« den Vorraum.

Die Suite lag im Dunkeln und es roch nach abgestandener Luft. Vermutlich hatte der Gast wieder geraucht, obwohl alle Zimmer als Nichtraucherzimmer angeboten wurden. Die Kosten für eine zusätzliche Reinigung würden auf der Rechnung erscheinen und sicherlich wie auch die letzten Male anstandslos bezahlt werden.

Yolanda schnüffelte, sie roch Alkohol, befürchtete, dass davon etwas auf dem Teppich gelandet war, und hoffte inständig, dass es sich nicht um Rotwein handelte. Sie durchschritt den Gang und ihre feine Nase nahm jetzt noch etwas anderes wahr. Sie konnte den Geruch nicht einordnen, glaubte allerdings, ihn zu kennen, jedoch keinesfalls im Zusammenhang mit dem Hotel. Diese Gedanken schossen der resoluten Hausdame in den wenigen Sekunden durch den Kopf, die sie brauchte, um den Hauptraum zu erreichen. Sie knipste das Licht an und in dem Moment, in dem sie in die leblosen, weit aufgerissenen Augen von Carola starrte, da wusste sie, dass es der metallische Geruch des Blutes war, der ihre Nase so empfindlich gereizt hatte.

Die Hausdame war unfähig, sich zu rühren. Sie betrachtete die Frau, die nackt und in geradezu obszöner Pose auf dem Bett lag, so als würde sie ein Gemälde betrachten. Zumindest versuchte ihr Gehirn, sie auf diese Weise davor zu bewahren, den ganzen Schrecken der Szenerie erfassen zu müssen. Noch sah Yolanda beherrscht auf den Körper, den verkrustetes Blut bedeckte, das auch die weißen Laken getränkt hatte. Spritzer davon verunstalteten die hellen Wände und den beigen hochflorigen Teppich. Etwas, das Yolanda in diesem Augenblick als geradezu rücksichtslos empfand. Vielleicht weil sie ganz unbewusst überlegte, wie sie diese *Verunreinigung* je würde beseitigen können. Dann blieb ihr Blick an der abgeschlagenen Flasche hängen, die im Hals der Toten steckte. Sie erkannte die Etikettreste. Es handelte sich um den teuren Gin in der Dreiviertelliterflasche, von der man Dirk Kraspe immer automatisch eine in die Minibar stellte. Sie sah die Scherben neben dem Bett, ein gebrauchtes Kondom, dann wanderte ihr Blick zurück zur Leiche. In diesem Augenblick bewegte sich etwas unter der Decke daneben. Ein Stöhnen erklang und plötzlich tauchte Dirk mit blutverschmiertem Gesicht auf.

Das war der Moment, in dem der Schock nachließ. Yolanda keuchte, brabbelte zuerst ein leises, kraftloses »Hilfe«, als würde man ihr ein Kissen auf den Mund drücken, bevor sie in der Lage war, einen lauten, heftigen Schrei auszustoßen. Jetzt ertönte ihre gellende Stimme im ganzen Stockwerk. Es klang, als fürchtete die Frau um ihr Leben, als wäre man hinter ihr her. Später in ihrer Aussage würde sie zu Protokoll geben: »Als er plötzlich unter der Decke hervorkam, da wusste ich, dass das der leibhaftige Teufel ist!«

* * *

Anja Kirsch war nicht der Typ, den Fehlschläge entmutigten. Frederike Zimmer hatte sie heute vorgeführt, aber ihr gleichzeitig damit auch eine Chance geboten. Sie liebte das Rampenlicht, die ungeduldigen Blicke der Presseleute, deren Hoffen auf verwertbare Informationen und das Wissen, dass nur sie in der Lage war, ihnen zu geben, was sie so dringend wollten. Es war eine Form von Macht und die fühlte sich gut an.

Anja Kirsch hatte es schon weit gebracht. Der Mordfall Kraspe war ein ausgezeichnetes Sprungbrett. Die Polizei sollte nur ein Zwischenstopp sein, denn sie sah ihre Zukunft in der Politik. Gute Pressesprecher waren dort begehrt und ein hübsches, junges Gesicht erst recht. Ja, sie würde dieser aufgeblasenen Hauptkommissarin zur Hand gehen. Sie hatte sich schon einen Satz parat gelegt, den sie irgendwann zum richtigen Zeitpunkt loswerden würde: »… und da ich maßgeblich an den Ermittlungen beteiligt war …« So oder so ähnlich würde sie die Öffentlichkeit und potenzielle Arbeitgeber auf ihre Kompetenz hinweisen. Anschließend einige Gefälligkeiten einfordern und daraufhin wieder ein Stück die Karriereleiter nach oben klettern.

Deshalb verhielt sie sich, als Frederike Zimmer ihr bedeutete, das Geschäft von Sofie Pfortmann zu betreten, auch kooperativ und wirkte fügsam.

Die Türglocke ertönte und aus dem hinteren Teil des Ladens rief jemand: »Ich komme gleich.«

Kurz darauf erschien Sofie, die einen kleinen, runden Korb mit verpackten Seifenstücken trug, den sie jetzt gut sichtbar neben der Kasse platzierte.

Frederike Zimmer stellte sich und ihre Begleiterin vor und fragte höflich, ob Sofie denn bereit wäre, mit den Beamtinnen zu sprechen.

»Ich dachte mir schon, dass noch einmal jemand vorbeikommt«, sagte sie seufzend. »Der arme Oliver, er hat mir bereits gesagt, dass sein Vater vermisst wird.« Sie rückte gedankenverloren an dem Korb und Frederike fiel auf, dass die Hände der Frau stark gerötet waren, so als hätte sie einen Ausschlag.

»Es geht doch um Anton, oder?«

Die Hauptkommissarin antwortete mit einem leichten Bedauern: »Ich fürchte, ich muss mich auch nach Lina Kraspe und dem Fall Ihrer Mutter erkundigen, tut mir leid.«

Sofie blickte erst Frederike, dann Anja Kirsch an, die sofort lächelte. Es war ein entzückendes Lächeln und machte aus der sowieso schon gut aussehenden Frau eine richtige Schönheit.

Die Ladenbesitzerin lächelte zurück und sagte: »Sie sehen eigentlich gar nicht wie Polizisten aus, zumindest nicht wie die, mit denen ich bisher zu tun hatte.«

»Das war sicher nicht leicht für Sie«, nahm Frederike den Faden sofort auf.

»Nein«, bestätigte ihr Sofie, »das war es nicht. Und gerade, als ich gedacht habe, es wäre vorbei, fing alles von vorne an. Vielleicht wäre es einfacher gewesen, wenn man Mama nicht gefunden hätte.« Sie blickte zu Boden und verstummte.

»Das kann ich nachvollziehen«, reagierte Anja Kirsch und legte erneut ihr freundliches Lächeln auf.

»Wirklich?«, erwiderte Sofie überrascht.

»Natürlich, Sie hatten sich abgefunden, Ihren Frieden gemacht und dann wird plötzlich eine alte Wunde aufgerissen.«

Ihre Zeugin seufzte. »Sie scheinen tatsächlich zu verstehen.« Dann sah sie zur Tür. »Warten Sie, ich schließe ab, damit wir ungestört sprechen können.«

Ein anerkennender Blick wanderte von Frederike Zimmer zu Anja Kirsch. Die Pressesprecherin hatte es in kürzester Zeit geschafft, das Eis zu brechen und Vertrauen aufzubauen.

Die Hauptkommissarin entschloss sich, mit dem Fall Lina Kraspe zu beginnen, da die Zeugin zu der Frau kein persönliches Verhältnis hatte. Sofie wiederholte die Aussage, die die Beamten bereits kannten. Daraufhin stellte ihr Frederike eine Frage, die ihr bisher niemand gestellt hatte. »Was hielten Sie von der Frau?«

Das Blut schoss in Sofies Wangen und verlegen murmelte sie: »Ich kannte sie doch gar nicht.«

»Aber Sie hatten einen ersten Eindruck«, redete ihr die Hauptkommissarin gut zu.

»Na ja«, kam zögerlich Antwort, »sie war sehr fordernd, keine einfache Kundin.«

»Unfreundlich?«, bohrte die Beamtin weiter.

Widerwillig bestätigte Sofie das. »Ist mir unangenehm, schließlich ist die Frau jetzt tot. Mir wurde eingebläut, Geduld mit schwierigen Kunden zu haben. Mit den Jahren kann man sich dann ganz gut verstellen.«

»Sie haben schon immer im Geschäft Ihrer Mutter gearbeitet?«, fragte die Hauptkommissarin daraufhin.

»Ja, aber nicht, dass Sie denken, mir wurde etwas geschenkt. Mama war eine anspruchsvolle Chefin.« Sie lächelte. »Ihr hätte es gefallen, dass ich den Laden weiterführe.«

Vorsichtig stellte Frederike einige Fragen zu den Ereignissen von vor zwanzig Jahren, aber wie zu erwarten, erhielt sie keine neuen Informationen.

»Es ist furchtbar, sich nicht mehr erinnern zu können. Als hätte einem jemand den Verstand gestohlen. Und immer denke ich, die Leute halten mich für eine Lügnerin, die etwas verheimlicht. Aber wenn ich mir die Geschehnisse ins Gedächtnis rufen will, ist da nur Dunkelheit.« Sie wurde hektisch, fing an, sich die Hände zu reiben, als würde sie die einseifen, und ihre Stimme zitterte.

»Bitte regen Sie sich nicht auf, Frau Pfortmann«, beruhigte sie die Hauptkommissarin, »Wir möchten nur herausfinden, was passiert ist.«

»Ja, das hat Anton gestern auch gesagt«, flüsterte Sofie, »und jetzt ist er verschwunden. Das macht mir Angst.«

»Er hat gestern mit Ihnen über den Mord an Ihrer Mutter gesprochen?«, erkundigte sich die Hauptkommissarin verblüfft.

»Nicht direkt«, gab Sofie zu, »er tut das immer ein wenig umständlich, vermutlich glaubt er, ich würde es dann nicht bemerken. Er fragt mich nach meinem Befinden, aber eigentlich will er wissen, ob ich mich an etwas erinnere. Meine Mutter und er waren Freunde.« Auf Frederikes Bitte hin gab sie das gestrige Gespräch wieder. Aber auch das lieferte keine neuen Hinweise. Wie sie bereits wussten, hatte Anton Müller mehrfach auf die Uhr gesehen, aber nicht erwähnt, was er anschließend vorhatte.

Frederike kam noch einmal auf den Fall von Sofies Mutter zu sprechen:

»Was war mit Gabriel Brucker? Anton Müller verdächtigte ihn doch.«

»Ja«, hauchte Sofie, »und ich habe deshalb immer noch ein schlechtes Gewissen. Herr Brucker war stets freundlich zu mir und ich wollte ihn nie in Schwierigkeiten bringen. Alle dachten, er hätte ein Verhältnis mit meiner Mutter gehabt.«

»Hatte er?«, fasste die Beamtin nach.

»Nein, er war einfach nur nett.«

»Und ein anderer Mann? Ihre Mutter war ja zu dem Zeitpunkt schon seit zwei Jahren Witwe.«

Sofie sah erneut verlegen zu Boden. »Sie hätte es für sich behalten und ich war damals im Vergleich zu anderen Siebzehnjährigen wohl eher noch ein Kind. Mir wäre nichts aufgefallen. Außerdem hätte ich mir meine Mutter nie mit einem anderen Mann als Papa vorstellen können.«

»Ich hoffe, ich trete Ihnen nicht zu nahe, aber man hat mir gesagt, dass Sie adoptiert wurden. Sind Ihnen die Umstände, die dazu geführt haben, bekannt?«

»Ja«, antwortete sie prompt, fügte dann jedoch unsicher an: »Das heißt, ich weiß nicht, wer meine leiblichen Eltern sind. Ich wurde als Säugling vor einem Krankenhaus abgelegt. Meine Mutter meinte immer, dass es auf der Welt eben schlechte Menschen gäbe und man mich vor denen beschützt hätte. Aber letzten Endes spielt es ja auch keine Rolle, wer mich geboren hat, meine Eltern waren die Pfortmanns.«

Sofie wirkte, als müsste sie gegen Tränen ankämpfen, und Frederike lenkte sie vom Thema ab, indem sie sagte: »Wir bräuchten noch Ihre Fingerabdrücke zum Abgleich.« Sie erzählte von der Wasserflasche.

»Selbstverständlich«, war die Ladenbesitzerin sofort bereit und froh, nicht weiter über ihre eigene Geschichte nachdenken zu müssen, »wenn ich helfen kann.«

Die Frauen nickten sich zu und Frederike verabschiedete sich. Allerdings hielt Anja Kirsch, die sich bei der Befragung wie das fünfte Rad am Wagen gefühlt hatte, es für nötig, noch einmal in Erscheinung zu treten. Voller Interesse griff sie nach einem der Tütchen im Korb, schnüffelte daran und sagte: »Das duftet ja fantastisch, ich kaufe eines der Herzen.«

»Bitte greifen Sie zu«, sagte Sofie, die sich über die Begeisterung der jungen Kommissarin zu freuen schien. »Das sind Geschenke für meine Kunden.«

»Oh, danke«, hauchte Anja, als hätte man ihr Juwelen überreicht, und sagte schließlich sehr leise und in vertraulichem Tonfall: »Wenn Sie einmal jemanden zum Reden brauchen, ich kenne Adressen von Trauerbegleitern und Psychotherapeuten, die wirklich helfen können. Rufen Sie mich einfach an.« Sie drückte ihr eine Visitenkarte in die Hand.

»Danke, das ist sehr nett von Ihnen«, erwiderte Sofie, die perplex wirkte. Offenbar war sie so viel Zuwendung nicht gewohnt.

Sie schloss den Beamtinnen die Tür auf und sah den beiden ungleichen Frauen noch einen Augenblick hinterher, bevor sie sich umwandte und zum Waschbecken eilte.

* * *

Kapitel 7

»Sieht so aus, als hätten wir den Fall gelöst«, hatte der Anruf aus Freiburg gelautet. »Wir haben Dirk Kraspe festgenommen«, war der Hauptkommissarin erklärt worden. »Leider konnte das Überwachungsteam den Mord nicht verhindern. Niemand wusste, dass er in seiner Suite Besuch hatte. Das Opfer muss durch die Tiefgarage nach oben gekommen sein. Nicht einmal das Hotelpersonal war informiert gewesen.«

Solche und andere Informationen erhielt die Hauptkommissarin die letzten zwei Stunden über ihr Smartphone. Sie saß mit Julian Meister im Wagen und würde demnächst in Freiburg eintreffen.

»War es ein Fehler, in Brachweiler nach Antworten zu suchen?«, fragte sie laut.

»Nein«, antwortete ihr Julian ehrlich. »Es war logisch, sich den Tatort anzusehen, die Zeugen zu befragen. Außerdem hast du Dirk Kraspe überwachen lassen.«

»Dennoch haben wir eine weitere Leiche«, gab sie barsch zurück.

»Um das verhindern zu können, hätten wir ihn verhaften müssen, und dafür fehlten die Beweise. Nicht deine Schuld, sondern die des Systems.«

»Ja«, reagierte sie mit Ironie, »so werde ich mich dann auch verteidigen.«

»Du hast ihn nicht für den Täter gehalten und deine Argumente waren schlüssig. Die Autopanne seiner Frau hatte er nicht vorhersehen können.«

»Ja, aber dein Argument, er könnte nur auf eine Gelegenheit gewartet haben, hielt ich für zu weit hergeholt, was es vermutlich nicht war. Verfluchte Scheiße!«, gab sie wütend von sich. »Ich könnte aus der Haut fahren.«

Julian sagte daraufhin nichts. Er war froh, wieder nach Freiburg zurückkehren zu können. Brachweiler war seiner Meinung nach deprimierend gewesen. Es hatte dort zu wenig Ablenkungen gegeben, daher war er gezwungen gewesen, sich seinen Gefühlen Karsten gegenüber zu stellen, etwas, das er sehr ungern tat.

Wieder klingelte Frederikes Handy und ein Kollege gab ihr erste Details zum Opfer durch: »Carola Spieß, zweiundzwanzig Jahre, Schauspielerin. Hatte eine kleine Rolle in einer Nachmittagssoap, nicht aktenkundig. Laut Handydaten und dem, was wir in ihrer Wohnung gefunden haben, läuft die Sache zwischen ihr und Dirk Kraspe schon länger.«

»Sein Handy wurde doch überprüft, da sind wir auf keine Carola gestoßen.«

»Weil er sich ein Prepaidhandy besorgt hat, um seine außerehelichen Aktivitäten zu planen. Sicher bewahrte er das nicht in der Villa der Kraspes auf. Wir sind im Hotelzimmer darauf gestoßen.«

»Was sagt Kraspe zu der Mordanklage?«, fragte Frederike nervös.

»Tja. Er behauptet, sich an nichts erinnern zu können.«

»Und?«

»Er lag neben der Leiche, die Blutuntersuchungen ergaben bereits, dass er vollkommen zugedröhnt war, ich würde sogar behaupten, der Typ ist immer noch besoffen. Vermutlich wird ihm sein Anwalt raten, auf Schuldunfähigkeit zu plädieren. Wäre eine Schande, wenn die damit durchkämen, der Typ hat die Kleine nämlich wirklich übel zugerichtet.«

Eine halbe Stunde später konnte sich Frederike Zimmer selbst davon überzeugen. Sie waren in die Räume der Gerichtsmedizin getreten. Der Körper der Toten lag auf dem Stahltisch, er war gereinigt und obduziert worden. Der vernähte Y-Schnitt wirkte in Carolas Fall fast so, als hätte jemand versucht, sie zu reparieren.

Die zuständige Gerichtsmedizinerin schüttelte bedauernd den Kopf, als sie ihren Bericht zusammenfasste. »Man hat mehrfach mit der abgeschlagenen Flasche auf sie eingestochen.« Sie deutete auf die Tatortfotos, die auf einem großen Bildschirm sichtbar waren. »Wunden im Unterbauch, auf Brusthöhe und an den Armen und Händen. Typische Abwehrverletzungen. Sie hatte die Haut ihres Mörders unter ihren Fingernägeln. Der tödliche Stoß erfolgte in den Hals. Die Flasche steckte noch im Fleisch, als sie gefunden wurde.«

»Sexuelle Gewalt?«, fragte die Hauptkommissarin.

»Nein. Sie hatte Geschlechtsverkehr, aber der schien einvernehmlich. Spermaspuren an ihren Schenkeln und in dem gebrauchten Kondom aus dem Zimmer. Labor läuft.«

»Was ist mit Drogen, war sie nüchtern?«

»Minimaler Blutalkoholspiegel, keine Drogen.«

* * *

Am späten Abend im Vernehmungsraum

Nachdem das Labor die Haut unter Carola Spieß' Fingernägeln und auch die DNA an ihrem Körper einwandfrei Dirk Kraspe zugeordnet hatte, war der bereit, im Beisein seiner Anwältin mit den Beamten zu sprechen.

Als die Hauptkommissarin nun das Vernehmungszimmer zusammen mit Oberkommissar Meister betrat, erkannte sie zwei Dinge sofort: Erstens, dass Kraspes Anwältin ein hinterhältiges Miststück war, und zweitens, dass deren Mandant ein Suchtproblem hatte. Die geweiteten Pupillen, der Schweiß auf seiner Stirn, zittrige Hände und fahrige Bewegungen waren nicht nur Anzeichen für seine Anspannung, sondern Folgen eines beginnenden Entzugs. Man hatte sie davon in Kenntnis gesetzt, dass der Polizeiarzt Dirk Kraspe untersucht und einen entsprechenden Verdacht geäußert hatte, dennoch hielt ihn der Mediziner für vernehmungsfähig. Auch seine Rechtsberaterin versuchte nicht, Kraspe von einer Aussage abzuhalten. Vermutlich weil sie längst einen Plan hatte, der unter anderem die Themen Schuldunfähigkeit, Bewusstseinsstörung und alles andere beinhaltete, was die Paragrafen 20 und folgende des Strafgesetzbuches hergaben.

»Herr Kraspe«, begann die Hauptkommissarin das Verhör, nachdem die Formalitäten erledigt waren. »Man legt Ihnen zur Last, Carola Spieß getötet zu haben. Sie schliefen neben der Leiche, Ihre Fingerabdrücke sind auf der Tatwaffe, Ihr Sperma ist an den Schenkeln des Opfers und in dem Kondom, das wir im Hotelzimmer gefunden haben. Der Polizeiarzt hat mehrere Kratzer an Ihrem Hals und im Brustbereich festgestellt, die die sichergestellte Haut unter Carolas Fingernägeln erklären würden.« Sie wählte bewusst den Vornamen der Frau und sah ihn dabei eindringlich an. »Wollen Sie uns nicht erzählen, was letzte Nacht passiert ist?«

Dirk Kraspe wirkte verloren. Frederike Zimmer hätte fast Mitleid mit dem jungen Mann gehabt, der vermutlich alles, was er bisher erreicht hatte, einzig seinem guten Aussehen zu verdanken hatte.

»Ich weiß es nicht«, stieß er ohnmächtig hervor und begann zu weinen.

Entweder eine brillante Vorstellung, dachte Frederike, oder er ist wirklich verzweifelt. Sie rief sich die Laborwerte ins Gedächtnis. Der Blutalkoholspiegel und die Drogen, die bei ihrem Gegenüber festgestellt worden waren, hätten vermutlich einen mittelgroßen Elefantenbullen außer Gefecht gesetzt. So gesehen war seine Aussage sogar glaubhaft.

Trotzdem konnte sie es natürlich nicht dabei bewenden lassen. »Erzählen Sie mir von Carola, wie lange kannten Sie sich schon?«, fuhr sie daher fort.

Er schniefte, wirkte harmlos, fast kindlich, und ließ sich von seiner ungerührt dreinblickenden Anwältin ein Taschentuch reichen.

»Eine Weile, vielleicht ein Dreivierteljahr«, gab er schließlich Antwort.

»Und Ihre Frau hat das geduldet?«, fragte die Beamtin. Sie gab sich bewusst wie eine naive ältere Dame und Dirk sprang sofort darauf an.

»Natürlich nicht«, blaffte er, »Lina hat nie irgendetwas geduldet außer die eigenen Eskapaden. Sie war eine Egoistin, eine verflu…«

»Herr Kraspe«, griff die Rechtsberaterin ein und berührte ihren Mandanten am Arm. Sie war hübsch, auch wenn eine fast schon maskuline Härte in ihren Zügen lag. Ihre großen, grünen Augen wirkten einschüchternd. Vermutlich konnte sie einen Zeugen der Gegenseite im Gerichtssaal ordentlich in die Mangel nehmen. Für einen Augenblick fragte sich die Hauptkommissarin, ob der Beruf das aus einem machte oder ob man den Beruf nur ergreifen konnte, wenn man gewisse Eigenschaften bereits mitbrachte.

»Ihre Frau wusste also nichts von Ihrer Affäre. Wie hätte sie denn darauf reagiert, wenn sie es herausgefunden hätte?« Wieder spielte die Hauptkommissarin so perfekt die Ahnungslose, dass Dirk einfach reagieren musste.

»Sie wäre natürlich ausgerastet, hätte mich rausgeworfen und die Scheidung gefordert.«

»Und doch haben Sie sich für Carola entschieden.«

»Ach.« Er machte eine wegwerfende Handbewegung. »Das hatte sich einfach so ergeben. Carola war nett.«

»Und Ihre Frau war nicht nett?«

»Lina war ein Biest.« Offensichtlich war es ihm wichtig, dass die Beamtin seine Beweggründe verstand, denn er wurde deutlicher. »Bei Carola konnte ich entspannen, aber Lina, die hat immer nur gefordert. Das hält kein Mann auf Dauer aus.«

»Sie hatten also versucht, Ihre Beziehung geheim zu halten, weil es sonst zu einer Scheidung gekommen wäre?«, übernahm nun auf ein unauffälliges Kopfnicken seiner Vorgesetzten hin Julian das Verhör.

»Was?« Dirk Kraspe brachte der plötzliche Wechsel aus dem Konzept.

»Sie hätte sich scheiden lassen, und all das schöne Geld wäre futsch gewesen«, fuhr Julian Meister sehr direkt fort. »Aber falls Lina gestorben wäre …« Der Polizist machte eine kurze Pause und sagte dann leichthin: »Sie erben ein gewaltiges Vermögen. Also besser keine Scheidung, sondern warten, bis die Ehefrau stirbt.«

Verständnislos sah ihn Dirk an und die Anwältin zischte: »Was soll das werden?«

Julian ignorierte sie und wurde laut: »Aber das Warten dauerte zu lange, da haben Sie Lina bei der erstbesten Gelegenheit ermordet?«

»Nein«, rief Dirk nun außer sich, »das habe ich nicht getan.«

»Genauso wenig, wie Sie Ihre Geliebte aufgeschlitzt haben?«

Wieder wollte sich die Anwältin einmischen, aber Dirk war viel zu aufgebracht, um zu schweigen. »Ich habe mit dem Tod meiner Frau nichts zu tun, das schwöre ich.«

»Na dann ist ja alles gut«, entgegnete Julian sarkastisch. »Sie schwören, das reicht uns, und im Fall Carola Spieß können Sie sich nicht mehr erinnern. Da werden wir Sie wohl sofort gehen lassen müssen.«

Frederike übernahm wieder: »Was ist mit Ihrem Alibi für den Mord an Ihrer Frau? Sie sagten, Sie wären an dem Abend zu Hause gewesen, es gibt jedoch keine Zeugen.«

»Das ist kaum die Aufgabe meines Mandanten. Suchen Sie zuerst einmal einen Zeugen, der das Gegenteil bestätigt. Vermutlich war zu diesem Zeitpunkt halb Deutschland ohne Zeuge zu Hause, sind die jetzt alle potenzielle Verdächtige?«, warf die Anwältin scharf ein.

»Nein«, erwiderte Frederike geduldig, »nur wenn die alle ein Vermögen im mehrstelligen Millionenbereich erben würden.«

Dirk schwitzte jetzt stärker, auch sein Oberteil zeigte Spuren von Schweiß. Wie es aussah, hatte er nicht erwartet, noch einmal wegen Lina bedrängt zu werden. Offenbar war die Strategie gewesen, den Gedächtnisverlust zu Protokoll zu geben und dann auf einen milden Richterspruch zu hoffen.

Frederike beschloss, seine Panik auszunutzen. »Man hat Ihnen vermutlich gesagt, dass Sie mit Schuldunfähigkeit durchkommen. Nun, das ist gut möglich, bleibt aber immer noch der Tatbestand, dass Sie letzte Nacht sozusagen im Vollrausch waren und in diesem Zustand eine rechtswidrige Tat begangen haben. Paragraf 323a des Strafgesetzbuches ist da sehr klar. Kriegt man Sie nicht wegen der Straftat, dann dafür, dass Sie sich bis zur Bewusstlosigkeit zugedröhnt haben. Ich bin mir sicher, dass der Richter unter den gegebenen Umständen die Höchststrafe fordert, das wären dann fünf Jahre. Hört sich erst einmal nicht nach viel an, aber halten Sie fünf Jahre im Gefängnis wirklich aus?«

Dirk Kraspe sah zu seiner Anwältin, die schüttelte nur den Kopf, als wollte sie sagen: »Keine Sorge, das passiert nicht.«

»Glauben Sie, anstatt im Gefängnis in einer psychiatrischen Einrichtung zu landen? Da sollten Sie sich nicht zu sicher sein. Der Mord an Carola Spieß geschah vielleicht unter dem Einfluss von Drogen, aber der an Ihrer Frau, der war vorsätzlich. Sie sind zwei Stunden zu Ihrer Unterkunft nach Brachweiler gefahren, da sprechen wir nicht mehr von Affekt. Anschließend sind Sie in Ihre Wohnung zurückgekehrt und haben so getan, als wäre nichts passiert. Wie ging es dann weiter?«

Dirk schüttelte den Kopf, stammelte immer wieder: »Nein, so war das nicht, ich habe nichts getan.«

»Was war mit Carola, wurde Sie Ihnen lästig, hat Sie Forderungen gestellt?«

»Wir hatten Streit«, sagte Dirk plötzlich tonlos.

»Herr Kraspe«, fuhr die Anwältin ermahnend dazwischen. Aber ihr Mandant winkte ab.

»Ich war in der Nacht, in der Lina ermordet wurde, nicht zu Hause. Carola hätte im Notfall für mich lügen sollen, aber ich wollte sie nicht ins Spiel bringen, solange kein Verdacht gegen mich erhoben wurde.«

Er stöhnte und fuhr sich mehrmals mit den Händen durch das verschwitzte Haar. »Carola glaubte jedoch, ich würde auf ihr Alibi verzichten, um sie auszubooten. Dabei ging es mir nur darum, meinem Schwiegervater keine Munition gegen mich zu liefern. Der versucht nämlich, mir das Erbe streitig zu machen. Und mich mit Dreck bewerfen zu können, käme ihm da gerade recht.«

»Carola sollte für Sie lügen, Ihnen ein falsches Alibi verschaffen. Dann jedoch verzichteten Sie auf die Aussage Ihrer Geliebten und das führte zu einem Streit. Wie ging es weiter?«, hakte Frederike Zimmer nach.

»Ich habe ihr erklärt, warum ich vorerst unsere Beziehung geheim halten wollte. Sie hat es kapiert und schließlich hatten wir Sex, aber dann … Filmriss, ich weiß es nicht mehr.«

»Kam es während Ihres Streits zu Handgreiflichkeiten?«, ließ die Beamtin nicht locker.

»Mein Mandant sagte doch gerade, dass er sich nicht mehr erinnert«, fauchte die Anwältin, die gewiss nicht damit gerechnet hatte, dass Dirk Kraspe von der besprochenen Vorgehensweise abweichen würde.

»Es tut mir leid«, sagte der nun und wieder liefen ihm Tränen über das Gesicht. »Ich habe es verkackt, richtig verkackt«, schluchzte er. »Ich habe das doch nicht getan, oder? Der Arzt sagt, die Erinnerung kann zurückkommen. Was, wenn ich es tatsächlich war?«

»Herr Kraspe, ich denke, das reicht jetzt«, unterbrach ihn

die Anwältin und an die Beamten gewandt sagte sie unfreundlich: »Ich werde keine weitere Vernehmung zulassen. Der Gesundheitszustand meines Mandanten ist doch erheblich mehr beeinträchtigt als bisher angenommen. Er braucht dringend ärztliche Behandlung.«

Frederike Zimmer überging sie und richtete das Wort direkt an Dirk Kraspe: »Bitte sagen Sie uns, wo Sie zum Zeitpunkt des Mordes Ihrer Frau waren, damit wir das überprüfen können.«

Wieder wollte die Juristin Einspruch erheben, aber auch dieses Mal kam ihr Dirk zuvor: »Sie werden niemanden finden, der mein Alibi bestätigt.«

»Weil es keines gibt?«, fragte die Hauptkommissarin behutsam.

»Nein, weil niemand mit Ihnen reden wird. Dort, wo ich war, schätzt man die Polizei nicht sonderlich und ich kenne keine Namen.«

»Wo waren Sie?«

Er blickte Frederike an und sie erkannte Scham in seinen Augen: »Fahlshofer Park«, sagte er leise. »Sicher verstehen Sie jetzt, warum ich das lieber für mich behalten hätte?«

* * *

Dirk Kraspe erlebte nun seit seiner Verhaftung das erste Mal bewusst die bedrückende Enge der Zelle. Den Nachmittag über waren entweder ständig Leute bei ihm gewesen – erst die Beamten, dann der Polizeiarzt und seine Anwältin – oder er wurde zu Verhören gebracht, das hatte ihn abgelenkt. Jetzt war es beinahe Mitternacht und er lag im Schein einer schwachen Nachttischlampe auf seinem Bett, direkt neben der Toilettenschüssel. Fünf Jahre, hatte die Hauptkommissarin gesagt, fünf lange Jahre.

Er dachte an die Worte seiner Anwältin. »Ich hole Sie da raus.« Zuversichtlich hatte sie ihm die Punkte aufgezählt, die alle für ihn sprachen. Der hohe Blutalkoholspiegel, der positive Drogentest, die erkennbare Abhängigkeit, dazu das erst kürzlich erlittene Trauma, das durch den Tod der Ehefrau ausgelöst worden war, und der Druck der Medien. »Keine Sorge, ich bin mein Honorar wert.«

Sie hatte nicht einmal gefragt, ob er Carola ermordet hatte oder nicht. Erst war er ihr dafür dankbar gewesen, aber wenn er nun darüber nachdachte, dann bedeutete das Ausbleiben der Frage doch vor allem, dass sie ihn für schuldig hielt.

Und er? Konnte er sich wirklich nicht erinnern oder vermied er es einfach? Warum kramte er nicht tiefer in seinem Gedächtnis? Weil er befürchtete, dort die Wahrheit zu finden?

Trotz der Angst und dem Ekel, den er in der kleinen Zelle empfand, schlief er irgendwann ein.

Zuerst versank er in einem schwarzen Loch, aber dann tauchte Carola vor ihm auf. Er sah ihren nackten Körper, der beim Sex erbebte, sich vor Lust wand. Plötzlich änderte sich das Bild und er blickte direkt in ihr Gesicht. Der hübsche Schmollmund bewegte sich. Erst verstand er die Worte nicht, dann jedoch hörte er sehr deutlich, was sie zu sagen hatte. »Ich werde es ihnen verraten. Du bist ein Mörder, du hast deine Frau umgebracht.«

Dirk war entsetzt und schrie verzweifelt: »Nein, das ist eine Lüge«, kam allerdings nicht gegen ihr kräftiges Organ an. Seine Zunge schien am Gaumen zu kleben und so stieß er nur unverständliches Gebrabbel aus.

Carola lachte daraufhin schallend. Mit der Hand versuchte er, ihr den Mund zuzudrücken, damit er dieses Lachen nicht länger ertragen musste, und tatsächlich verstummte sie. Im nächsten Augenblick konnte er Tränen auf ihren Wangen erkennen. Dieses Mal stand er neben dem Bett und ein anderer Mann saß auf Carola, die sich heftig gegen den Fremden wehrte. Aber der Mann war kräftiger, ließ ihr keine Chance und plötzlich hörte Dirk das Geräusch von zerspringendem Glas. Der Fremde auf dem Bett hatte eine abgeschlagene Flasche in der Hand. Dirk wollte zu Carola, sie retten, aber er konnte sich nicht bewegen, war wie gelähmt, als würden ihn kräftige Arme festhalten. So musste er mit ansehen, wie die zerschlagene Flasche immer wieder in Carolas Leib gestoßen wurde. Die Bewegungen wirkten abgehackt, als würde man einem altmodischen mechanischen Aufziehspielzeug zusehen. Auch das Blut spritzte rhythmisch in die Höhe wie die Fontäne eines Springbrunnens. »Aufhören, aufhören«, stieß er unter größter Anstrengung hervor. Aber es war noch nicht vorbei. Der Fremde holte ein letztes Mal aus und stieß das Flaschenstück direkt in die Kehle seines Opfers, damit endete Carolas verzweifelter Kampf.

Dirk rief hilflos ihren Namen, da hob der Mann auf dem Bett den Kopf. Ganz langsam drehte er sich zu Dirk um.

Mit einem erstickten Schrei schoss der nun in die Höhe und war hellwach. Er erkannte die Zelle und wusste wieder, was geschehen war. Alles zeichnete sich klar vor seinem geistigen Auge ab. Carolas ungeplantes Auftauchen im Hotel, der Streit und der Mord. Schweißgebadet stand Kraspe auf und tigerte durch seinen Kerker. Oh ja, das Eingesperrtsein machte ihm etwas aus.

Fünf Jahre bei Schuldunfähigkeit, schoss es ihm erneut durch den Kopf, ansonsten lebenslänglich. Panik erfasste ihn, und er sehnte sich nach Alkohol und Tabletten. Mit einem Mal durchströmte ihn ein nie gekanntes Gefühl der Angst. Diese Angst fraß sich regelrecht in seinen Körper wie ein Parasit, der den eigenen Wirt so schnell wie möglich vertilgen wollte. Dirk glaubte zu ersticken, die Wände wirkten erdrückend und das kleine Licht am Bett spendete keinen Trost mehr, sondern warf stattdessen furchteinflößende Schatten an die Wand.

»Was soll ich nur tun? Was soll ich nur tun?«, fragte er sich unablässig, während er immer schneller hin und her ging, sich dabei die Haare raufte und begann, sich in einem bizarren Selbstgespräch zu verlieren. Abrupt blieb er stehen. Er hatte die Lösung gefunden.

* * *

Frederike Zimmer war immer noch im Präsidium. Man hatte sie antanzen lassen, wie sie es im Stillen nannte, und ihr einen Rüffel für den Mord an Carola Spieß erteilt, dann die Gratulation zum abgeschlossenen Fall Lina Kraspe ausgesprochen. Ihre Zurückhaltung und die Andeutung, dass da das letzte Wort womöglich noch nicht gesprochen sei, hatte Missfallen erregt. Noch hatte man sie nicht abgezogen, aber vermutlich nur, damit die Presse nicht anfangen würde, unangenehme Fragen zu stellen.

Sie hatte Dietmar Klein angerufen, ihn über den Stand der Dinge informiert und nach Neuigkeiten im Fall Anton Müller gefragt.

»Bisher keine Spur von dem Mann. Seinen Sohn belastet das natürlich, aber er hält sich tapfer. Ist ein guter Polizist. Die Wasserflasche, die diese Verrückte im Moor gefunden hat, stammte übrigens tatsächlich von Anton Müller, wir haben seine Fingerabdrücke und die der Verkäuferin identifizieren können«, hatte Dietmar noch angefügt, bevor er fragte: »War es nun der Ehemann, dieser Dirk Kraspe?«

»Er hat uns ein neues Alibi angeboten, *Fahlshofer Park.*«

Dietmar lachte trocken auf. »Na dann, viel Glück!«

Frederike wusste, was ihr Kollege damit meinte. Der Fahlshofer Park lag wenige Minuten hinter der Freiburger Stadtgrenze. Das Gelände war etwa zwölf Hektar groß und hätte eigentlich ein Wohnparadies für Familien werden sollen, wenn nicht ein groß angelegter Baubetrug zu einem Insolvenzverfahren, Verhaftungen und den momentanen unklaren Eigentumsverhältnissen geführt hätte. Das Gelände wurde seit fünf Jahren von einem Bauzaun umgeben, der so lückenhaft war wie ein grobmaschiges Sieb und somit kein Hindernis darstellte. Es war allgemein bekannt, dass im Fahlshofer Park mittlerweile eine Art Subkultur entstanden war, eine Zuflucht für Gestrandete und Drogenabhängige, ein anonymer Platz, an dem jegliche Art von sexueller Dienstleistung angeboten und diverse illegale Geschäfte abgewickelt wurden. Falls Dirk Kraspe wirklich dort gewesen war, würde es tatsächlich schwer werden, einen glaubhaften Zeugen dafür zu finden.

»Ich schicke Julian, der hat gute Informanten. Vielleicht findet er etwas heraus«, erklärte die Hauptkommissarin ihrem Gesprächspartner.

»Hört sich so an, als würdest du nicht glauben, dass Dirk Kraspe seine Frau umgebracht hat«, entgegnete der daraufhin.

»Ehrlich gesagt, bin ich gerade dabei, das Vertrauen in mich zu verlieren.«

»Am besten, du schläfst eine Nacht darüber, lass uns morgen telefonieren, dann kannst du mir sagen, ob ich noch bleiben oder meinen Kram zusammenräumen soll.«

»Keine Sehnsucht nach der Großstadt?«

»Ich halte es gerade noch aus. Nur Kollegin Kirsch sitzt bereits auf gepackten Koffern«, hatte ihr Dietmar gut gelaunt geantwortet und sich verabschiedet.

Frederike stand jetzt am Fenster und blickte in die Nacht. Sie würde eine ihrer Lieblingskneipen aufsuchen, die noch offen hatte, mit dem Wirt quatschen, einen Ochsenmaulsalat bestellen und ein kühles Bier trinken, dann nach Hause gehen, duschen und ins Bett fallen. »Ja«, sagte sie laut zu sich selbst, »das ist ein guter Plan, das ist sogar ein hervorragender Plan.«

Gerne hätte sie sich mit Julian beraten, aber den hatte sie schon vor zwei Stunden verabschiedet.

Sie seufzte, murmelte noch ein »Selbst ist die Frau!« und wollte gerade zur Tür hinaus, als das Telefon klingelte.

* * *

Frederike rannte durch die Gänge, bis sie den Gebäudeteil erreichte, in dem Dirk Kraspe untergebracht war. Vor der Zelle sagte jemand zu ihr: »Habe ihn so gefunden, ich weiß nicht, wie das passieren konnte. Offenbar hat er ein Stück von der Fußleiste abgerissen.«

Die Hauptkommissarin stürzte in die Zelle. Dirk lag auf dem Boden, ein kleines Stück Metall daneben. Überall war Blut. Durch die tiefen Längsschnitte an den Unterarmen, die er sich selbst zugefügt hatte, waren die Pulsadern geöffnet worden. Zwei Kollegen leisteten erste Hilfe, der Notarzt war bereits verständigt. Wieder sprach sie der Wachmann an. Dieses Mal flüsternd. »Er hat nach Ihnen verlangt.«

Frederike kniete hinter dem Kopf des jungen Mannes nieder, damit sie nicht im Weg war, während man ihm provisorische Verbände anlegte und versuchte, die Blutung zu stoppen.

»Sprechen Sie mit ihm, halten Sie ihn wach«, rief ihr einer der Beamten zu und Frederike verstand.

»Herr Kraspe, ich bin es, Hauptkommissarin Zimmer«, sagte sie mit rauer Stimme.

»Ich will nicht ins Gefängnis, ich kann das nicht«, stammelte der bleiche Mann auf dem Boden.

»Was ist passiert?«, fragte Frederike behutsam und legte vorsichtig ihre Hände auf Dirks Wangen. »Sie müssen wach bleiben.«

»Carola, ich habe es gesehen, ich habe gesehen, wie sie starb.«

»Sie können sich wieder erinnern?«, fasste die Hauptkommissarin schnell nach.

»Ja, ich habe alles gesehen, in einem Traum, ein Albtraum …«

Er drohte einzuschlafen, aber Frederike rüttelte sanft an ihm und sagte bestimmt: »Erzählen Sie mir Ihren Traum.«

»Ich habe Carola sterben sehen …«

Die Kollegen, die versuchten, den Mann zu retten, warfen ihr einen unsicheren Blick zu. Nochmals redete Frederike auf Dirk ein.

Der kam wieder zu sich und flüsterte: »Ich habe es gesehen, ich habe mich gesehen. Ich bin es gewesen, ich habe sie umgebracht.« Er weinte und klang wie ein Kind. »Es tut mir leid, es tut mir so entsetzlich leid.«

»Und Lina?«, fragte Frederike und in ihrer Stimme schwang die Hoffnung mit, endlich die Wahrheit zu erfahren.

»Das bin ich nicht gewesen, bitte glauben Sie mir, ich bin das nicht gewesen, ich …« Seine Augenlider schlossen sich, sein Kopf kippte zur Seite.

In diesem Moment betrat der Notarzt die kleine Zelle. Die Sanitäter, die ihn begleiteten, baten die Beamten zu gehen.

Die Hauptkommissarin hörte den Mediziner Anweisungen geben: knappe, hektisch ausgestoßene Worte. Rascheln, Scheppern, Rufen, dann war es still. Das Notarztteam trat auf den Flur, der Arzt schüttelte bedauernd den Kopf. Dirk Kraspe würde weder ins Gefängnis gehen noch sich einem irdischen Gericht stellen müssen. Das zumindest war ihm durch den Selbstmord erspart geblieben.

Frederike Zimmer stand immer noch auf dem Gang, die Kleidung blutverschmiert. Der Beamte, der im Zellentrakt Dienst gehabt und sie gerufen hatte, reichte ihr einen Becher Kaffee, an den sie sich jetzt klammerte. Zehn Jahre lagen hinter ihrer letzten Zigarette und dennoch hätte sie jetzt gerne geraucht. Als könnte der Kollege Gedanken lesen, stand er plötzlich mit einer Packung Kekse vor Frederike. Buttergebäck mit Schokostreusel. »Hier«, sagte er besorgt.

»Ich kann jetzt nichts essen«, unternahm Frederike den halbherzigen Versuch zu widerstehen.

»Ist kein Essen, sondern Medizin, gut für die Nerven«, widersprach der Kollege und wackelte mit der Schachtel direkt vor ihrer Nase.

Am Ende hatte die Hauptkommissarin, während sie half, die Formalitäten zu erledigen, die halbe Packung verdrückt.

Um vier Uhr morgens konnte sie endlich das Gebäude verlassen. Auf der Heimfahrt überlegte sie, ob es nicht eine gute Idee wäre, die vorzeitige Pensionierung zu beantragen.

* * *

Kapitel 8

Am nächsten Tag

Julian Meister hätte noch vor einer Woche laut geflucht, wenn er von Frederike Zimmer in den Fahlshofer Park geschickt worden wäre, aber heute war das nicht der Fall. Im Gegenteil, er war fast erleichtert, dass ihn seine Vorgesetzte mit dieser »Sonderaufgabe« betraut hatte.

Eine Sache nur zwischen mir und ihr, dachte der Oberkommissar, *so wie früher, ohne einen aufstrebenden Polizeihauptmeister Oliver Müller.*

Julian, der gerade den Wagen geparkt hatte und aussteigen wollte, hielt in der Bewegung inne. Ihm war durchaus bewusst, dass diese Gedanken einer kindischen Eifersucht entsprangen. Das Gespräch mit Anja Kirsch kam ihm wieder in den Sinn und er schämte sich dafür. Fast wären sie so etwas wie Verbündete geworden. Hätten sie dann womöglich angefangen, den ungeliebten Kollegen zu mobben? Julian gab sich das feierliche Versprechen, dass er bei so etwas niemals mitmachen würde.

Er dachte an Karsten und daran, dass der ihm momentan die kalte Schulter zeigte. Keine Reaktion auf Anrufe, nicht einmal eine SMS. Dabei hätte Julian dringend Karstens Nähe und dessen Verständnis gebraucht.

Gibt es denn immer nur schwarz oder weiß?, fragte sich Julian nicht das erste Mal. *Was ist denn mit einem schönen Grau? Muss man entweder heiraten oder sich trennen? Es hat doch auch so alles gut funktioniert, warum etwas ändern?*

Ein kurzer dumpfer Schlag gegen die Autoscheibe holte ihn zurück ins Hier und Jetzt.

Sein Informant stand vor dem Wagen und trat ungeduldig von einem Bein aufs andere.

Der Oberkommissar öffnete die Tür und stieg aus.

»Wir sollten nicht trödeln«, nuschelte sein Gegenüber zur Begrüßung. »Ich will nicht, dass mich jemand mit dir sieht.«

»Keine Panik, die Vampire verlassen erst nach Sonnenuntergang ihre Höhlen«, versuchte Julian, die Situation mit einem Scherz aufzulockern, erntete dafür aber nur einen bösen Blick.

»Verarschen kann ich mich selbst«, gab ihm der Mann zurück.

»Schon gut«, beschwichtigte ihn Julian und kramte aus seiner Jacke ein paar Geldscheine. »Hier, Hans, für deine Hilfe.«

Hans, der dringend das Geld brauchte, riss es Julian hastig aus der Hand und stopfte es in die Tasche seiner ausgeleierten Jeans.

Sie standen auf dem großen steinigen Gelände gegenüber dem eingezäunten Bereich, auf dem sich auch noch zwei alte Bauwagen, ein Bagger und irgendwelcher Metallschrott befanden. Alles war verrottet, ausgeschlachtet und mit Graffitis überzogen. Nicht weit von hier gab es einen Tennisclub und eine Wanderhütte. Außerdem eine Tankstelle und einen Handwerkermarkt. Die beiden Letzteren hatten das große Geschäft gewittert, als man mit den Arbeiten für die Familienwohnanlage begonnen hatte, nach dem Baustopp gezwungenermaßen durchgehalten und am Ende doch noch abgesahnt. Denn sie boten denen, die sich heute in den Fahlshofer Park schlichen, eine hervorragende Ausrede: »Ich war beim Tanken, dort ist der Sprit billiger«, oder: »Die Bohrmaschinen sind gerade im Angebot.« Mittlerweile kursierte sogar ein Witz: »Wer Richtung Fahlshofer Park fährt, will drei Dinge: tanken, hämmern und nageln!«

Immer wieder machten sich Initiativen dafür stark, das Gelände zu räumen. Auch groß angelegte Razzien hatten schon stattgefunden, aber dennoch stellten sich nach kurzer Zeit wieder die gleichen Zustände wie zuvor ein.

»Los, ich habe nicht den ganzen Tag Zeit«, meckerte Hans und die Männer setzten sich in Bewegung. Sie gingen ein paar Meter am Zaun entlang. Man konnte erkennen, dass er schon einige Male geflickt worden war. Schließlich fand sich eine Lücke, durch die auch ein kleiner PKW gepasst hätte, und Julian tauchte in eine andere, traurige Welt ein. Zumindest empfand er es so. Das verwilderte Gelände war alles andere als furchteinflößend, eher faszinierend. Selbst der angefangene Rohbau, der umgeben von Unkraut und Gestrüpp zwischen großen, alten Bäumen hervorlugte, wirkte nicht abstoßend, sondern nur einsam. Vor dem Errichten der Gebäude hatte man den Park angelegt, der vorgesehen gewesen war für Mütter mit Kinderwagen, fahrradfahrende Familien, Picknicks, Fußballspiele und Veranstaltungen. Die Pflanzen hatten überlebt, sich ausgebreitet und eine Art Waldgarten gebildet, in dem neben verrosteten Vorrichtungen für Mülleimer alle die hausten, die mit geradezu chirurgischer Präzision immer wieder den Weg zurück ins Unglück fanden. Zumindest war das Julians Sicht der Dinge, als er unter dem Blätterdach einer Trauerweide eine Gruppe Junkies entdeckte, an der Schlafstätte einer Obdachlosen vorbeikam, die sich mit nassen Kartons zudeckte, und ein Stück weiter beobachten konnte, wie sich ein Freier gerade von einer Prostituierten einen blasen ließ.

Hans ging eilig voran und zischte: »Mach vorwärts!«

Julian folgte ihm ohne Widerworte, da er wusste, dass er ohne dessen Hilfe sicher nichts erfahren würde.

Sie erreichten eine Lichtung, auf der einige Zelte standen. Die Geräusche, die durch die dünnen Nylonwände drangen, waren eindeutig. Offensichtlich hatte man hier eine Art Bordell eingerichtet. Sofort erschienen zwei halb bekleidete Frauen und boten sich an.

»Wir wollen zu Leslie«, sagte Hans knapp und schon rief eine der beiden schrill: »He, Leslie, dein Typ wird verlangt.«

Kurz darauf trat eine hochgewachsene Schwarzhaarige mit unglaublich langen Beinen aus einem der größeren Zelte. Sie trug ein eng anliegendes Kleid und High Heels. Während sie noch da standen und warteten, stieß ein Mann zu ihnen, offensichtlich ein Stammfreier, denn eine der beiden Prostituierten nahm sich seiner an und schleppte ihn zu ihrem Zelt. Gleichzeitig öffnete sich eines der anderen und ein grobschlächtiger Kerl trat mit zufriedenem Gesicht nach draußen. Er ging zum nächsten Baum und erleichterte sich. Erst jetzt wurde Julian der durchdringende Geruch von Urin bewusst; mangels sanitären Einrichtungen war das kein Wunder.

Leslie hatte ihn genau beobachtet und seine Blicke verfolgt. Bevor auch nur einer der beiden ein Wort sagen konnte, fuhr sie Hans an: »Warum schleppst du die Bullen hierher?« In diesem Augenblick war sich Julian sicher, dass Leslie ein Mann war und, wie er fand, ein sehr anziehender.

»Er ist kein Bulle«, widersprach Hans, was dazu führte, dass ihn Leslie ohne Vorwarnung ins Gesicht schlug. »Belüg mich nicht.« Und in Richtung Julian, der völlig perplex dastand, schnauzte sie: »Und du, verpiss dich!«

»Ich bin nicht wegen Ihrer geschäftlichen Unternehmungen hier«, hielt es Julian für das Beste, nicht zu leugnen, wer er war. »Ich suche nur einen Zeugen.«

Leslie begann aus vollem Hals zu lachen. Sie schüttete sich regelrecht aus und rief dann zu ein paar Mädchen, die gerade keinen Kunden hatten: »Er hier, er sucht einen Zeugen!« Die Frauen stimmten in das Gelächter ein.

»Hören Sie, es ist wichtig, sehr wichtig!«

»Für wen?«, beendete Leslie ihren Ausbruch und sah Julian ernst an. »Für dich? Für mich?«

Er glaubte zu verstehen und steckte die Hand in die Tasche. Als er sie herauszog, hielt er ihr ein Bündel Scheine hin.

Sie beäugte es verächtlich, nahm es dann aber doch an. »Die sind lediglich dafür, dass ich dir zuhöre, nur dass wir uns verstehen.«

»Selbstverständlich«, antwortete er ihr mit einem charmanten Lächeln, was sie für eine Sekunde aus dem Konzept brachte.

Leslies misstrauischer Blick streifte ihn. Dennoch forderte sie ihn auf, mit in ihr Zelt zu kommen.

Hans wollte sich ihnen anschließen, aber die Frau hielt ihn mit einer Handbewegung zurück: »Du nicht, ich kann kein Ungeziefer in meinem Haus gebrauchen.«

Gehorsam blieb Hans stehen und fing dieses Mal an, auf den Fußsohlen vor und zurück zu wippen, während er wartete.

Das Zelt war geräumiger als das der anderen Frauen, aber offensichtlich diente es auch als Aufenthaltsraum und nicht als Arbeitsbereich. Es gab kleine Klapphocker, die um einen Campingtisch standen, auf dem sich verschiedenfarbige Becher und eine Thermoskanne befanden. Auf dem Boden stapelten sich Plastiktüten. In einer steckten frische Handtücher, eine andere enthielt Unmengen Küchenpapierrollen, ganz links lag etwas, das aussah wie eine Halskette mit gewaltigen Perlen, vermutlich Sexspielzeug, und dann gab es da noch einen Stapel Kondomschachteln.

»Also, was willst du?«, fragte Leslie und ließ sich auf einem der wackligen Stühle nieder.

»Warum arbeiten Sie hier?«, fragte Julian, dem diese Umgebung geradezu unwirklich vorkam.

Sie war überrascht, erkannte das echte Interesse und ließ sich hinreißen zu antworten. Dabei zog sie eine schmale Zigarette aus einem Etui und zündete sie an. Ihre Hände waren gepflegt, die Finger feingliedrig.

Doch eine Frau, dachte Julian, der verstohlen versuchte, eindeutige Hinweise auf ihr Geschlecht zu entdecken.

»Hat sich so ergeben«, antwortete sie auf seine Frage. »Sozusagen eine Marktlücke. Die Kerle stehen auf diese Zeltsache. Ein bisschen von allem: schnelle Nummer, willige Unbekannte, ein Hauch Exhibitionismus inmitten der Natur. Wir bleiben unter dem Radar, sind unsere eigenen Herren und noch dazu flexibel.« Sie lächelte, stieß den Rauch aus und er beobachtete, wie sie dabei ihre Lippen so spitzte, dass kleine Kringel entstanden. »Ich bin hier, um mich um die Mädchen zu kümmern«, fuhr sie mit angenehmer, ruhiger Stimme fort und deutete auf die leeren Kaffeebecher.

»Verstehe«, sagte er nachdenklich und besann sich auf den Grund seines Hierseins, obwohl er gerne noch mehr über Leslie erfahren hätte.

»Wir suchen jemanden, der diesen Mann gesehen hat«, begann er und zeigte ihr auf seinem Handy ein Foto von Dirk Kraspe.

»Wann?«, hakte sie nach und er nannte das Datum und die Uhrzeit.

»Niemand führt hier Buch«, entgegnete sie daraufhin belustigt.

»Nein, aber er ist ein hübscher Kerl, an so einen erinnert man sich doch, oder?«

Zweideutig erwiderte sie: »Selbstverständlich, dich werde ich auch niemals vergessen.« Es klang höhnisch und Julian räusperte sich, um nicht zu zeigen, dass sie ihn aus der Fassung brachte.

Leslie studierte noch einmal das Bild, dann gab sie ihm das Handy zurück. »Tut mir leid, aber der war nicht bei uns. Was hat er denn ausgefressen?«

»Er ist tot«, antwortete Julian tonlos.

Es gab keinen Grund, das zu verheimlichen. Spätestens gegen Abend würde man den Tod von Dirk Kraspe offiziell bekannt geben, wenn er nicht vorher schon durchsickerte.

»Mord?«, fragte Leslie und es schwang weder Entsetzen noch Neugierde in ihrer Stimme mit.

»Selbstmord«, antwortete der Oberkommissar auch dieses Mal wahrheitsgemäß.

»Ein Jammer«, seufzte die Frau ihm gegenüber theatralisch.

Julians Enttäuschung, nicht weitergekommen zu sein, war ihm offenbar anzumerken, denn als er aufstehen wollte, hielt sie ihn zurück.

»Warte, Bulle«, säuselte sie charmant. »Schick mir das Foto auf mein Handy, ich höre mich um. Wenn er nicht bei mir war, dann vielleicht bei den Damen und Herren, die die Erwachsenenspiele anbieten.«

»Das wäre sehr …« Er überlegte, welcher Begriff unter diesen Umständen angebracht war, und sie kam ihm zuvor, indem sie sagte: »Wenn jetzt das Wort ›nett‹ folgt, dann bin ich beleidigt.«

Er grinste. »Ich bedanke mich für Ihre Mithilfe, klingt das besser?«

Sie nickte huldvoll, nannte ihm ihre Handynummer und er schickte seine Daten und Dirks Bild.

»Rufen Sie mich an, wenn Sie etwas herausgefunden haben. Es ist wirklich wichtig!«

»Natürlich!«, erwiderte sie mit ironischem Unterton.

Julian verabschiedete sich und war schon fast aus dem Zelt, da blieb er doch noch einmal stehen. Er wusste selbst nicht, warum ihm das so wichtig war, vielleicht um seine Fähigkeiten als Polizist zu testen oder aus purer Neugier, jedenfalls stellte er ihr eine letzte Frage: »Sagen Sie, was sind Sie, Mann oder Frau?« Es hörte sich plump und unsensibel an und er bereute bereits, damit herausgeplatzt zu sein, aber zu seinem Erstaunen brach Leslie erneut in Lachen aus, bevor sie mit einem Augenzwinkern sagte: »Gibt es in deiner Welt denn nur schwarz oder weiß?«

* * *

Zur gleichen Zeit

Hauptkommissarin Zimmer hatte den Morgen mit dem Beantworten endloser Fragen verbracht. Unter einem Vorwand war sie schließlich gegen Mittag aus dem Präsidium geflüchtet und Richtung Berti marschiert. Der Freiburger Bertoldsbrunnen, wie das Wasserbecken mit der bronzenen Reiterskulptur genannt wurde, war immer ein guter Ort, um sich abzulenken. Hier herrschte so viel Betrieb, dass man sich ganz darauf konzentrieren musste, den Straßenbahnen und Passanten auszuweichen, sodass fürs Grübeln keine Zeit blieb. Außerdem gab es jede Menge Geschäfte, allerdings stand der Hauptkommissarin heute nicht der Sinn nach Einkaufen. Eine Weile kämpfte sie sich durch die Massen, dann wich sie in eine ruhigere Seitenstraße aus und betrat ein kleines Café mit einer gewaltigen Kuchentheke. Noch bevor sie die Verlockungen auf sich wirken lassen konnte, klingelte ihr Smartphone.

Sie kannte die anrufende Nummer nicht und meldete sich knapp mit »Zimmer!«.

»Hier ist die Anwältin von Dirk Kraspe«, erklang am anderen Ende der Leitung die Stimme einer Frau.

Frederike schloss die Augen, ein Zeichen dafür, wie erledigt sie war. *Nicht auch die noch*, dachte sie und ärgerte sich, überhaupt abgenommen zu haben.

Vermutlich würde jetzt ein langer Vortrag über mangelnde Verantwortung und Unzulänglichkeiten der Vollzugsbeamten folgen, aber zu Frederikes Überraschung sagte ihre Gesprächspartnerin lediglich: »Das mit meinem Mandanten ist bedauerlich.«

»Ja«, antwortete die Hauptkommissarin vorsichtig.

»Ich hatte ihn nicht so eingeschätzt«, fuhr die Anwältin fort, »schließlich gab es keinen Grund, ich hätte ihn freibekommen. Allerdings kann man nur die retten, die auch gerettet werden wollen. Aber das wissen Sie ja sicherlich.«

Frederike fragte sich, wohin das führen sollte, wartete aber, ohne einen Kommentar von sich zu geben, ab.

»Sie trauen mir nicht, schon klar«, reagierte die Frau am anderen Ende der Leitung auf das Schweigen. »Allerdings sind Ihre Sorgen unbegründet. Der Tod von Herrn Kraspe ist zwar beklagenswert und ich hatte mir das alles anders vorgestellt, jedoch bin ich ein Profi.«

»Natürlich«, entgegnete Frederike nicht ohne Sarkasmus.

»Hören Sie«, sprach die Anwältin gereizt weiter, »ich mache keinen Hehl daraus, dass ich diesen Fall als karriereförderlich ansehe. Die Verhandlung hätte meiner Kanzlei viel Aufmerksamkeit gebracht, aber sein Tod …« Sie schnalzte hörbar mit der Zunge. »Sein Tod eröffnet noch ganz andere Möglichkeiten. Wissen Sie, wie viele Interviewanfragen ich bekommen werde, wenn Ihre Leute den bekannt geben?«

»Freut mich, dass es so gut für Sie läuft«, konnte sich die Hauptkommissarin nicht verkneifen.

»Ich habe keine Hemmungen, Sie den Wölfen zum Fraß vorzuwerfen, die stürzen sich sicher auf die Story über einen unfähigen Polizeiapparat«, erwiderte die Anwältin giftig.

»Das war nicht unsere Schuld«, rief die Hauptkommissarin ärgerlich, die es satthatte, für alles den Kopf hinhalten zu müssen.

»Schon gut«, folgten daraufhin beschwichtigende Worte. »Ich habe im Prinzip keinerlei Interesse an solchen öden Debatten. Ich möchte, dass Sie etwas erfahren, etwas, das mir Dirk Kraspe anvertraut hat. Ich darf jedoch nicht damit in Zusammenhang gebracht werden.«

»Einverstanden«, sicherte Frederike der Anwältin gezwungenermaßen zu.

»Ich denke, es ist meine Pflicht, Ihnen das mitzuteilen«, folgte daraufhin eine geheuchelte Rechtfertigung, bevor die Juristin sagte: »Es betrifft den Mord an Lina Kraspe.«

Frederike umschloss automatisch ihr Handy fester und wartete ungeduldig darauf, dass die Frau weitersprach.

»Der alte Kraspe hat anscheinend einen großen Teil seines Geschäftsvermögens letztes Jahr auf die Tochter überschrieben. Eine Maßnahme, Steuern zu sparen. Sie war auf dem Papier die Eigentümerin und er hatte eine Generalvollmacht. Allerdings lief das nicht wie geplant. Das Töchterchen hatte sich nämlich dazu entschlossen, eigene Entscheidungen zu treffen, und damit war Papa ganz und gar nicht einverstanden. Laut meines Mandanten war das Verhältnis der beiden in letzter Zeit schwierig. Lina hatte dem stolzen Papa sogar gedroht, ihn aus dem Konzern zu werfen, da ihr ja mittlerweile die Aktienmehrheit gehörte.«

»Wollen Sie damit andeuten, Theo Kraspe hätte seine Tochter …«

Die Anwältin fiel ihr ins Wort. »Ich deute gar nichts an, ich mache nur berechtigte Zweifel an der Schuld von Dirk Kraspe geltend. Ich wollte den Alten bei der Hauptverhandlung im Zeugenstand damit konfrontieren.«

»Warum haben Sie uns das gestern nicht mitgeteilt?«, blaffte Frederike wütend. »Das ist eine wichtige Information.«

»Weil ich mit meinem Mandanten übereingekommen bin, dass das Überraschungsmoment vor Gericht hilfreicher wäre. Dirk Kraspe war vielleicht kein Genie, aber durchaus ein Spieler. Er wusste sehr genau, dass man seine Trümpfe nicht in der ersten Runde ausspielt. Oder warum glauben Sie, hat er Ihnen nichts gesagt, als Sie das erste Mal mit ihm sprachen? Natürlich wollte er diese Informationen als Druckmittel in einem eventuellen Erbschaftsstreit und nicht in einem Mordprozess verwenden, aber wie gesagt, er behielt sein Ass bis zum passenden Moment im Ärmel.«

»Und warum sagen Sie es mir jetzt?«

»Nennen Sie es meinen Sinn für Gerechtigkeit.«

Das raue Auflachen der Hauptkommissarin ärgerte die Anwältin augenscheinlich nicht.

Ohne Umschweife gab sie zu: »Ich habe außerdem ein

berufliches Interesse daran, dass der Fall nicht geschlossen wird. Sie verstehen? Mehr polizeiliche Untersuchungen im Hause Kraspe, mehr Sendezeit für mich. Aber letzten Endes ist es Ihre Entscheidung, was Sie mit diesen Informationen anfangen.«

»Sie wissen offensichtlich sehr genau, was Sie wollen«, sagte die Hauptkommissarin, und der Vorwurf, der darin lag, war unüberhörbar.

»Selbstverständlich weiß ich das, denn für Unentschlossene ist in dieser Welt kein Platz.«

Das Gespräch war beendet und die Hauptkommissarin musste das eben Gehörte erst einmal verdauen. Dabei starrte sie auf die Kuchentheke, als würde dort die Antwort liegen. Zwei der Himbeertörtchen schienen ihr tatsächlich etwas zuzurufen, nämlich: »Iss uns, dann fällt dir die Entscheidung leichter!«

Ohne zu zögern, folgte die Beamtin dem imaginären Rat, ließ sich die süßen Stückchen einpacken und eilte mit ausladenden Schritten zurück zum Präsidium. Die Entscheidung war getroffen. Auch wenn das in der heutigen Zeit altmodisch zu sein schien, würde Frederike Zimmer ihrem Gewissen folgen. Und das sagte ihr, dass der Mörder von Lina Kraspe immer noch da draußen war.

* * *

In Brachweiler zur gleichen Zeit

»Ich glaube, da ist etwas«, rief einer der Männer.

Dieser Ruf erfolgte nicht das erste Mal, was auch der Grund dafür war, dass die anderen Mitglieder des Suchtrupps nicht mehr ganz so schnell reagierten wie zuvor. Selbst Polizeihauptmeister Oliver Müller, der die Aktion organisiert hatte, wirkte weniger hektisch.

Ines Jenner hatte ihnen die Stelle gezeigt, an der sie die

Wasserflasche im Moor gefunden hatte. Von dort war die Suche gestartet und die Helfer hatten sich sternförmig in alle Richtungen vorwärtsbewegt. Aber das Moor war tückisch. Ständig erschwerten tiefe Wasserstellen, kleine Seen oder der Bruchwald das Vorankommen. Die weißen Stämme der Birken schossen zwar nicht dicht nebeneinander in die Höhe, aber abgebrochene Zweige, die sich zwischen den Bäumen verhakten wie Fangnetze, und das dichte bräunliche Schilfgras am Boden hielten sie auf. Es gab nur wenige schmale Pfade auf festem Grund. Die meisten Flächen glichen einem Sumpf, in dem das Gehen schwierig war. Mittlerweile bewegten sie sich auf sogenanntem Schwimmrasen fort, eine geschlossene Schicht aus Torfmoosen, die ohne Probleme das Gewicht eines Menschen tragen konnte. Darunter befand sich Wasser, das Lebenselixier der Moore. Unter den Torfmoosen, so sagte man, wären viele Geheimnisse begraben, Geheimnisse, die nie wieder zum Vorschein kämen. Die Sucharbeiten waren daher sehr mühsam. Mit langen Stangen stocherten die Helfer durch den Schwimmrasen, die Pfützen und Wasseransammlungen. Sie hatten bereits eine tote Katze, ein verendetes Wildschwein und einen verrotteten Teppich herausgezogen, wie auch immer der dorthin gekommen war, aber bisher keine Spur von Anton Müller. Oliver hatte seine Helfer schon vor einer Stunde erlösen wollen, aber da die meisten Anton persönlich kannten, wollten sie noch nicht aufgeben. Nass und verdreckt kämpften sie sich weiter durch ein Stück Natur, das, so schien es, Mittel und Wege gefunden hatte, die Spezies Mensch auszuschließen.

Mühsam quälte sich Oliver zu dem Helfer, der jetzt sagte: »Scheint größer zu sein, vielleicht wieder ein Wildschwein?« Aber da irrte sich der Mann.

Manch einer hätte sich gewünscht, den Körper von Anton Müller pietätvoller bergen zu können, aber das war leider nicht möglich. Am Ende lag die Leiche auf einem trockenen Abschnitt, der wie eine Insel wirkte. Niemand sprach, keiner wusste, ob man dem Jungen des alten Müllers nun tröstende Worte spenden, mitfühlend die Hand auf die Schulter legen oder ihn in Ruhe lassen sollte. Schließlich hatten sich die Helfer ein Stück von Vater und Sohn entfernt und versuchten nun, das Bild der Leiche aus dem Kopf zu bekommen. Nicht, weil sie der Anblick eines Toten schockiert hätte, auch wenn es natürlich traurig war, jemanden aus ihrer Mitte zu verlieren. Nein, das, was ihnen eine Gänsehaut bereitete und sie mit Angst erfüllte, war die Art und Weise, wie man den Freund zugerichtet hatte. Die Wunden und Verstümmelungen und die Schmerzen, die man automatisch glaubte zu fühlen, wenn man die Schnitte, den auseinanderklaffenden Bauch und das zerfetzte Fleisch an den Armen sah. Einige trösteten sich damit, dass ein wildes Tier, womöglich tollwütig, Anton angefallen und so verletzt hätte. Zumindest fiel es leichter, die Geschehnisse auf diese Weise zu erklären, als sich vorstellen zu müssen, dass eine Bestie auf zwei Beinen dafür verantwortlich war.

Oliver Müller betrachtete seinen Vater stumm, während er traurig dachte: *Du alter Narr.*

* * *

In den nächsten Stunden überschlugen sich die Ereignisse – bei Anton Müllers Leiche stellte der Gerichtsmediziner fest, dass jemand das Fleisch der Oberarme herausgeschnitten hatte. Damit waren die Verstümmelungen keine Folge von Tierfraß oder Verletzungen während der Liegezeit der Leiche. Es bestanden also Parallelen zum Mord an Lina Kraspe. Auch der Hinweis auf den Streit zwischen Theo Kraspe und seiner Tochter und ein Anruf von Leslie aus dem Fahlshofer Park machten es am Ende unmöglich, den Fall abzuschließen.

»Bleiben Sie dran«, befahl man Frederike Zimmer, »aber diskret, handeln Sie um Himmels willen diskret.«

* * *

Am späten Nachmittag fuhr der Dienstwagen der Hauptkommissarin auf Annegret Bruckers Gelände.

»Ich dachte, die verpissen sich«, zischte Gabriel Brucker, der neben seiner Schwester stand und beobachtete, wie das Fahrzeug vor einem der Ferienbungalows parkte.

»Die Herrschaften haben ihren Aufenthalt verlängert, vermutlich hängt das mit dem Tod des armen Anton zusammen.«

Sie sagte es ohne besondere Gefühlsregung, einfach nur so, wie man sich eben höflich über das Ableben eines anderen Menschen äußerte. Trotzdem nahm Gabriel ihr das übel. »Der *arme* Anton?«, rief er deshalb ärgerlich.

»Du weißt, wie ich das meine«, reagierte seine Schwester ungerührt auf den Ausbruch, änderte dann jedoch ihren Tonfall und fügte warnend an: »Reiß dich bloß zusammen.« Ihr Blick wurde hart. »Ich bin zu alt, um dich ständig zu retten.«

Damit ließ ihn die Sechzigjährige stehen und ging den eingetroffenen Polizisten entgegen.

»Normalerweise sage ich ›Herzlich willkommen‹«, begrüßte sie die Hauptkommissarin und reichte ihr die Schlüssel. »Aber unter diesen Umständen …«

»Sie kannten Anton Müller doch. Was für ein Mensch war er?«, nutzte Frederike sofort die Möglichkeit, mehr zu erfahren. Der Fall schien ihr zu entgleiten, nichts fügte sich zusammen und jede Antwort, die sie bekam, löste eine neue Frage aus.

Annegret zuckte mit den Schultern. »Ganz normal, würde ich sagen.«

Frederike rollte gedanklich mit den Augen, sie hasste solche Aussagen, blieb aber geduldig. »Und was heißt normal?«

»Na ja, er hat gearbeitet, eine Familie gegründet, sich in den hiesigen Vereinen engagiert, ganz normal eben.«

»Er hat versucht Ihren Bruder wegen Mordes ins Gefängnis zu bringen?«, hielt die Hauptkommissarin dagegen.

»Ja, das hat er«, entgegnete Annegret knapp.

»Hat Sie das nicht geärgert?«

Wieder ein Schulterzucken, dann eine fast schon gelangweilte Antwort: »Er hat seinen Job getan, mehr nicht.«

Frederike spürte natürlich, dass ihr Gegenüber nicht bereit war, zu diesem Thema irgendwelche Aussagen zu machen. Deshalb versuchte es die Beamtin auf andere Weise und fragte wie nebenbei: »Kannten Sie Berta Pfortmann damals gut?«

»So wie ich die meisten aus Brachweiler kenne, ich habe bei ihr eingekauft.« Dieses Mal entschied Annegret, ein wenig gesprächiger zu sein, und erklärte: »Anton war mit den Pfortmanns befreundet, vermutlich hat er den Fall daher so verbissen verfolgt. Das war damals eine schreckliche Tragödie und keiner spricht mehr gerne darüber. Auch Sofie zuliebe, die hat schließlich genug durchmachen müssen.«

»Sie hat erst den Vater, dann zwei Jahre später die Mutter verloren. Das ist für einen so jungen Menschen sicher hart.«

Annegrets Gesichtsausdruck verfinsterte sich. »Vermutlich.«

Die Hauptkommissarin stemmte die Hände in die Hüften, und der freundliche, fast mütterliche Tonfall verschwand, als sie nachhakte: »Jetzt rücken Sie schon raus mit der Sprache, irgendetwas gab es da doch.«

Annegret streifte sich eine Strähne hinters Ohr. »Ich denke, ein Kind gehört zur Mutter, zur richtigen Mutter. Die Pfortmanns haben das Mädchen einer anderen weggenommen, das war nicht richtig.«

»Sind Ihnen denn die Umstände bekannt, die zu der Adoption geführt haben?«, fragte Frederike ein wenig verblüfft über diese Antwort.

»Nein, aber das müssen sie ja auch nicht. Ein Kind gehört zur Mutter, basta.«

»Manchmal sind die leiblichen Mütter jedoch nicht in der Lage …«

»Jaja, ich weiß das. Aber richtig ist es trotzdem nicht.«

»Waren die Pfortmanns denn schlechte Eltern?«

»Das müssen Sie Sofie fragen, so gut kannte ich die Familie nicht. Vielleicht hätte Anton das beantworten können, aber der ist ja nun tot«, führte sie schroff aus, sah dann auf die Uhr und brummte: »Ich muss zurück ins Haus, koche gerade Marmelade, wenn das dann alles war.« Annegret nickte den Beamten kurz zu, drehte sich resolut auf dem Absatz um und stapfte davon.

Julian schüttelte den Kopf. »Sie trägt Anton Müller nicht nach, dass der ihren Bruder in den Knast bringen wollte, empört sich aber über ein Ehepaar, das ein Kind adoptiert hat?«

»Menschen überraschen einen eben immer wieder«, entgegnete die Hauptkommissarin mit dem unguten Gefühl, in Brachweiler bisher etwas übersehen zu haben.

* * *

Während sich die Beamten in den Bungalows erneut einrichteten, war Annegret Brucker ins Haus zurückgekehrt. Gabriel hatte sich bereits wieder aus dem Staub gemacht und sie war erleichtert, ihm nicht noch einmal begegnen zu müssen. Natürlich hatte sie ihn vorhin völlig zu Unrecht angeschnauzt, aber was war mit all den Jahren, die er ihr gestohlen hatte? Seine Schulzeit, die vielen Beschwerden der Lehrer, die ständigen Sorgen der Eltern, als Gabriel immer wieder drohte abzurutschen. Es war stets nur um »den Jungen« gegangen. Keine Zeit für Annegret.

Selbst jetzt schien sich immer noch alles um ihn zu drehen. Nicht, dass Annegret kein Familienmensch gewesen wäre.

Ihr bedeutete das Wort sogar sehr viel, allerdings sah sie sich nicht als Hüterin des Bruders, sondern hatte immer davon geträumt, Ehefrau und Mutter zu sein. Zu einer Heirat war es nie gekommen. Sie, die Vernünftige, die Verantwortungsvolle, die wusste, welche Pflichten sie zu erfüllen hatte, war ganz selbstverständlich in Brachweiler geblieben, um die Pflege der Eltern zu übernehmen. Ja, sie hatten ihr zum Dank die Grundstücke überschrieben, sehr zu Gabriels Ärger, aber irgendwie fühlte sich das nicht nach einem Geschenk an.

Ich bin eine Gefangene, dachte Annegret nicht das erste Mal. *Und zwar eine Gefangene, die Angst vor der Freiheit hat.*

Deshalb weigerte sie sich auch, zu verkaufen und Brachweiler zu verlassen. Hier war ihr zumindest alles bekannt. Selbst das weitläufige Moor, das wie eine kleine Schatulle jedes Geheimnis verbergen konnte. Die Menschen bedeuteten ihr wenig, aber nichtsdestotrotz gaben ihr die vertrauten Gesichter das Gefühl, nicht einsam zu sein.

Mittlerweile hatte sie den Raum gleich neben ihrem Schlafzimmer erreicht. Er war stets verschlossen, den Schlüssel dafür trug sie um den Hals.

Manchmal fragte sie sich, ob es richtig war, die kleine Rosi dort einzuschließen, aber andererseits wollte sie nicht, dass sie irgendwer zu Gesicht bekam. Denn das war ihr Geheimnis und sollte es auch bleiben.

* * *

Vor dem Polizeiposten hatte sich die Presse versammelt. Es waren nicht mehr so viele Medienvertreter anwesend wie nach dem Fund von Lina Kraspes Leiche. Nur noch einer Handvoll schien es notwendig, über den Fall des verschwundenen Ex-Polizisten zu berichten. Trotzdem wollte sich Anja Kirsch mächtig ins Zeug legen, erleichtert, dass der Fall Kraspe noch nicht abgeschlossen war und Brachweiler doch noch eine richtige Chance für sie werden konnte.

Mittlerweile war der Selbstmord von Dirk Kraspe kein Geheimnis mehr. Auch wenn das nicht ausdrücklich gesagt wurde, ließ man die Öffentlichkeit dennoch in dem Glauben, dass er seine Frau und seine Geliebte umgebracht hatte. Keine Lüge, sondern eine ermittlungstechnische Notwendigkeit. Der wahre Mörder sollte sich vorerst in Sicherheit wähnen.

Anja Kirsch richtete sich jetzt auf, bat die Anwesenden mit einer Handbewegung um Ruhe und begann dann, die offizielle Presseerklärung zum Fund von Anton Müllers Überresten bekannt zu geben. Sie hatte eine angenehme, klare Stimme. Selbst wenn sie sehr laut sprach, klang es weder schrill noch gebrüllt. Neben ihr stand Oliver Müller, er hatte darauf bestanden, sich zu zeigen.

»Ich werde mich nicht verstecken.«

Aus Angst, er könnte einfach alle Anweisungen missachten und ohne sie vor die Presse treten, hatte sie verständnisvoll zugestimmt.

Nachdem sie nun mit ihrer Zusammenfassung fertig war, prasselten auch schon die Fragen auf sie ein. Souverän beantwortete sie alle, ohne dabei wirklich Informationen herauszugeben. Sie war in Höchstform, aber plötzlich wandte sich einer der Reporter direkt an Oliver Müller und fragte, wie der sich fühlen würde.

»Die Familie ist sehr betroffen«, antwortete sie an seiner statt.

Aber auch die nächste Frage ging direkt an den Polizeihauptmeister: »Hat der Tod Ihres Vaters etwas mit dem Kraspe-Fall zu tun?«

Anjas »Kein Kommentar!« ging unter in Olivers Antwort: »Etwas Furchtbares ist mit Lina Kraspe geschehen. Aber dieses Verbrechen wird bereits von den besten Ermittlern untersucht, die die Kriminalpolizei hat. Ich bin zuversichtlich, dass auch der Tod meines Vaters aufgeklärt wird. Die Trauer, die ich empfinde, wird mich allerdings nicht davon ablenken, meine Arbeit zu tun«, rief er leidenschaftlich und spätestens jetzt schwenkten alle Kameras und Mikrofone in seine Richtung.

Eine Fotografin schob sich sogar an der offiziellen Pressesprecherin vorbei und drängte Anja damit auch körperlich ins Abseits. Die Wut, die die junge Frau in diesem Moment empfand, rumorte in ihren Eingeweiden wie glühende Magma in einem Vulkan. Sie verspürte nur einen Wunsch und der war, diesen Mann, der ihr nun schon zum zweiten Mal in die Quere gekommen war, dafür büßen zu lassen.

Eine halbe Stunde später traf sich das Team im Polizeiposten. Der Tadel für Oliver Müllers Fernsehauftritt blieb aus; niemand wollte den trauernden Kollegen deswegen zur Verantwortung ziehen. Grundsätzlich war man natürlich nicht davon begeistert, aber da er letzten Endes nur bewegende Worte gefunden und das Mitgefühl der Menschen geweckt hatte, verzichtete man auf irgendwelche Sanktionen. Frederike führte ein Vieraugengespräch mit dem Mann, sprach ihm ihr aufrichtiges Beileid aus und bat ihn, vorerst Urlaub zu nehmen.

»Ich kann Sie an dem Fall nicht mitarbeiten lassen.« Er wollte Einwände erheben, aber sie kam ihm zuvor: »Da Sie jedoch ein wichtiger Zeuge sind, werden wir sicher regelmäßig miteinander sprechen müssen. Ich melde mich.«

Damit hatte sie ihm signalisiert, ihn auf dem Laufenden zu halten. Oliver gab seinen Widerstand auf und ging nach Hause.

Anschließend brachte man sich gegenseitig auf den neusten Stand.

Julian berichtete als Erstes von seinem Besuch im Fahlshofer Park. »Diese Leslie rief mich eine Stunde später zurück.« Er sah auf seine hastig hingekritzelten Notizen. »Sie sagte, Dirk Kraspe wäre tatsächlich zur fraglichen Zeit dort gewesen. Ich zitiere: Der Bursche war zu Lebzeiten offensichtlich ein richtiges Ferkel. Das, weshalb er in unseren Park kam, gehört jedenfalls in die Kategorie ›schlimme Sauerei‹.«

Julian seufzte. »Mehr habe ich nicht. Aber laut Leslie ist er dort regelmäßig seinen Vorlieben nachgegangen und hat sich den fragwürdigen Spaß stets ordentlich etwas kosten lassen, auch an dem Abend, als seine Frau ermordet wurde. Allerdings bekommen wir keine offizielle Zeugenaussage.«

»Wie glaubhaft ist deine Informantin?«, hakte Dietmar nach.

»Keine Ahnung, ich kenne sie erst seit heute. Aber von einer Lüge hätte weder sie noch der tote Dirk Kraspe etwas.«

»Was uns zu Theo Kraspe führt«, begann nun die Hauptkommissarin, das Gespräch mit der Anwältin wiederzugeben. Als sie fertig war, bat sie Dietmar Klein: »Kannst du feststellen, wie die derzeitigen Besitzverhältnisse im Kraspe-Konzern sind?«

»Sicher, da müsste sich in den Unternehmensregistern etwas finden lassen. Apropos Besitzverhältnisse«, sagte er mit besorgter Miene. Er reichte ihr einen Ausdruck, auf dem ein Diagramm ähnlich einem Familienstammbaum abgebildet war. »Du hattest mich doch gebeten herauszufinden, wer hinter dieser Grundstücksgesellschaft steckt, die das Gebiet des Brachweiler Moores trocken legt, in dem die Leiche von Berta Pfortmann entdeckt wurde. War nicht ganz einfach, aber heute Morgen bekam ich die letzten Puzzleteile. Sieh dir an, wer ganz oben steht.«

Sie las einen Firmennamen. »Das sagt mir nichts.«

Dietmar wedelte mit einem weiteren Blatt Papier: »Mir auch nicht, bis ich herausfand, dass sich dahinter eine Holding verbirgt, die zu achtzig Prozent den Kraspes gehört. Das heißt«, fuhr er triumphierend fort, »wenn man all diese vielen AGs und GmbHs, Stiftungen und Holdings vergisst« – er deutete wieder auf das Blatt mit dem Diagramm – »bleibt unterm Strich Theo Kraspe übrig, der ein Bauprojekt in Brachweiler realisiert.«

* * *

Kapitel 9

Zur gleichen Zeit in der Apotheke der Schwestern Tränkle

Sofie kam gerne in die Apotheke. Nicht nur weil sie hier alle Zusätze fand, die sie für ihre Seifenproduktion benötigte, sondern auch weil sie mit Karla Tränkle, der jüngeren der beiden Schwestern, eine Art Freundschaft verband. Obwohl die Frauen mehr als zehn Jahre Altersunterschied trennte, gab es doch einige Gemeinsamkeiten. Sowohl Sofie als auch Karla gehörten eher zu den schweigsamen Menschen, die allgemein als schüchtern bezeichnet wurden. Abgesehen davon einte sie das Interesse an Bastelarbeiten jedweder Art. Schon seit mehreren Jahren nahmen sie an den entsprechenden Kursen teil, die im Gemeindehaus angeboten wurden. So hatte Sofie auch gelernt, eigene Seife zu fabrizieren.

»Ich habe gerade im Schaukasten gesehen, dass sie dieses Wochenende einen Kurs zum Kerzengießen veranstalten, was meinst du?«, fragte Sofie die Apothekerin.

»Wunderbar«, rief Karla, aber es fehlte die übliche Begeisterung, das spürte Sofie sofort.

Als wollte die Apothekerin nicht, dass die Jüngere ihre Anspannung bemerkte, fügte sie schnell an: »Natürlich gehen wir da zusammen hin. Das wird bestimmt fantastisch.« Dieses Mal fehlte zwar nicht die Euphorie, aber die Art, wie Karla sprach, klang unecht, gekünstelt.

Emma, die gerade im Lager nach einem Medikament gesucht hatte, kam lauernd in den Verkaufsraum. »Was ist fantastisch?«, klinkte sie sich sofort mit unverhohlener Neugier in das Gespräch ein, das breite Pfannkuchengesicht verkniffen wie ein Soldat kurz vor dem Schießbefehl.

»Kerzengießen«, antwortete ihr Karla leichthin.

Es folgte die übliche Tirade über Zeitverschwendung, alberne Kinderspiele und als sie dann noch die Höhe des Unkostenbeitrags erfuhr, da war sie gar nicht mehr zu bremsen. Obwohl unweigerlich feststand, dass Emma sie wie stets in der Vergangenheit trotzdem begleiten würde. Natürlich hatte sie dabei keinen Spaß, zumal ihr jegliche Begabung für handwerkliche Arbeiten fehlte: Ihre Origami-Figuren sahen aus wie zerknülltes Papier, beim Versuch, die Kruste einer Crème brûlée mit einem Bunsenbrenner zu rösten, hatte die Tischdecke Feuer gefangen und beim Sticken war unter dem Druck ihrer starken Hände der Rahmen in zwei Teile zerbrochen. Gewöhnlich gab sie dann dem Kursleiter die Schuld und behauptete, man hätte sie zur Teilnahme überredet.

Daher beachtete Sofie die ältere der beiden Schwester kaum, sondern suchte Karlas Blick. Die schien ihr erst auszuweichen, dann, als es nicht mehr anders möglich war, warf sie ihr ein schwaches Lächeln zu.

»Alles in Ordnung?«, hakte Sofie vorsichtig nach.

»Ach«, schnaubte Emma, die sich ärgerte, dass man ihre Ausführungen über die Nutzlosigkeit von Bastelkursen unterbrach. »Was soll denn nicht in Ordnung sein?«

»Ist schon gut«, wandte sich Karla leise an Sofie, »mir macht nur die Geschichte mit Anton zu schaffen.« Sie wich dem Blick der anderen nicht mehr aus, sondern starrte ihr nun direkt ins Gesicht.

Sofie war sich nicht sicher, glaubte aber einen flehenden Ausdruck in Karlas Augen zu erkennen.

»Was soll das denn jetzt?«, mischte sich Emma kaltschnäuzig ein. »Den haben wir doch kaum gekannt. War einfach ein Kunde, nichts weiter.«

»Er war ein langjähriger Bekannter«, erhob Karla zornig ihre Stimme, etwas, das sehr selten vorkam und Emma sofort zum Schweigen brachte. Kurz sah sie sich unentschlossen um, dann machte sie kehrt und verschwand wieder im Lager, während sie ein »Schon gut« zwischen den Zähnen hervorpresste.

Sofie seufzte. »Reg dich nicht auf, du weißt doch, wie deine Schwester ist.«

Plötzlich griff Karla über die Theke und umschloss Sofies Hände, die auf der Glasabdeckung lagen, mit ihren eigenen. Eindringlich flüsterte sie: »Mädchen, ich möchte dich etwas fragen.« Vor Aufregung blähten sich ihre Wangen auf und sie glich in diesem Moment einem rosigen, speckigen Baby, das hervorragend für nahrhafte Kinderspeisen hätte Reklame machen können.

»Sicher«, reagierte Sofie überrascht, auch weil wieder dieser flehende Ausdruck auf dem Gesicht von Karla Tränkle erschien.

»Es geht um Anton Müller, es ist wichtig …«

In diesem Augenblick öffnete sich die Tür und Ines Jenner betrat die Apotheke. Wie immer schien nicht nur ihre beeindruckende Statur, sondern auch die ausgeprägte Persönlichkeit der Frau den gesamten Raum auszufüllen.

Trotzdem wirkte sie nicht so lebhaft wie sonst und da Ines nicht zu den introvertierten Menschen gehörte, machte sie auch kein Geheimnis aus dem, was sie bewegte. »Furchtbar, diese vielen Fremden, das macht mich fertig.«

»Ja«, gab ihr Karla automatisch recht und ließ Sofies Hände los, »wir können später reden, spätestens beim Kerzenkurs«, fügte sie noch mit einem eigenartigen Gesichtsausdruck an.

Sofie nickte und hatte ein ungutes Gefühl, als sie die Apotheke verließ. Sie hörte noch Ines' Stimme, die nach Baldrian und Melisse verlangte, und ging dann nachdenklich zurück in ihr eigenes Geschäft.

* * *

Als Sofie ihren Laden erreichte, stieß sie auf Oliver, der offensichtlich vor ihrer Tür gewartet hatte.

Überrascht und auch ein wenig verlegen begrüßte sie ihn. Ihr fielen keine tiefgründigen Worte ein, deshalb murmelte sie lediglich: »Es tut mir sehr leid«, und schloss schnell auf, um ihm nicht ins Gesicht sehen zu müssen.

»Ich darf nicht an den Ermittlungen teilnehmen«, sagte er, ohne auf die Beileidsbekundung einzugehen, und betrat hinter ihr den Laden.

»Ist das nicht auch besser?«, entgegnete sie rücksichtsvoll.

Er blickte sich um, nahm eine der Seifentütchen in die Hand und sagte: »Du stellst schöne Dinge her, ich wünschte, ich könnte das auch. Aber ich mache immer nur alles kaputt.«

»Oliver«, erwiderte sie überrascht, »das stimmt doch gar nicht. Wie kannst du so etwas sagen?«

»Weil es so ist.« Er ließ sich auf dem kleinen Hocker nieder, den Sofie benutzte, um die oberen Regalreihen einzuräumen, und schlug die Hände vors Gesicht. Sie hätte gerne gehandelt wie eine verständnisvolle Freundin und ihn umarmt, aber sie wusste nicht, wie, ohne dabei linkisch zu wirken.

Schließlich entschied sie, verbal ihre Unterstützung auszudrücken. »Es ist vermutlich normal, dass man die Schuld immer zuerst bei sich sucht, aber das ist nicht richtig.« Sie versuchte zu scherzen: »Das hat sogar mein Psychotherapeut gesagt und der hat immerhin studiert.«

Nun hob Oliver doch den Kopf. Er zog ein zerknülltes Papiertaschentuch aus der Jacke und wischte sich damit übers Gesicht, bevor er sie, um einen zuversichtlichen Ausdruck bemüht, anblickte. »Ich hätte nicht kommen sollen, du hast sicher genug eigenes Gefühlschaos zu verarbeiten.«

Sie verzog leicht die Mundwinkel. »Man entwickelt mit der Zeit so seine Methoden, um mit dem, was geschehen ist, klarzukommen.«

»Ich glaube, meine Methode wird etwas Hochprozentiges sein.« Er sprang auf und griff nach einer Flasche Pflaumenschnaps im obersten Fach. »Gibst du mir die auf Kredit, ich habe kein Geld dabei.«

»Sicher, aber vielleicht solltest du rüber zur Apotheke und dir etwas weniger Gesundheitsschädliches geben lassen. Vielleicht Baldrian und Melisse, das hat sich zumindest Ines Jenner gekauft«, fügte sie an und machte ein besorgtes Gesicht.

Er holte tief Luft und sie dachte schon, er wollte sie in die Schranken weisen, ihr klarmachen, dass sie ihm nichts vorzuschreiben hatte, aber stattdessen sagte er: »Tut gut zu wissen, dass da jemand ist, dem man am Herzen liegt. Ich verspreche, ich werde nicht volltrunken durch die Straßen stürzen. Das wird ein schönes altmodisches Besäufnis zu Hause. Nur ich und mein Selbstmitleid.«

»Dann bin ich beruhigt«, entgegnete Sofie mit einem schüchternen Lächeln und geröteten Wangen.

Nach seiner Verabschiedung blickte sie gedankenverloren auf die Stelle, an der er gestanden und die Flasche aus dem Regal gezogen hatte, bevor sie leise flüsterte: »Vielleicht ist Oliver Müller die Lösung all meiner Probleme.«

* * *

In der Nacht in Brachweiler

Karla Tränkle gestand sich ein, heute nicht richtig bei der Sache zu sein. Sie war sogar versucht gewesen, ihre Schwester Emma zu bitten, für sie zu übernehmen, aber hatte dann doch geschwiegen. Ausgerechnet jetzt mussten sie Nachtbereitschaft haben. Wie gewöhnlich hatte sich Emma für die erste, angenehmere Schicht eingeteilt und ihre jüngere Schwester gegen ein Uhr morgens aus dem Bett gescheucht, damit die den Rest der Nacht Dienst in der Apotheke tat.

Bisher war nichts los gewesen, was die Zeit noch langsamer verstreichen ließ. Deshalb beschloss Karla die Regale abzustauben, während sie mit sich und ihrem Gewissen rang. Auch diese Arbeit war schnell erledigt. Wie hätte es anders sein können? Die Schwestern behandelten die Apotheke wie ein kostbares Stück Garten, das den ganzen Tag gehegt und gepflegt wurde. Niemand wäre die Sauberkeit und Ordnung entgangen, die dort stets herrschten.

»Eine Apotheke muss dem Kunden das Gefühl vermitteln, bald gesund zu werden. Keinesfalls darf er den Eindruck gewinnen, dort würden ihm ansteckende Keime auflauern«, waren stets die Worte ihres Vaters gewesen.

Nun, Karla hatte seine Pedanterie für übertrieben gehalten. Genauso übertrieben wie Emmas Hingabe für den Mann. Vielleicht wäre alles anders gekommen, wenn ihre Schwester nicht so schrecklich besitzergreifend gewesen wäre. Womöglich hätte der Vater dann wieder geheiratet und sie wären eine normale Familie gewesen. Selbst als die Schwestern bereits erwachsen waren, hatte Emma den Vater mit Argusaugen bewacht. Trotzdem hatte der sich nicht von weiblichen Verlockungen abhalten lassen. Karlas hängende Wangen wurden dunkelrot, als sie sich erinnerte, wie sie ihn zusammen mit Berta Pfortmann gesehen hatte. Beide nackt, hinterm Haus im Moor, eng umschlungen und fürchterliche Laute von sich gebend wie leidende Tiere. Zumindest war das damals Emmas Kommentar gewesen. Nach Berta Pfortmanns Verschwinden hatte ihr Vater keine Anstalten gemacht, der Polizei von seiner Affäre zu erzählen. Natürlich hielten auch die Schwestern den Mund. Mittlerweile war viel Zeit vergangen, der alte Tränkle gestorben und die Apothekerin fühlte sich schuldiger denn je. Vielleicht hätte eine Aussage Gabriel Brucker damals entlastet, allerdings wäre auch der eigene Vater dadurch ins Gerede gekommen. War es klug, diese alten Geschichten wieder auszugraben, und würde das überhaupt jemandem helfen? Karla hasste es, Entscheidungen zu treffen. Um sich abzulenken, kritzelte sie deshalb fahrig Linien auf einen Block und füllte die Karokästchen aus. Was sollte sie nur tun? Da existierte etwas, das ihr keine Ruhe ließ. Eigentlich hatte sie es fast schon vergessen, aber dann war Bertas Leiche aufgetaucht. Sie war ermordet worden, so wie Anton und diese Lina Kraspe. Hätte sie das verhindern können? War es nicht das Mindeste, das Schweigen zu brechen und ihren Verdacht zu äußern? Auch Sofie zuliebe? Wäre das nicht für alle Beteiligten besser?

»Ja«, sagte sie laut zu sich selbst, »es ist vernünftiger, offen zu sein, egal was das für Konsequenzen hat.« Sie drückte den Rücken durch und nahm den Stift fest zwischen die Finger. Das Beste war, alles zu notieren, dann vergaß sie nichts und konnte ihre Vermutungen der Polizei in Ruhe vortragen. Sie begann einen Satz auf das Papier zu schreiben, sozusagen den Beginn einer Beichte. In diesem Augenblick erklang die Nachtglocke.

Karla zuckte zusammen, da sie völlig in ihren Gedanken versunken gewesen war. Schnell sprang sie auf und eilte zu dem kleinen Nebeneingang, vielleicht war das ja auch ein Zeichen; das Signal einer höheren Macht, es doch sein zu lassen. Völlig durcheinander öffnete sie unvorsichtigerweise die Tür, machte sich weder die Mühe, durch den Spion zu blicken, noch, über die Sprechanlage zu klären, wer denn davorstand. In diesem Augenblick verspürte Karla Tränkle nicht die geringste Furcht.

Die Tür öffnete sich und das Rasiermesser, das über die Kehle der Apothekerin gezogen wurde, hinterließ eine dünne, feine rote Linie. Es war ein wunderbar gearbeitetes Werkzeug, handgefertigt. Vielleicht ein Erbstück oder eine Rarität aus der Sammlung eines Liebhabers solcher Seltenheiten. Eventuell war es jedoch lediglich ein Speicherfund oder etwas, das man auf einem gut sortierten Flohmarkt entdecken konnte. Woher auch immer es stammte, es schien mit dem Fleisch von Karla Tränkle eine Symbiose einzugehen. Jedes Mal, wenn es über den Hals der Frau glitt, schmiegte sich seine Klinge tief zwischen die auseinanderklaffende Haut, so als würden Metall und menschliches Gewebe eng umschlungen und voller Leidenschaft einen gefühlvollen Tanz aufführen.

Die Schnitte waren zwar schmal, aber nichtsdestotrotz tödlich. Der Kehlkopf wurde mehrfach getroffen und die verletzte Halsschlagader glich dem Leck in einem beschädigten Schiffsrumpf – nur dass hier nichts hineinlief, sondern das Gegenteil stattfand. Unmengen von Blut spritzten aus Karlas Körper, verteilten sich über dem weißen Apothekerkittel und besudelten die Einrichtung.

Karla Tränkle lag längst auf der Erde; sie zuckte und wusste, während sie in das Gesicht ihres Todesengels blickte, dass sie einen Fehler begangen und dadurch Menschenleben auf dem Gewissen hatte. Sie starb deshalb, ohne ihren Frieden zu finden, und konnte nur auf die Erlösung im Jenseits hoffen.

Jedoch sollten die Überreste von Karla Tränkle noch nicht zur Ruhe kommen. Die Verwesung, die unappetitliche Verfärbung der Haut, die Gasbildung in den Eingeweiden und die Fäulnis des Fleisches mussten warten, bis die Verstümmelung des Leichnams abgeschlossen war.

Das Rasiermesser, bereits vertraut mit dem Gewebe der Toten, tastete sich nun über die Wange der Frau wie ein liebkosender Zeigefinger. Es genügte ein wenig Druck und die Klinge drang in das üppige Fleisch unter dem Jochbein ein, wanderte in gerader Linie zur Ohrmuschel, fuhr dann im Neunziggradwinkel zum Unterkiefer, wurde Richtung Mundwinkel gezogen und erreichte nach einer letzten kleinen Wendung wieder den Ausgangspunkt. Noch einmal führte man die Klinge diesen Weg entlang, dieses Mal mit mehr Kraft, damit die scharfe Schneide tief eindringen konnte. Vorsichtig wurde nun mit spitzen Fingern die Hautpartie zwischen Auge und Ohr angehoben, damit das Rasiermesser das pralle Wangenfleisch mit Leichtigkeit auslösen konnte. Ein wenig erinnerte die Szene an das Zerteilen einer gebratenen Gans am Weihnachtsabend. Die zarten Stücke wurden vom Knochen geschält und wer geschickt beim Tranchieren war, dem gelang es, diese als kleine runde Filets zu verteilen. Auch das *Bäckchen* von Karla Tränkle, ohne den Rest des Gesichts nichts weiter als ein handflächengroßes Stück Fleisch, war beinahe perfekt ausgelöst worden und verschwand jetzt wie die Überbleibsel einer Mahlzeit in einer Frischhaltetüte, bevor die Prozedur an der anderen Seite wiederholt wurde.

Wie gewohnt tat das Rasiermesser seinen Dienst. Die sichtbar gewordenen Zahnreihen, über denen man das Fleisch herausgeschnitten hatte, verwandelten Karlas einst gutmütiges Antlitz in eine groteske Fratze, die höhnisch zu grinsen schien. Ein weniger schockierter Betrachter hätte das verstümmelte Gesicht der Toten vielleicht mit dem medizinischen Lehrmaterial verglichen, das für Studenten des Erstsemesters präpariert wurde, um angehende Ärzte die Geheimnisse der menschlichen Hautschichten ergründen zu lassen. Allerdings würde das im Fall von Karla Tränkle nicht genügen, denn irgendwer wäre außerdem gezwungen, die Mysterien eines mörderischen Geistes zu enträtseln.

* * *

Am nächsten Morgen

»Was ist passiert?«, fragte Hauptkommissarin Zimmer entsetzt und blickte auf den Leichnam von Karla Tränkle.

Um den Hals der Frau waren mehrere Bandagen gewickelt und in den Gesichtsverletzungen steckten Mulltupfer, so als hätte jemand versucht, die Wunden auszustopfen.

»Die Schwester«, antwortete ihr Oliver Müller mit rauer Stimme und kam auf sie zu.

Er hatte sich abseits gehalten, während die Kriminaltechniker und der Gerichtsmediziner ihre Arbeit erledigten.

Der Polizeihauptmeister sprach weiter und wirkte dabei fassungslos. »Ich wollte nur etwas gegen Sodbrennen, meine Nacht war … Nun, ich habe einen höllischen Kater. Also entschied ich, frische Luft zu schnappen und bei der Apotheke vorbeizugehen. Normalerweise ist um diese Zeit immer geöffnet. Aber es brannte nicht einmal Licht. Ich habe geklopft, sogar an der Wohnung der Schwestern geklingelt und als niemand antwortete, bin ich zum Notdiensteingang. Die Tür stand offen und ich hörte Stimmen.«

Er sah kurz zu Boden, sammelte sich und fuhr fort: »Emma Tränkle gab einen seltsamen Singsang von sich, es klang wie ein Schlaflied, etwas, das man einem Kind vorträgt, um es zu trösten. Ich habe gerufen, aber sie hat mich gar nicht wahrgenommen. Offensichtlich stand sie unter Schock.« Er deutete mit dem Daumen hinter sich. Neben der Leiche lagen unzählige Kartons mit Verbandsmaterial, eine halb leere Flasche medizinischer Alkohol und blutverschmierte Handtücher. »Sie hat sie verbunden«, sprach Oliver tonlos weiter. »Ich konnte sie kaum von der Toten entfernen, dann habe ich die Kollegen verständigt.«

»Ein spurentechnischer Albtraum«, fluchte Frederike und erntete dafür von allen Anwesenden Zustimmung.

»Sie hat sie mit dem Alkohol übergossen«, äußerte sich der Gerichtsmediziner und seufzte.

Einer der Kriminaltechniker erklärte: »Sieht so aus, als wäre sie hier gestorben, aber den Tathergang kann ich nicht mehr rekonstruieren.«

»Tatwaffe?«, wandte sich die Hauptkommissarin an den Mediziner.

»Eine scharfe, glatte Klinge, tippe auf ein Rasiermesser.«

»Und was ist das in ihrem Gesicht?«, fragte Frederike und streckte ihren Zeigefinger aus.

Einige der Tupfer hatte der Gerichtsmediziner mit der Pinzette vorsichtig entfernt und sagte jetzt: »Man hat der Frau das Fleisch herausgeschnitten. Der Täter muss es mitgenommen haben.«

* * *

Später im Dienstposten

Frederike Zimmer fühlte sich, als würde eine riesige Welle über ihr zusammenschlagen, sie die Orientierung verlieren und kaltes Wasser schlucken, während sie vergebens auf eine rettende Hand wartete.

»Was machen wir jetzt?«, fragte Julian seine Vorgesetzte. »Drei Morde in Brachweiler und keine brauchbaren Hinweise.« Er klang frustriert und Dietmar Klein beschloss einzugreifen.

»Das stimmt so nicht. Wir haben Hinweise, wir sortieren sie nur verkehrt.«

»Verschone mich mit diesem philosophischen Quatsch und sage stattdessen einfach, dass wir nichts damit anfangen können«, fuhr Frederike aus der Haut. »Warum tötet jemand einen kranken Mann, warum eine altjüngferliche Apothekerin? Lina Kraspe, da kann man sich ein Motiv erklären. Eifersucht, Rache, Geld, der Ehemann wäre ein perfekter Kandidat gewesen.«

»Vielleicht sollten wir es dabei belassen«, schlug Julian vor. »Dirk Kraspe hat seine Frau ermordet, dann seine Geliebte und schließlich sich selbst! Er war ein Süchtiger mit paranoiden Schüben. Punkt.«

»Rede keinen Unsinn«, blaffte Frederike. »Du selbst hast ihm ein Alibi im Fahlshofer Park besorgt.«

»Das muss nicht stimmen. Vielleicht hat man mir nur erzählt, was ich hören wollte.«

Frederike blitzte ihn wütend an. »Der Mann hat im Angesicht des Todes gestanden, seine Geliebte getötet zu haben, und geschworen, nicht der Mörder seiner Frau zu sein. Auch wenn uns das nicht gefällt, halte ich es für glaubhaft. Lina Kraspe wurde nicht von ihrem Ehemann getötet, es gab einen anderen.«

Dietmar Klein, der sich nicht aus der Ruhe bringen ließ, sagte: »Gehen wir systematisch vor. Der Ehemann fällt aus, was ist mit dem Vater?«

Frederike Zimmer erinnerte sich an das gestrige Gespräch mit dem Mann. Er hatte sie mit einem festen Handschlag empfangen und seinen Dank darüber geäußert, dass sein Schwiegersohn zur Rechenschaft gezogen worden war. Allerdings war er wenig begeistert gewesen, als sie ihn diesbezüglich korrigieren musste.

»Dirk hat meine Tochter auf dem Gewissen, daran bestehen doch keine Zweifel«, fuhr er herrisch fort.

Die Beamtin teilte ihm ohne Umschweife ihre Sicht der Dinge mit und sagte schließlich: »Man kann die Fakten nicht leugnen.« Nach einem langen Tag hatte sie keine Geduld mehr für höflichen Small Talk.

»Er hat seine Freundin, diese kleine Schlampe, umgebracht, nicht dass sie es nicht verdient hätte«, begehrte Kraspe auf.

»Ja, das gilt aber nicht für den Fall Ihrer Tochter.«

Linas Vater ließ sich in einem Sessel nieder und bot den Beamten Platz an. Sowohl Frederike als auch Oberkommissar Meister folgten der Aufforderung.

»Ich schätze es, wenn die Dinge erledigt sind«, erklärte Kraspe ein wenig überheblich. »Sie vermitteln mir gerade den Eindruck, dass das nicht der Fall ist.«

»Sie haben uns nichts von dem Streit zwischen Ihnen und Ihrer Tochter erzählt«, überging die Beamtin seinen Kommentar daraufhin kalt. Sofort huschte der Anwalt, der wie gewöhnlich im Hintergrund stand, in Richtung seines

Mandanten. Wie schon bei ihrem ersten Gespräch flüsterte er Kraspe etwas ins Ohr und entfernte sich wieder lautlos.

»Väter und Töchter streiten gelegentlich, das hat keine Bedeutung.«

»Sie wollte Sie aus dem Konzern werfen und sich Ihre Position unter den Nagel reißen. Das hört sich für mich nach etwas mit viel Bedeutung an. Wir haben das überprüft. Große Teile des Firmenvermögens und damit auch der Stimmrechte waren auf Lina übertragen worden, was passiert jetzt damit?«

Der Anwalt im Hintergrund bewegte sich, aber Kraspe hob gebieterisch die Hand und sofort blieb der Mann stehen.

»Verstehe ich das richtig?«, wandte sich Linas Vater mit scharfer Stimme an die Hauptkommissarin, »Sie sind gerade dabei, mir ein Motiv zu unterstellen? Denken Sie ernsthaft, ich hätte etwas mit dem Tod meiner Tochter zu tun, mein eigenes Kind, wie …«

»Herr Kraspe«, unterbrach sie ihn mit fester Stimme, »ich schätze es ebenfalls, wenn die Dinge geklärt sind, also beantworten Sie doch einfach meine Fragen.«

»Da gibt es nichts zu beantworten. Ja«, erwiderte Kraspe aufgebracht. »Lina hatte in letzter Zeit wieder eine ihrer Phasen. Ihr gefiel es, über andere zu bestimmen, sie ihre Macht spüren zu lassen. Natürlich hat sie das gelegentlich auch bei mir versucht. Es war wie ein Spiel. Aber niemals hätte sie sich gegen mich gestellt, ich nahm ihre Drohungen daher nicht ernst.«

Die Hauptkommissarin war wenig überzeugt und bohrte weiter: »Warum haben Sie uns verschwiegen, dass Sie ein Bauprojekt in Brachweiler betreiben? Eines, bei dem es in der Vergangenheit viel Ärger gegeben hat?«

»Was?« Linas Vater wirkte verwirrt, allerdings, so dachte Frederike, konnte das auch gespielt sein.

Sie nannte den Namen mehrerer Firmen, die sich hinter der entsprechenden Grundstücksgesellschaft verbargen. »Diese Unternehmen sind in Ihrem Besitz oder Ihnen gehören Anteile davon.«

Kraspe räusperte sich und Julian rechnete in diesem Augenblick damit, dass man sie in hohem Bogen hinauswerfen würde, aber stattdessen schien ihr Gegenüber einsichtig zu werden. »Verstehe, Sie sind offenbar eine gewissenhafte Polizistin und haben in der kurzen Zeit einiges über mich und meine Familie erfahren. Aus diesem Grund denke ich auch, dass Sie womöglich in der Lage sein werden, den Mörder meiner Tochter zu finden. Zwei Dinge kann ich Ihnen dazu sagen: Erstens, ich hätte meiner Tochter nie auch nur ein Haar gekrümmt, und was diese Baugeschichte angeht, ich schwöre bei Gott, dass ich das nicht wusste. Ich bin an vielen Unternehmen beteiligt, aber längst nicht über alle Projekte informiert. Ich lasse Ihnen jedoch gerne sämtliche diesbezügliche Unterlagen zusammenstellen.« Er schnippte einmal mit den Fingern in die Luft und das erste Mal hörten die Beamten den Anwalt sprechen, der nun mit fester Stimme sagte: »Wird sofort erledigt, Herr Kraspe.«

»Das ist sicher hilfreich«, hielt sich die Hauptkommissarin mit Dankesbekundungen zurück.

Theo Kraspe hatte sich daraufhin erhoben und das Gespräch für beendet erklärt. Bei der Verabschiedung hatte er sich noch einmal an Frederike gewandt: »Sie mögen mir nicht trauen, das ist Ihr gutes Recht, aber Lina war mein Leben, ich hätte ihr alles gegeben.«

Für die Beamtin hatte es das erste Mal so ausgesehen, als hätte der Mann Tränen in den Augen.

»Ich bin froh, dass mein Schwiegersohn tot ist, daraus mache ich kein Geheimnis, aber wenn er nicht der Mörder meiner Tochter war, dann will ich, dass der Schuldige gefasst wird. Falls Sie jedoch glauben, ich hätte damit etwas zu tun, dann verschwenden Sie Ihre Zeit.« Damit hatte er ihnen ein letztes Mal zugenickt und der Anwalt war derjenige gewesen, der hinter ihnen die Haustür ins Schloss gezogen hatte.

»Ein Vater, der die eigene Tochter tötet …«, sagte Dietmar Klein nachdenklich, nachdem Frederike das Gespräch vom Vortag wiedergegeben hatte. »Das Motiv wäre klar. Wenn Lina stirbt, erhält er seine Anteile zurück.«

»Und der Ehemann?«, fragte Julian.

»Der hätte nur aus dem Privatvermögen der Toten geerbt, was auch noch beachtlich gewesen wäre, die Firmenanteile gehen jedoch laut Gesellschaftsvertrag zurück an den Alten.«

»Allerdings hat der seinem Schwiegersohn auch das Privatvermögen nicht gegönnt. Für ihn ist es daher gut gelaufen. Jetzt bekommt er alles. Da fragt man sich natürlich, ob er nicht doch seine Finger im Spiel gehabt hat«, spekulierte Julian Meister weiter. »Zwar hat er ein Alibi, aber ihm steht schließlich genug Geld zur Verfügung, um jemanden mit dem Mord zu beauftragen. Jemanden, der es so aussehen lässt, als wäre ein Serienmörder unterwegs, der Leichen verstümmelt. Menschen haben schon wegen weniger Geld schlimmere Dinge getan.«

»Wohl wahr«, reagierte die Hauptkommissarin nachdenklich, die jetzt vor der großen Tafel auf und ab ging, an der Fotografien der Toten hingen. Dietmar Klein hatte auf ihr Geheiß hin auch eines von der Moorleiche angebracht.

»Ich denke, dass es zumindest zwischen den jüngsten Morden einen Zusammenhang geben muss. Allen drei Opfern wurde Fleisch entnommen. Wir haben die Aussage von Sofie Pfortmann, die gestern noch mit Karla Tränkle in der Apotheke gesprochen hat. Offensichtlich wollte die mit ihr über Anton Müller reden, das lässt natürlich vermuten, dass sie irgendetwas im Zusammenhang mit den jüngsten Ereignissen entdeckt hat oder das zumindest glaubte. Laut Aussage der Pfortmann könnten Emma, die

Schwester der Toten, und Ines Jenner, die gerade die Apotheke betreten hat, das ebenfalls aufgeschnappt haben. Die gleiche Ines Jenner, die die Moorleiche entdeckt hat, die Wasserflasche von Anton Müller fand und die einen Feldzug gegen Theo Kraspes Grundstücksgesellschaft führt. Wird Zeit, dass wir uns noch einmal mit der Frau unterhalten.«

* * *

Währenddessen betrat Annegret Brucker mit einem Tablett bewaffnet den verschlossenen Raum in ihrem Haus. Gabriel war nur kurz zum Essen vorbeigekommen und hatte wieder mit dem Thema ›Verkauf‹ angefangen.

Natürlich fand er neue Argumente: »Du solltest alles zu Geld machen, bevor es keiner mehr haben will, jetzt, wo diese schlimmen Dinge in Brachweiler passieren.«

Annegret hatte ihn wie immer vertröstet. Natürlich würde sie ihr Versprechen halten, das sie ihm nach dem Tod der Eltern gegeben hatte. »Wenn ich eines Tages verkaufe, dann bekommst du einen Teil des Erlöses.« Eine sentimentale Reaktion, als sie erkannte, wie sehr es ihm zu schaffen machte, dass ihn die Eltern übergangen hatten. Allerdings stand momentan der Verkauf nicht zur Diskussion.

Sie würde mit Rosi niemals fortgehen. Sie spürte einfach, dass die Kleine nirgendwo sonst glücklich werden konnte.

Er war mürrisch abgezogen, nachdem er lediglich einen der Königsberger Klopse gegessen und behauptet hatte, sie würden komisch schmecken, anders als sonst.

Anschließend hatte sie für sich und Rosi je einen Teller zubereitet.

»Mittagessen, mein Schatz«, rief sie jetzt, erhielt aber keine Antwort.

Wie gewöhnlich saß die zierliche Gestalt auf einem Stuhl am Fenster, der ein wenig nach hinten gerückt war, sodass man sie von draußen nicht sehen konnte. Annegret blickte auf den Kopf mit dem langen, glänzenden blonden Haaren.

»Ich habe dein Lieblingsessen gekocht und sogar eine ganz besondere Zutat verwendet. Das Fleisch ist extrazart, so wie du es magst.«

Annegret glaubte, ein leises zufriedenes Seufzen zu hören, zumindest bildete sie sich das ein und lächelte glücklich. Dann arrangierte sie die Teller und Gläser auf dem Tisch neben Rosi und setzte sich ihr gegenüber. Sie berührte sie am Arm und für einen Moment schlossen sich Rosis Augenlider und der starre Blick verschwand.

»Du kannst ja schon richtig mit den Wimpern klappern wie eine kleine Verführerin«, scherzte Annegret und begann zu essen. »Schmeckt es dir?«, fragte sie zwischendurch, wartete jedoch keine Antwort ab, sondern erzählte von der Apothekerin Karla.

»Du erinnerst dich sicher nicht mehr an sie«, sprach sie weiter, als säße sie mit einem Erwachsenen zusammen. »Ein armes Luder, geplagt mit einer herrschsüchtigen, gemeinen Schwester. Ich weiß, was es bedeutet, hinter einem Geschwisterteil ständig zurückstehen zu müssen. Jedenfalls ist die liebe Karla mit den dicken Backen erlöst.« Annegret starrte auf den halbierten Königsberger Klops auf ihrem Teller und stocherte mit der Gabel darin herum. Dann kicherte sie albern. »Sie hatte wirklich ausgesprochen dicke Backen, so als hätte sie sich etwas hineingestopft.« Dieses Mal war sie ganz sicher, dass Rosi ebenfalls kicherte.

»Es ist schön, wenn du lachst.« Annegret sah auf die Uhr. »Aber jetzt muss ich noch etwas erledigen, ich komme später wieder und dann erzähle ich dir noch mehr von Karla, der Apothekerin, und Anton, dem Polizisten.« Sie überlegte einen Augenblick und sagte schließlich: »Ist doch komisch. Ich kann mich kaum noch an diese unfreundliche Lina Kraspe erinnern, obwohl ich mich ganz fürchterlich über sie geärgert habe. Als ich sie fand, war ich zwar erschrocken gewesen, aber eigentlich hatte sie es doch verdient.« Annegret streckte sich, begann die Essensreste auf einen der Teller zu schieben und das Geschirr zu stapeln. »Ich sollte jedenfalls demjenigen, der das getan hat nicht böse sein.« Ihr Blick wanderte prüfend zu Rosi.

Einem plötzlichen Impuls folgend schloss sie die Arme um die schmalen Schultern und drückte einen Kuss auf das blonde Haar, dann lehnte sie sich ein Stück zurück und blickte in das hübsche unschuldige Gesicht. »Du darfst nie vergessen, dass ich dich lieb habe.«

* * *

Etwa zur gleichen Zeit

Die Polizisten erfuhren nichts Neues von Ines Jenner, die sich unkooperativ und schlecht gelaunt präsentierte. Sie behauptete, weder gewusst zu haben, dass Theo Kraspe hinter der Grundstücksgesellschaft steckte, noch, dass dessen Tochter in einem der Ferienbungalows Quartier bezogen hatte. Außerdem gab sie an, nichts vom letzten Gespräch zwischen Karla Tränkle und Sofie Pfortmann aufgeschnappt zu haben. Nach kürzester Zeit komplimentierte sie die Beamten unfreundlich hinaus, mit dem Hinweis, dass man ihr wohl kaum vorwerfen konnte, dass sie wegen Berta Pfortmanns Leiche und dem Fund der Wasserflasche die Polizei verständigt hatte. Es folgten noch einige harsche Worte über die Verunglimpfung von Bürgerrechten, dann schlug sie die Haustür vor der Nase der Ermittler zu.

»Und was jetzt?«, fragte Anja Kirsch, die erneut und ohne Begeisterung von der Hauptkommissarin zur Zeugenbefragung mitgenommen worden war.

Noch bevor Frederike Zimmer antworten konnte, kam

ein Anruf aus dem Krankenhaus. Emma Tränkle hatte den ersten Schock überstanden und sei nun bereit für eine Befragung.

Das Krankenhaus war klein und bereits in die Jahre gekommen, ansonsten herrschte hier der gleiche Umtrieb wie in den großen Unikliniken. Die Ärzte rasten durch die Gänge, als wäre man hinter ihnen her, und das Pflegepersonal sah müde und überarbeitet aus.

Eine der Krankenschwestern brachte sie zu Emma Tränkle.

Die Apothekerin wirkte wie ein Schatten ihrer selbst. Alles an der Frau war grau. Das Haar, die Haut, selbst ihre Augen.

Als sie die Polizisten erkannte, warf sie ihnen einen unfreundlichen Blick zu. Besonders Anja Kirsch schien ihr Missfallen zu erregen.

»Wer ist das?«, fragte sie statt einer Begrüßung.

Die ablehnende Haltung der Frau veranlasste die Hauptkommissarin zu sagen: »Frau Krisch, vielleicht machen Sie Pause und holen sich einen Kaffee.«

Wie zur Bestätigung nickte Emma und sah der jungen Kommissarin mit zusammengekniffenen Augen hinterher. »Ich habe kein Vertrauen in die jungen Dinger.«

Frederike verzichtete auf einen Kommentar und sagte stattdessen behutsam: »Der Verlust Ihrer Schwester tut mir sehr leid.«

»Ja«, hauchte Emma, so als würde sie sich eben erst bewusst werden, was das bedeutete. »Karla ist weg, hat mich einfach zurückgelassen. Das ist so typisch«, fuhr sie wütend fort. »Alle lassen mich allein.« Ihr Ton erinnerte nun an den eines quengelndes Kindes, und Frederike fragte sich, ob Emma wirklich schon für eine Vernehmung bereit war. »Meine Mutter starb bei Karlas Geburt, mein Vater ist vor zehn Jahren von uns gegangen und jetzt meine Schwester.« Emma vergoss noch keine Tränen, dafür umklammerten ihre Hände mit festem Griff die Bettdecke. »Wer hat das getan?«, fragte sie und es klang wie eine Drohung.

»Das möchte ich herausfinden«, antwortete Frederike.

»Ach ja?«, schleuderte ihr Emma verächtlich entgegen. »Da bin ich gespannt. Bisher ist Ihnen das ja nicht sonderlich geglückt«, sagte sie unbarmherzig, »wobei mir die anderen auch völlig egal sind. Diese eingebildete Kuh aus Freiburg hat sich aufgeführt, als würde ihr die Welt gehören, und Anton hielt sich früher immer für etwas Besonderes, weil er Uniform trug. Allerdings war er deshalb längst kein besserer Mensch, sondern nur ein Schwätzer und ein Weiberheld.«

Frederikes Intuition ließ sie harmlos fragen: »Und Berta Pfortmann?«

Als hätte sie einen Knopf gedrückt, der eine Maschine zum Rotieren bringen konnte, schnellte Emma in die Höhe und rief: »Bleiben Sie mir bloß mit der vom Leib. Verlogenes Miststück, genau wie die Tochter. Tat immer auf feine Dame.« Sie verstellte ihre Stimme und sagte gekünstelt: »Ach, ich bin ja so extravagant und so begabt in allem, was ich tue. Schwachsinn«, endete Emmas kleiner Vortrag. »Die Frau war wie eine Krankheit, die sich langsam ausbreitet. Hat den Männern den Kopf verdreht und gleichzeitig auf Heilige gemacht.« Sie holte tief Luft. »Was soll's, ich werde Ihnen sagen, wer Berta Pfortmann war. Jetzt ist sowieso alles egal.«

* * *

Draußen auf dem Flur lief Anja Kirsch mit vor Aufregung geröteten Wangen hin und her, das Handy ans Ohr geklemmt und leise flüsternd. »Wann war das?«, fragte sie, den Blick auf die Tür von Emma Tränkles Krankenzimmer geheftet.

Ihr Gesprächspartner antwortete etwas und die Kommissarin grinste über das ganze Gesicht. »Ich schulde dir etwas«, sagte sie, bevor sie auflegte, wohl wissend, dass sie nicht vorhatte, den Gefallen, den man ihr eben erwiesen hatte, je zu erwidern, schon gar nicht in Form eines Dates. Aber die Aussicht darauf hatte den jungen Mann, der ihr eben so bereitwillig Informationen hatte zukommen lassen, motiviert, gegen die Regeln zu verstoßen.

* * *

Emma Tränkle war in Fahrt, sie nahm kein Blatt vor den Mund und verwandelte die schreckliche Trauer, die sie empfand, in kalten Zorn.

»Berta Pfortmann hat versucht, sich in unsere Familie einzuschleichen. Mein Vater war ein gutmütiger Mann, deshalb hat er das natürlich nicht bemerkt, aber ich wusste, was dieses Weib vorhatte. Papa besaß Vermögen und Berta ein Balg, das weiß Gott woher stammte und noch dazu nichts taugt.«

»Ihr Vater hatte ein Verhältnis mit Frau Pfortmann?«, hakte Frederike nach.

»Das sagte ich doch gerade«, gab Emma gereizt zurück.

»Seit wann?«, ließ sich die Hauptkommissarin nicht vom ruppigen Tonfall abhalten.

»Keine Ahnung, aber ich bin mir sicher, dass die es schon lange auf ihn abgesehen hatte. Ist ständig in der Apotheke aufgekreuzt und hat meinen Vater von der Arbeit abgehalten, auch als ihr Mann noch lebte. Angeblich brauchte sie für den Aufbaupräparate und Vitamine.« Emma lachte bitter auf. »Der Kerl wog drei Zentner, was will man da noch aufbauen? Kein Wunder, dass der früh gestorben ist. Vermutlich hat sie ihn zu Tode gefüttert, damit die Bahn frei wurde.«

»War das denn etwas Ernstes zwischen Frau Pfortmann und Ihrem Vater?«

»Keinesfalls, aber dieses Weib hatte es auf ein gemachtes Nest abgesehen, da bin ich sicher. Als sie verschwand, war ich jedenfalls froh, und es wundert mich auch nicht, dass ihr jemand den Schädel eingeschlagen hat.«

»Haben Sie einen Verdacht, wer das gewesen sein könnte?«

»Mein Vater jedenfalls nicht, falls Sie darauf anspielen, der war auf einer Tagung, als es passiert ist. Aber wer auch immer dafür die Verantwortung trägt, hat mir einen Gefallen getan.« Sie legte gedankenverloren den Kopf schräg. »Eigentlich hätte ich auf Anton getippt.«

»Anton Müller?«, fragte die Hauptkommissarin überrascht.

»Ja«, reagierte die Apothekerin und ein boshafter Ausdruck erschien auf ihrem Gesicht. »Das hat er Ihnen wohl nicht verraten, dass er hinter Berta her war. Der ist ihr gefolgt wie ein junges Hündchen, natürlich hat sie ihn am ausgestreckten Arm verhungern lassen.«

»Und Sie dachten, er hätte die Frau damals umgebracht?«

»Klar, aus Eifersucht. Sie hat ihn abblitzen lassen und meinen Vater vorgezogen. Das hat dem Anton nicht gepasst und …« Sie hielt inne. »Jetzt, wo er selbst tot ist, spielt es ja keine Rolle mehr, was ich über ihn sage.«

»Und was ist mit Gabriel Brucker?«, bohrte die Beamtin weiter.

Emma zuckte mit den Schultern. »Der könnte es auch gewesen sein, aber man hat ihm nie etwas nachgewiesen.« Offensichtlich hatte die Apothekerin für Brucker mehr Sympathie übrig als für Anton Müller, denn Schimpftiraden über den Mann blieben aus.

»Und Ihre Schwester Karla, was ist ihr passiert?«, wechselte Frederike nun mit sanfter Stimme zurück zum jüngsten Mord.

»Sie ist unschuldig gestorben«, antwortete Emma leise und plötzlich liefen ihr Tränen über die Wangen.

Automatisch reichte Frederike der Frau, die endlich ihre

Verbitterung und ihr Selbstmitleid vergessen hatte und sich der Trauer stellte, ein Taschentuch.

»Ich bin völlig allein, wir waren fast immer zusammen, Tag und Nacht«, stammelte sie. »Ich habe nie geglaubt, sie zu überleben.« Es folgte ein Schluchzen. »Es ist meine Schuld, ich hätte sie während des Nachtdienstes nicht alleine lassen sollen. Karla ist« – sie verbesserte sich – »war immer so gutgläubig. In den Fortbildungen wurden wir gewarnt. Apotheken werden öfter überfallen, als man denkt, gerade während der Notdienste. Drogensüchtige oder jemand, der Schmerzmittel zu Geld machen will.«

»Es lässt nichts auf einen Raubüberfall schließen«, klärte sie Frederike vorsichtig auf.

»Aber warum sonst hätte man …?« Emma verstummte.

»Frau Tränkle«, sagte die Hauptkommissarin nun eindringlich, »gab es irgendetwas, das Ihre Schwester wusste, vielleicht gesehen hat und das sie in Gefahr hätte bringen können?«

»Was?« Emma wirkte perplex. »Sie hätte sich mir doch anvertraut, oder?«

Als der Frau im Bett bewusst zu werden schien, dass es womöglich etwas gab, das Karla ihr vorenthalten hatte, wandelte sich die Verzweiflung erneut in Wut. »Dieses dumme Geschöpf, was hat sie sich da nur eingebrockt?«

»Von Sofie Pfortmann wissen wir, dass sie womöglich etwas beschäftigt hat, das mit Anton Müller zusammenhing.«

»Sofie Pfortmann, dieses Biest, hat versucht sich zwischen mich und meine Schwester zu drängen, sie ist nicht besser als ihre Mutter. Ständig ist sie um Karla herumgeschwänzelt und hat sie zu allen möglichen unsinnigen Bastelkursen geschleppt. Natürlich habe ich versucht, immer wachsam zu sein, aber …« Sie machte eine fahrige Handbewegung. »Sofie kann man nicht trauen. Was sie Ihnen erzählt hat, ergibt keinen Sinn. Karla hatte mit Anton Müller nichts zu schaffen. In der Apotheke habe ich ihn für gewöhnlich bedient, auch das letzte Mal, kurz vor seinem Tod.«

Frederike, die einsah, dass sie so nicht weiterkam, stellte eine andere Frage. »Sagt Ihnen der Name Rosmari etwas?«

Emma blickte die Hauptkommissarin mit ihrem breiten Pfannkuchengesicht verständnislos an. »Rosmari? Wer soll das sein?«

Frederike griff zu ihrem Smartphone und reichte es der Apothekerin. Auf dem Display war ein kariertes Blatt Papier zu erkennen. Es gab einige Kritzeleien, darunter stand der angefangene Satz: Es war ein Fehler, Rosmari…

»Ist das die Schrift Ihrer Schwester?«

»Ja, sieht so aus«, antwortete Emma unsicher.

»Das Blatt stammt von dem Schreibblock aus der Apotheke. Es klingt, als hätte Ihre Schwester eine Erklärung abgeben wollen. Die Schreibweise des Wortes Rosmari ist ungewöhnlich, es fehlt vermutlich das e. Womöglich wurde sie mitten im Schreiben unterbrochen«, mutmaßte Frederike weiter. »Ist das vielleicht eine alte Notiz?«

Emma schüttelte den Kopf. »Nein, als ich gestern Nacht nach oben bin, stand nichts auf dem Block.« Sie starrte immer noch auf das Display und formte mit ihren Lippen leise das Wort Rosmari.

»Fällt Ihnen vielleicht doch noch etwas dazu ein, eventuell eine neue Freundin von Karla oder eine Kundin?«

»Nicht dass ich wüsste.«

»Was könnte sie mit ›Es war ein Fehler‹ meinen? Vielleicht eine falsche Medikamentenausgabe?«

»Nein, das kann ich mir nicht vorstellen. Karla war immer sehr gewissenhaft. Außerdem hätte sie mir das gesagt. Ist diese Notiz denn wichtig?«

»Zum jetzigen Zeitpunkt müssen wir jeder Spur nachgehen«, antwortete die Hauptkommissarin routinemäßig, aber auch ehrlich, bevor sie sich verabschiedete.

Die Apothekerin saß noch lange reglos in ihrem Bett und

grübelte über den Namen nach. Eifersucht machte sich in ihr breit, dann Zorn, dass die Schwester Geheimnisse vor ihr gehabt hatte. Am Ende überwog jedoch der Schmerz, den der Gedanke verursachte, künftig ohne Karla leben zu müssen.

»Ich will nach Hause«, rief sie schließlich und stemmte ihren kräftigen Körper aus dem Bett. »Ich werde nicht hier herumliegen und Däumchen drehen. Ich muss herausfinden, wer diese Rosmari ist, und falls die etwas mit dem Tod meiner Schwester zu tun hat, dann gnade ihr Gott.«

Während Emma Tränkle in Gedanken bereits zu Hause war und jeden Winkel nach Hinweisen auf die unbekannte Rosmari durchsuchte, konnte Anja Kirsch nicht verhindern, einen überaus zufriedenen Eindruck zu machen, als Frederike Zimmer wieder zu ihr stieß.

»Gute Nachrichten?«, fragte die Hauptkommissarin ganz automatisch, aber die junge Kollegin schüttelte schnell verlegen den Kopf. »Nein, leider nicht, ich habe lediglich die Kaffeepause genossen.«

* * *

Kapitel 10

Am Abend

Sofie wollte gerade abschließen, als Oliver vor ihrer Tür auftauchte.

»Ich möchte mich nur erkundigen, wie es dir geht?«, sagte er mit besorgtem Gesichtsausdruck.

Sofie verspürte für einen Moment Unmut in sich aufsteigen. Alle Welt behandelte sie wie ein Kind. So als wäre sie nicht in der Lage, mit den schrecklichen Dingen, die im Leben passierten, umzugehen. Dabei müssten es die meisten doch besser wissen. Sie hatte immerhin schon genug durchgestanden. War das kein Beweis dafür, dass sie auch schwierige Situationen meistern konnte?

Distanziert entgegnete sie deshalb: »Ich habe viel Arbeit.«

Oliver sah sie einen Moment unsicher an, dann glaubte er zu verstehen. »Ich frage das nur, weil du mir am Herzen liegst.«

Sie verlor ein wenig von ihrer abweisenden Haltung, erinnerte sich daran, dass sie Oliver ja eigentlich für einen Ausweg, für die Lösung ihrer Probleme, hielt, und beschloss einzulenken.

»Wenn du mit nach hinten kommen möchtest«, bot sie deshalb freundlich an und der Polizeihauptmeister folgte ihr bereitwillig.

»Was werkelst du denn da?«, fragte er neugierig, als sie den Raum betraten, der Sofie als Werkstatt und gelegentlich auch als Backstube diente. »Wieder Seife?«

Seine Frage verunsicherte sie. »Wie meinst du das?«, hakte sie deshalb gereizt nach.

Ihre barsche Reaktion erschreckte ihn und er beeilte sich zu sagen: »Das sollte keine Wertung sein, ich finde es gut, dass du solche Dinge kannst.«

»Ach«, erwiderte sie nicht gerade versöhnt, »du meinst Dinge, die unbedeutend sind.« Sie wandte ihm den Rücken zu und begann in einem der Töpfe zu rühren.

Allerdings besänftigte sie heute der Anblick der zähen Masse, der sie einige Duftöle beigemischt hatte, nicht. Ihr fiel ein, dass Karla nun nicht mehr mit ihr zum Kerzengießen gehen konnte, und sie rührte hektischer in dem Topf. Anscheinend hatte sie Oliver vollkommen vergessen. Konzentriert auf das, was einmal ein Seifenstück werden sollte, stellte sie sich vor, wie es künftig ohne die Apothekerin sein würde. Immerhin war die ältere Frau für sie so etwas wie eine Freundin gewesen. Oliver rief ihren Namen, aber Sofie reagierte nicht. Die Masse vor ihr veränderte die Konsistenz, das war nicht gut, trotzdem trieb sie den Kochlöffel wild durch den Topf, rührte schwungvolle Achten, wie man es beim Aufschlagen von Eigelb gewöhnlich tat, spürte weder den beginnenden Schmerz im Arm, noch, wie kleine Spritzer der heißen Flüssigkeit ihre Haut verbrannten. Es war wie ein Zwang, sie konnte nicht mehr aufhören, dachte nur noch an Karla, aber nicht mit Trauer, sondern mit Wut.

Warum musste sich ständig etwas verändern?, ging es Sofie durch den Kopf und ihre Anspannung wuchs. Noch bevor Oliver eingreifen konnte, entlud sich ihr ganzer Frust, indem sie mit beiden Händen die heißen Henkel des Topfes packte und ihn samt Inhalt zu Boden warf.

Oliver eilte bestürzt zu ihr, fasste sie an den Schultern und zog sie zum Waschbecken. Ohne Widerworte ließ sie es zu, dass er ihre Handflächen unter den kalten Strahl hielt. Erst jetzt fühlte Sofie den Schmerz und nahm die geröteten Hautstellen wahr. Ihr Blick wanderte über die Schulter, zu dem Topf auf dem Boden und dem breiigen Gemisch, das eigentlich eine große runde Seifenkugel hätte werden sollen. Sofie hatte vorgehabt, eine Kordel durchzuziehen und sie sich anschließend ins Bad zu hängen. Auf dem Tisch lag bereits eine Handvoll getrockneter Rosmarinblätter. Die grünlichen Kräuternadeln hätten in dem blasslila Seifenstück einen schönen Kontrast gebildet.

Sofie begann zu weinen. »Ich habe es verdorben«, jammerte sie hilflos.

Oliver stand an ihrer Seite und legte behutsam den Arm um sie. Es war das erste Mal, dass sie sich körperlich so nah kamen.

»Du wirst es morgen einfach neu machen«, sagte er aufmunternd.

»Es wird nicht das Gleiche sein.« Sie weinte und ließ es zu, dass er sie an sich drückte.

»Nein, natürlich nicht«, sprach er sanft auf sie ein. »Ich verstehe, dass dir Karla fehlt, ihr wart Freundinnen, natürlich wird ohne sie die Welt nicht mehr die gleiche sein.« Seine Stimme zitterte, er dachte daran, dass auch er jemanden verloren hatte. »Ich fühle mich ebenfalls einsam, ich weiß, wie es dir geht«, sagte er deshalb.

Oliver spürte das leichte Nicken ihres Kopfes an seiner Schulter.

»Ich bin für dich da«, fügte er deshalb an. »Bitte vergiss das nicht.«

In Sofie begann langsam ein Kampf zu toben, wollte sie Oliver nun als Ausweg oder nicht? Ihre Entscheidung hatte sie doch schon längst getroffen. Wie sollte es jetzt weitergehen?

Noch bevor sie sich darauf eine Antwort geben konnte, hob er sanft ihr Kinn an. Sie sah ihm in die Augen und musste zugeben, dass es sehr hübsche Augen waren. Der Duft der verschütteten Seifenmasse umgab die beiden. Man hätte glauben können, inmitten eines Blumenbeets zu stehen. Sofie wurde es fast ein wenig schwindlig.

Sie spürte seine Lippen auf ihrem Mund. Sie waren weich

und feucht, außerdem schmeckte sie Minze. Er schien sich vor seinem Besuch bei ihr die Zähne geputzt zu haben. Seine Zunge drängte sie nun, den Mund zu öffnen. Sie gab nach und spürte die vorsichtigen Liebkosungen. Es war lange her, dass sie jemand auf diese Weise geküsst hatte, was würde nun folgen? Konnte sie Oliver überhaupt geben, was er offensichtlich von ihr erwartete? Sollte sie sich sträuben, oder wäre das ein Fehler?

Seine Hände strichen über ihren Rücken, seine Küsse wurden fordernder. Sie hatte ihre Arme um seinen Hals gelegt, glaubte aber nun, eine Stimme zu hören, die ihr deutlich sagte: »Na los, öffne die Hose und nimm ihn in die Hand.« Als wäre sie nicht mehr Herr ihrer Sinne, tat sie genau das und Olivers Reaktion zeigte ihr, dass es ihm gefiel. Er stöhnte und sie begann mechanisch sein Glied zu kneten, wobei ihr sein schneller werdender Atem und sein Stöhnen das Tempo vorgaben.

Plötzlich entzog er sich ihr. »Wow, warte«, sagte er fast amüsiert und Sofie fühlte Scham.

Sie hatte es also nicht richtig gemacht. Ihr ganzer Körper sehnte sich mit einem Mal nach einer heißen Dusche, nach schäumender Seife und nach einer Bürste, um die Haut zu schrubben.

»Ich will das doch mit dir zusammen genießen«, hörte sie den Mann sagen, nickte zwar, allerdings änderte das nichts mehr an ihren Gefühlen.

»Lass uns in dein Schlafzimmer gehen«, flüsterte er zärtlich und versuchte, sie erneut zu küssen.

Dieses Mal wich sie jedoch vor ihm zurück. »Das geht mir zu schnell«, gab sie vor.

Oliver reagierte erstaunt. »Zu schnell? Gerade wolltest du mir noch in Windeseile einen runterholen und jetzt geht es dir zu schnell?«

»Verlasse jetzt bitte meinen Laden«, sagte sie leise.

Der Polizeihauptmeister sah sie erst verdutzt, dann verärgert an. »Was habe ich denn getan?«, fragte er und plötzlich entlud sich auch bei ihm der Frust der letzten Tage. »Das ist doch scheiße«, fuhr er unbeherrscht fort, zog sich die Hose hoch und schloss den Reißverschluss. »Wir sind erwachsen, wozu Spielchen spielen? Ich denke, wir machen beide gerade genug durch.« Er schnappte sich seine Jacke, die über dem Stuhl hing. »Ich wollte rücksichtsvoll sein«, schnauzte er sie an. »Mir ging es nicht darum, auf meine Kosten zu kommen, da hätte ich es mir mit einem Porno zu Hause gemütlich machen können. Ich dachte, du empfindest etwas für mich.«

»Du solltest jetzt wirklich gehen«, überging Sofie seine Erklärung, und Oliver warf ihr einen letzten bösen Blick zu. Auf dem Weg nach draußen murmelte er noch: »Blöde Kuh!«, und hatte das Gefühl, gleich zu explodieren.

Sofie ärgerte sich nicht über seine Beschimpfung, sie war einfach nur froh, dass er fort war. Das Bedürfnis, in ihrer Werkstatt alles in Ordnung zu bringen, trieb sie an. »Vielleicht kann ich ja doch noch etwas retten«, sagte sie leise zu dem ausgelaufenen Seifengemisch auf dem Boden. »Bestimmt reicht es für eine kleinere Kugel, ich muss dann eben eine dünnere Kordel verwenden, ich könnte aber auch …« Sie versank in einem Selbstgespräch, brabbelte vor sich hin und als sie schließlich den Topf auskratzte und dabei an Karla dachte, murmelte sie: »Ich werde dich wirklich vermissen.«

* * *

Die nächsten Tage verliefen hektisch. Frederike Zimmer und ihr Team stellten eine ganze Reihe von Spekulationen an. Wer hatte Lina Kraspe, Anton Müller und Karla Tränkle getötet? Und gab es einen Zusammenhang mit dem Mord vor zwanzig Jahren an Berta Pfortmann?

Denkbare Konstellationen boten sich genug. Gabriel

Brucker zum Beispiel, der von Berta Pfortmann verschmäht worden war, sie deshalb umgebracht hatte und dann nach zwanzig Jahren, getrieben von seinen Dämonen, erneut zuschlagen musste. Vielleicht hatte ihn Lina Kraspe an Berta erinnert. Dann tötete er Anton Müller, den Erzfeind, und schließlich Karla Tränkle, die womöglich etwas beobachtet hatte. Oder war Lina Kraspe das Opfer von Ines Jenner, einer radikalen Umweltaktivistin, die so den Vater der Toten in die Knie zwingen wollte? In dieser Variante wären Anton Müller und Karla Tränkle die typischen unliebsame Zeugen, die man hatte beseitigen müssen. Ines Jenner hatte sich während der Befragung durch die Beamtin alles andere als kooperativ gezeigt. Das wirkte natürlich verdächtig. Eventuell hing auch einer der Morde nicht mit den anderen zusammen. Emma Tränkle, die Apothekerin, zum Beispiel, war ein eifersüchtiger Mensch. Was, wenn die Schwestern einen Streit gehabt hätten, einen, bei dem Karla am Ende gedroht hatte, zu gehen? Denkbar, dass Emma die Beherrschung verloren und die Schwester getötet hat. Anschließend versuchte sie ihre Tat wie die anderen Morde aussehen zu lassen, die Zeitungen hatten immerhin ausführlich berichtet. Zudem gelang es ihr, alle Spuren zu zerstören. Und wer war Rosmari? Vielleicht eine Freundin von Karla, die außerhalb von Brachweiler lebte. Jedenfalls wäre es hilfreich, die Frau zu finden. Abgesehen davon blieb auch die Rolle von Theo Kraspe immer noch unklar. Der hätte ebenfalls gute Gründe gehabt, seine unberechenbare Tochter aus dem Weg zu räumen. Aber leider, so musste sich Frederike eingestehen, gab es für keine dieser Theorien auch nur den geringsten Beweis. Sicher, die Alibis der möglichen Verdächtigen waren teilweise dünn, aber das allein genügte noch nicht. Ein weiterer unklarer Punkt waren die Verstümmelungen. Wozu den Opfern Fleisch entnehmen?

Dietmar hatte sich deshalb mit einem Fallanalytiker des Landeskriminalamtes in Verbindung gesetzt. Die Hauptkommissarin erinnerte sich an das Telefonat: »Serientäter sind häufig auch Trophäensammler«, hatte er ihnen erklärt. »Kannibalismus kommt allerdings seltener vor. Meistens werden die entnommenen Körperteile einfach irgendwo aufbewahrt. Sie zu betrachten, verschafft dem Täter die Möglichkeit, die Morde noch einmal zu erleben. Die Gründe für solche Verstümmelungen können natürlich vielfältig sein. Machtfantasien und Kontrollwahn, gelegentlich kann das Abschneiden aber auch aus dem Wunsch entstehen, etwas von den Opfern zurückzuholen, etwas, das sie nicht freiwillig geben wollten. Dinge wie Liebe und Zuneigung oder Respekt, Achtung, Unterwürfigkeit.«

Frederike Zimmer saß schon seit den frühen Morgenstunden in dem Brachweiler Dienstposten und studierte die Akten. Die Unterkunft auf dem Grundstück der Bruckers schien ihr nicht die richtige Umgebung für Ermittlungsarbeit, da die Ferienbungalows zu sehr an längst überfälligen Urlaub erinnerten. Da waren die mausgrauen Wände, die sie im offiziellen Büro umgaben, besser geeignet, sich auf den Fall zu konzentrieren. Man hatte die Hauptkommissarin die letzten Tage nicht gerade mit Samthandschuhen angepackt. Der Mord an Karla Tränkle wurde ihr nicht nur von der Presse als Versagen vorgeworfen. Dennoch war sie nicht abgezogen worden. Julian und Dietmar unterstützten sie, so gut sie konnten, aber egal, wie sie es drehten, sie bekamen einfach nichts Konkretes in die Hand.

Einige Laborergebnisse im Fall Tränkle standen noch aus, sozusagen die letzte Hoffnung auf Hinweise. Direkt unter der Leiche hatte man ein offenbar benutztes Papiertaschentuch gefunden. Die DNA sollte überprüft werden. Auch weil Emma Tränkle bei einer zweiten Befragung Stein und Bein geschworen hatte, dass das niemals von ihrer Schwester stammen konnte. Aus hygienischen Gründen hätte die nämlich gebrauchte Taschentücher sofort in der Toilette entsorgt. Die Kriminaltechniker und auch der Gerichtsmediziner hatten wenig Erwartungen. Unter anderem, weil Emma Tränkle ganze Arbeit bei der Kontaminierung des Tatorts geleistet hatte.

Frederike sah aus dem kleinen Fenster. Es war ein trüber Morgen, Nebelschwaden wanderten vom Moor in Richtung der Häuser. Brachweiler schien noch zu schlafen und das unheimliche Schauspiel zu verpassen. Das plötzliche Klingeln ihres Smartphones ließ die Hauptkommissarin zusammenfahren. Als sie um diese Uhrzeit die Nummer ihres Vorgesetzten erkannte, ahnte sie bereits, dass das kein Höflichkeitsanruf werden würde. Sie sollte recht behalten.

Eine halbe Stunde später stand sie bedrohlich vor Anja Kirsch und hielt ihr die Ausgabe einer überregionalen Tageszeitung vor die Nase. »Was ist das?«, fragte sie in einer Weise, die einer Kriegserklärung gleichkam.

»Ich habe keine Ahnung«, antwortete ihr die Pressesprecherin und schaffte es, bestürzt zu wirken. »Ich habe das auch erst jetzt gesehen. Diesbezüglich kamen keine Anfragen, ich bin so unvorbereitet wie Sie.«

Die junge Frau vermied es, in Julian Meisters Richtung zu sehen. Der Oberkommissar beäugte seine Kollegin genau und fragte sich, ob jemand wirklich so lügen konnte. War es nicht doch viel wahrscheinlicher, dass ein engagierter Pressemann einfach Glück bei seinen Recherchen gehabt hatte, anstatt anzunehmen, Anja Kirsch hätte aus lauter Bosheit Informationen weitergegeben?

»Wie konnte das passieren? Ich dachte, Sie hätten die Meute im Griff. Ist es nicht normal, dass solche Meldungen zumindest gegengecheckt werden? Dass wir die Chance auf eine Stellungnahme bekommen?«

»Eigentlich schon«, gab sich Anja empört. »Das ist kein seriöses Vorgehen.«

»Können wir das dementieren?«, herrschte Frederike die Kollegin an.

Die Pressesprecherin zuckte mit den Schultern. »Wir müssen das natürlich zuerst prüfen, aber …«

Weiter kam sie nicht, denn in diesem Augenblick stürzte Polizeihauptmeister Oliver Müller in den Dienstposten. Sein Gesicht war gerötet, sein Haar wirr und sein Blick voller Hass. Er hielt sich nicht mit Höflichkeiten auf, schien die anderen Anwesenden ausgeblendet zu haben und stürmte sofort zu Anja Kirsch.

»Du elendes Miststück, ich mache dich fertig«, schrie er dabei und deutete mit dem Zeigefinger auf sie. »Dir habe ich es zu verdanken, dass mein Privatleben jetzt in der Presse breitgetreten wird.«

»Ich weiß nicht, was Sie meinen«, gab Anja ungerührt zurück und als Oliver Müller einen weiteren Schritt auf die Frau zuging, rechneten alle damit, dass er ihr ins Gesicht schlagen würde. Vermutlich war es nur Julians beherztem Eingreifen zu verdanken, dass die Situation nicht eskalierte. Der Oberkommissar hatte sich blitzschnell zwischen die beiden gedrängt und den Kollegen wie einen Rammbock von Anja weggeschoben.

Mit beiden Händen hielt er den Mann zurück, der brüllte: »Du elende Schlampe, das war dein Plan, mich zu ruinieren.«

»Ich habe damit nichts zu tun, wie kommen Sie überhaupt darauf?«, antwortete sie spitz und Julian hatte in diesem Moment selbst das Bedürfnis, der jungen Frau die Kehle zuzudrücken.

»Die Eifersucht hat dich doch aufgefressen, als die Presse sich an mich gewandt hat. Glaubst du, das ist mir entgangen? Allerdings hätte ich nie gedacht, dass ein Mensch deshalb zu so etwas fähig ist. Miststück!«, geiferte er noch einmal und sein Speichel spritzte weit in den Raum.

»Ich habe nichts damit zu tun«, reagierte Anja arrogant. »Aber langsam stellt sich doch die Frage, ob hier eine Lügengeschichte veröffentlicht wurde oder die Wahrheit.« Im Glauben, ihr könne nichts passieren, hielt sie sich ebenfalls nicht mehr zurück. »Wenn Sie wirklich ein spielsüchtiger, krimineller Polizist sind, dann haben Sie doch alles, was hier passiert, sich selbst zuzuschreiben. Und um Begriffe zu verwenden, die Ihnen geläufig sein dürften: Sie sind nichts weiter als ein Verlierer!«

Oliver bäumte sich in Julians Armen auf und stemmte sich gegen dessen Griff. Dietmar versuchte zu helfen, erhielt dafür jedoch einen unsanften Stoß mit dem Ellbogen, und erst als Hauptkommissarin Zimmer sich zwischen die Parteien stellte und brüllte: »Schluss damit!«, endete das Gerangel.

An Anja Kirsch gewandt sagte sie kalt: »Wir sprechen uns später«, und in Olivers Richtung folgte ein »In mein Büro, sofort«.

* * *

»Ich habe es vermasselt, so richtig. Das Spielen hatte mich damals voll und ganz im Griff. Ich habe alles verloren. Und das Geld ist noch das wenigste. Meine Frau hat sich scheiden lassen, die Kollegen entzogen mir ihr Vertrauen und ihren Respekt und mein Vater …«

Frederike hatte gerade das Gefühl, den Schleudergang einer leistungsstarken Waschmaschine aus der Sicht eines nassen Handtuchs zu erleben.

»Was genau ist damals passiert?«, fragte sie müde, resigniert und enttäuscht.

»Mir ging das Geld aus, aber das hat mich nicht abgehalten, ich musste spielen. Ich dachte, ich hole alles wieder zurück, dass es dann besser wird, aber es wurde immer schlimmer. Es hat mich trotzdem nicht mehr losgelassen, es ist eine Sucht. Am Ende habe ich mich an der Kasse unserer Polizei-Sportmannschaft bedient. Die anderen fanden das natürlich heraus.«

Oliver wirkte kraftlos, während er ihr das beichtete. »Die Kollegen waren anständig, zeigten Verständnis, aber erkannten auch die Gefahr. Ein Polizist mit so massiven Suchtproblemen ist ein leichtes Opfer für Korruption. Trotzdem hat man mich nicht fallen lassen.«

»Sie machten eine Therapie?«, fragte Frederike.

»Ja, aber mittlerweile hatte ich schon einen gewaltigen Schuldenberg angehäuft. Mir drohte bereits Lohnpfändung. Ich musste meinen Vater um Hilfe bitten. Er hat eine Hypothek auf das Haus in Brachweiler aufgenommen und mich unterstützt. Mein Vorgesetzter hat dafür gesorgt, dass man mich hierher versetzt.« Er lachte verzweifelt auf. »Hier konnte ich ja keinen Schaden anrichten. Die Leute dachten, ich bin zurückgekommen, um meinen Vater zu versorgen, dabei war es eigentlich genau umgekehrt.«

»Haben Sie Ihre Sucht mittlerweile im Griff?«, fragte ihn die Hauptkommissarin ernst.

»Ja, ich denke, ja«, antwortete er und fügte ehrlich an: »Gefährdet bin ich natürlich immer noch, aber ich gehe regelmäßig zu Treffen und habe einen Betreuer.«

Frederike sah auf die Schlagzeile vor sich:

»Spielsüchtiger Sohn womöglich Hauptverdächtiger im Mordfall des eigenen Vaters?« Und etwas kleiner stand darunter: *»Was verschweigt der Polizeihauptmeister von Brachweiler? War Geld das Motiv?«*

»Ich bin erledigt, stimmt's?«, fragte Oliver leise.

»Die nächsten Wochen werden kein Spaziergang, so viel steht fest«, entgegnete die Hauptkommissarin aufrichtig.

»Aber Sie glauben mir doch, dass ich nichts mit dem Tod meines Vaters zu tun habe«, wandte er sich flehentlich an die Beamtin.

Persönlich hätte ihm Frederike das gerne versichert, aber als Polizistin antwortete sie: »Sie werden sich zu unserer Verfügung halten müssen, Sie wissen, wie das läuft: keine

Gespräche mit der Presse, am besten bleiben Sie vorerst zu Hause. Und noch etwas: keine Geheimnisse mehr!«

Er stand auf, überlegte, ob er einfach gehen sollte, entschloss sich dann aber zu sagen: »Mein Vater hatte damals eine Affäre mit Ines Jenner. Ich habe es gewusst und nie etwas gesagt. Ich dachte, es würde meiner Mutter das Herz brechen, gleichzeitig hatte ich deswegen immer starke Schuldgefühle und weiß bis heute nicht, ob es richtig war, Stillschweigen zu bewahren. Ich habe nie mit meinem Vater darüber gesprochen und er hat nicht ein Wort über meine Suchtprobleme verloren. Manchmal denke ich, ganz Brachweiler ist so. Alles Unangenehme wird totgeschwiegen. Vielleicht wusste mein Vater etwas und musste deshalb sterben. Am Ende hat den alten Narren das Schweigen womöglich das Leben gekostet. Jedenfalls hatte ich nie vorgehabt, Sie zu täuschen. Ich wollte nur eine Chance.«

Damit verließ er das Büro, ging grußlos an den Kollegen vorbei, warf jedoch Anja Kirsch einen letzten Blick zu, in dem so viel Hass und Abneigung lagen, wie ein einzelner Mensch nur aufbringen konnte.

* * *

Am Abend saß Annegret Brucker wie gewöhnlich in Rosis Zimmer. Sie hatte eine aufwendig verzierte Bürste in der Hand, die von einem Sonderposten stammte, den Sofie Pfortmann in ihrem Laden verkauft hatte.

Während sie Rosis blondes Haar kämmte und glaubte, ein leises, glückliches Summen von ihr als dankbare Antwort für die sanften Bürstenbewegungen zu erhalten, begann sie, über Sofie zu sprechen. »Das arme Ding, ich war heute im Laden. Sie wirkte zerstreuter als sonst. Trotzdem hat sie es nicht versäumt, mir ein Geschenk mitzugeben.« Hastig kramte Annegret eine kleine Tüte aus der Tasche. »Siehst du, eine ihrer neuen Seifen, die riecht himmlisch«, fügte sie noch an, sprach dann aber traurig weiter. »Vermutlich hat sie Karlas Tod mitgenommen, immerhin waren die beiden befreundet. Obwohl ich das nie für gesund hielt. Sofie sollte die Gesellschaft von Gleichaltrigen suchen. Ich dachte ja, dass vielleicht Oliver und Sofie … Aber nach dem, was heute in der Zeitung steht, da ist er wohl doch kein empfehlenswerter Kandidat mehr. Was für eine tragische Entwicklung.«

Die Worte, so bildete sich Annegret ein, schienen eine Wirkung auf Rosi zu haben. »Ganz recht«, fuhr sie deshalb fort, »Sofie ist ein unglückliches Geschöpf und ich bin mir ziemlich sicher, dass sie sich danach sehnt, all das hinter sich zu lassen.« Sie hatte sich bei ihren Ausführungen ein wenig ereifert und die Bürste zu fest über das feine Haar gezogen. Dabei verhedderte sich eine Strähne und da Annegret aus eigener Erfahrung wusste, wie schmerzhaft das Auflösen eines Haarknotens sein konnte, säuselte sie schnell mit beruhigender Stimme: »Alles wird gut, niemand tut dir weh!«, während sie behutsam Haar für Haar entwirrte.

»Ich wünschte, meine Mutter hätte dafür auch Zeit gehabt, aber die war immer mit Gabriel beschäftigt. Eines Tages hat sie eine Schere genommen und meine schönen langen Haare ratzfatz abgeschnitten. Ich sah hinterher aus wie ein Junge und habe tagelang geweint. ›Stell dich nicht so an, die wachsen doch wieder‹, hat es dann geheißen.« Ein Lächeln huschte über Annegrets Gesicht. »Aber keine Angst, deine wundervollen Haare werden wir sorgfältiger behandeln, das verspreche ich dir.«

* * *

Am nächsten Morgen ging Dietmar Klein mit einem Kaffeebecher in der Hand seiner Vorgesetzten entgegen, als diese den Dienstposten betrat. »Hier«, sagte er freundlich, »der erste starke Kaffee geht an den Boss!«

Frederike Zimmer schüttelte müde den Kopf. »Du weißt nicht, wie dringend nötig ich den habe, leider macht er mich nur wach, nicht gescheiter.«

»Kommt noch«, antwortete ihr Kollege leichthin und wollte sich schon zu seinem Schreibtisch bewegen, als Frederike ihn zurückhielt.

»Weißt du, mir kam letzte Nacht so eine Idee, und nun …«

»… soll ich für dich etwas recherchieren«, vollendete Dietmar ihren Satz.

Sie nickte. »Vermutlich verschwende ich damit nur unsere Ressourcen, aber irgendwie lässt mich der Gedanke nicht los, dass wir den Fall Berta Pfortmann noch einmal durchleuchten sollten. Die Mordopfer aus Brachweiler sind mittlerweile jedenfalls in der Überzahl. Langsam frage ich mich, ob nicht womöglich Lina Kraspe nur zufällig ermordet wurde. Bisher sind wir automatisch davon ausgegangen, dass mit ihr alles angefangen hat. Was aber, wenn der Anfang bereits zwanzig Jahre zurückliegt? Deshalb möchte ich, dass du mehr über die Pfortmanns herausfindest. Mich interessiert auch, wie es zu der Adoption gekommen ist. Konnten die Pfortmanns keine eigenen Kinder bekommen, wollten sie nicht? Wie war deren Ehe? Solche Dinge eben. Aber bitte sei dabei äußerst vorsichtig. Keinesfalls soll die Presse davon Wind bekommen. Sofie Pfortmann hat schon genug durchgemacht, ein Haufen Kameras vor ihrem Geschäft fehlte da gerade noch.«

»Wird erledigt«, antwortete ihr Dietmar mit mehr Zuversicht, als er empfand. Einblick in Adoptionsunterlagen ohne richterlichen Beschluss zu erhalten, war nämlich ein Ding der Unmöglichkeit, aber vielleicht gab es einen anderen Weg.

»Ist dir vielleicht etwas zu der Notiz von Karla Tränkle eingefallen?«, fragte ihn Frederike und unterbrach seine Überlegungen.

»Rosmari, mit e, ohne e, abgekürzt, wir konnten im näheren Umfeld des Opfers niemanden mit diesem Namen finden, weder Kundinnen noch Gemeindemitglieder. Tatsächlich kommt dieser Vorname wesentlich seltener vor, als man denkt. Schade eigentlich«, fügte er mit einem versonnenen Lächeln an. »Ich kannte einmal eine Rosmarie …« Er verstummte, sich bewusst werdend, dass diese Erinnerung nicht für andere bestimmt war, und sagte stattdessen: »Vielleicht ist dieser angefangene Satz völlig unbedeutend.«

»Ja, gut möglich«, gab ihm die Hauptkommissarin recht und sah ungeduldig zur Tür. »Wieso kommt Julian denn nicht herein?«

* * *

Julian Meister erhielt gerade einen lang ersehnten Anruf. Nach dem gestrigen Tag hatte er Karsten mehrere Nachrichten hinterlassen. Als er nun dessen Stimme hörte, schien eine tonnenschwere Last von ihm abzufallen.

»Ich freue mich, dass du zurückrufst. Wie geht es dir?«

Allerdings war Karsten alles andere als freundlich. »Was gibt es denn so Dringendes? Willst du mit mir über die Aufteilung der Möbel sprechen?«

»Bitte nicht streiten«, erwiderte Julian daraufhin müde, »ich fühle mich nicht so gut.«

»Wurdest du angeschossen?«, fragte sein Ex-Freund spitz und Julian hätte sich gewünscht, das mit Ja beantworten zu können.

»Nein, es sind andere Wunden, der Fall ist schwierig und ich habe Probleme mit meiner neuen Kollegin, es ist …«

»Das hört sich ja alles furchtbar dramatisch an«, giftete Karsten in den Hörer, »aber ich bin weder deine Mutter noch dein Psychotherapeut noch dein Beichtvater. Wenn ich mich richtig erinnere, dann bin ich für dich gar nichts. Obwohl du mich immerhin als Haushaltshilfe und Bettgefährten akzeptiert hast. Ach ja, und es war dir natürlich recht, dass ich meine Heimatstadt verlassen habe und zu dir nach Freiburg gezogen bin. Ich dachte damals nicht, dass ich ein Jobangebot annehmen würde, also verschone mich mit deinen Problemen, außerdem muss ich los, ich bin verabredet.«

»Mit wem?«, platzte Julian heraus, obwohl er sich stets vornahm, keine Eifersucht zu zeigen.

»Du kennst ihn nicht.«

»Karsten, wir müssen reden, das kann doch nicht so weitergehen.«

»Nein, das kann es nicht und das wird es auch nicht«, erhielt Julian barsch Antwort, dann hörte er ein Knacken, das Gespräch war beendet.

Kaum hatte er diesen Schock verdaut, riss Frederike Zimmer die Autotür auf und sagte gereizt: »Was treibst du denn hier?«

»Ich …« Er ließ den Blick sinken und schwieg.

Die Hauptkommissarin quetschte sich auf den Beifahrersitz und gab Anweisungen: »Wenn du keinen staatlich geförderten Kaffee möchtest, dann können wir auch gleich zu Ines Jenner fahren und«, fügte sie noch wie nebenbei an, »wenn du nicht weißt, was du an Karsten hast, dann bist du ein noch viel größerer Schwachkopf, als ich bisher angenommen habe, nur so unter uns!«

Daraufhin nahm sie ihr Smartphone und tätigte einige Anrufe, während sie den völlig verdatterten Oberkommissar mit einer entsprechenden Handbewegung aufforderte, endlich den Wagen zu starten.

Sie hatten schon am Vortag mit Ines Jenner sprechen wollen, aber da hatte ihnen eine Nachbarin mitgeteilt, dass die engagierte Naturschützerin an einer Demonstration in Freiburg teilnehmen und erst am nächsten Tag wieder zu Hause sein würde. Frederike Zimmer war deshalb entsprechend ungeduldig.

* * *

Ines Jenner sah aus dem Fenster ihres kleinen Häuschens. Man hatte ihr bereits mitgeteilt, dass die Polizei am Vortag in ihrem Vorgarten herumgeschnüffelt hatte. Zumindest empfand Ines das Eindringen der Ordnungshüter in ihre Privatsphäre als Schnüffeln.

Sie war vor fünfunddreißig Jahren nach Brachweiler gezogen. Die Suche nach dem richtigen Ort hatte eine Weile gedauert und dann war ihr das Mietangebot für das Haus quasi in den Schoß gefallen. Nur ungern dachte sie an die Zeit vor Brachweiler zurück. Sie hatte ihr Leben nicht im Griff gehabt: Drogen, Kriminalität, Selbstzerstörung. Jedoch war sie eine der Glücklichen, die noch rechtzeitig die Kurve bekamen. Aber zu welchem Preis?

Womöglich war die Art, wie sie heute ihr Leben führte, ein Versuch, etwas wiedergutzumachen.

Ramon hockte auf dem Sofa und starrte belämmert auf seine zerrissene Jacke. »Ich dachte, das wird nett, aber …« Er brach ab und schüttelte müde den Kopf. »Denkst du nicht, dass es langsam reicht. Wir sind zu alt für Krawalle.«

»Eine Demo ist keine Kuschelgruppe, da kann es immer mal rau zugehen.«

»Manchmal denke ich, du fühlst dich nur wohl, wenn es ausartet.«

Sie lachte auf, warf das silberne, lange Haar in den Nacken und rief, während sie die geballte Faust in die Luft streckte: »Attacke!«

Allerdings reagierte Ramon nicht auf ihren Witz und Ines hielt es für klüger, ihn zu besänftigen. Sie mochte den gebürtigen Spanier, mit dem sie nun schon seit ein paar Jahren eine Beziehung führte. Liebe empfand sie nicht für ihn. Auf eine Partnerschaft mit tiefen Gefühlen hätte sie sich gewiss nicht mehr eingelassen, aber einen Vertrauten, einen Gefährten, zu haben, das gefiel ihr.

»Du musst zur Vernunft kommen«, sagte Ramon eindringlich. »Ständig kämpfen und streiten, wo bleibt da das Leben und Genießen?«

»Wenn die uns die Welt zerstören, dann kannst du nichts mehr genießen.«

Er ließ sich nicht auf eine Diskussion ein, sondern stand auf und sagte ruhig: »Das nächste Mal bitte mich nicht mehr, dich zu begleiten, außer wenn du jemanden brauchst, der dich ins Kino ausführt.«

Sie gab ihm einen Kuss auf die Wange. »Ich danke dir trotzdem, dass du dabei warst, komm heute Abend zum Essen, ich koche uns etwas als Dankeschön.«

Er schien zwar nicht versöhnt, nahm die Einladung jedoch an.

In diesem Augenblick erklang die Türglocke.

Ines rief genervt: »Das sind die Bullen«, und Ramon fragte sich nicht das erste Mal, warum seine Freundin immer so reden musste, als wären sie Bankräuber auf der Flucht.

Frederike Zimmer hielt sich nicht lange mit Höflichkeiten auf, als sie auf Ines Jenner traf. »Warum haben Sie uns nicht gesagt, dass Sie ein Verhältnis mit Anton Müller hatten?«

»Was?«, antwortete die Frau, die wieder eines ihrer farbenfrohen Gewänder trug, über dem sie jetzt demonstrativ die Arme verschränkte. »Seit wann geht das die Polizei etwas an?«

»Seit die in einem Mordfall ermittelt«, schnauzte Frederike zurück.

Julian beobachtete die Szene und stellte überrascht fest, dass sich die beiden Frauen gar nicht so unähnlich waren. Beide auf ihre Weise stark und unnachgiebig. Für eine kurze, alberne Sekunde stellte er sich vor, sie würden miteinander ringen, und fragte sich, wer wohl stärker wäre. Schnell schob er den lächerlichen Gedanken beiseite und sah zu Ines' Freund. Der war relativ klein, hatte einen kugeligen Bauch und ein freundliches Gesicht. Allerdings blickte er jetzt gerade unglücklich drein, während sich seine Freundin ein Wortgefecht mit der Hauptkommissarin lieferte.

»Es reicht«, sagte diese gerade. »In Brachweiler stapeln sich die Leichen und man enthält mir Informationen vor. Ich werde das nicht länger tolerieren. Reden Sie also endlich.«

»Oder was?«, giftete Ines, woraufhin Ramon genervt mit den Augen rollte und sagte: »Nun erzähl es ihr doch einfach.«

Ihn traf für seine Einmischung zwar ein erzürnter Blick, aber schließlich schien Ines doch nachzugeben. »Also schön, ich hatte mit diesem Mann eine Affäre, das liegt jetzt Jahrzehnte zurück. Er wollte sich nicht scheiden lassen und ich habe Schluss gemacht. Glücklicherweise«, fügte sie noch gereizt an.

»Wie darf ich das verstehen?«, ließ die Hauptkommissarin nicht locker.

»Na«, schnaubte Ines, »Sie haben ihn doch gesehen. Anton war ein Wrack, ein Pflegefall. Den hätte ich an der Backe gehabt, wenn aus uns etwas geworden wäre.«

»Hört sich so an, als hätte sich die einstige Leidenschaft verflüchtigt«, ließ es sich die Beamtin nicht nehmen, in ironischem Tonfall zu reagieren.

»So läuft das eben«, antwortete Ines schnippisch, neigte dann jedoch den Kopf und fragte neugierig: »Woher wissen Sie überhaupt davon? Wir haben uns nämlich viel Mühe gegeben, die Sache geheim zu halten.«

Die Hauptkommissarin verweigerte die Antwort, aber Ines kam selbst darauf. »Natürlich, es muss Oliver gewesen sein«, sagte sie deshalb erstaunt, »das erklärt einiges.«

Sie schien nicht gewillt, diesen Kommentar weiter auszuführen, fügte aber noch an: »Stimmt das, was über Antons Sohn in der Zeitung steht? Die Spielsucht, das Karriereaus, die Schulden?«

Wieder erhielt sie keine Informationen und wieder zog sie trotzdem die richtigen Schlüsse. »Scheiße gelaufen, was? Oliver weiß, dass sein Vater ein Heuchler ist und seine Ehefrau betrügt, und dann muss er ausgerechnet diesem Mann gegenübertreten und ihn womöglich um Hilfe bitten, weil er spielsüchtig ist. Das ist bitter.« Sie entspannte sich und ließ sich auf einen Sessel plumpsen. Den Beamten bot sie die Sitzkissen auf dem Boden an.

Ramon mischte sich ein, schob zwei Stühle hinter einem Esstisch hervor und forderte die Polizisten auf, sich zu setzen.

»Ich hatte immer schon das Gefühl, dass mich Oliver nicht mag. Jetzt ist mir auch klar, warum er so wenig getan hat, als es darum ging, das Moor zu retten. Er hat mich absichtlich boykottiert.«

»Wie war Ihr Verhältnis zu Anton Müller in den letzten Jahren? Vor allem, nachdem seine Frau starb?«, fuhr Frederike mit der Befragung fort, ohne sich vom Thema abbringen zu lassen.

»Haben Sie mir denn nicht zugehört?«, schnauzte Ines.

»Doch und ich habe den Eindruck, zwischen Ihnen und Anton Müller herrschte keine Freundschaft.«

»Moment.« Ines schnappte nach Luft. »Was wird das hier gerade? Wollen Sie mir etwa den Mord anhängen? Glauben Sie, ich hätte nichts Besseres zu tun, als einen mittlerweile tattrigen Ex-Freund aufzuschlitzen?«

»Was gibt es Besseres als Rache?«, fragte die Hauptkommissarin harmlos.

»Es gab keinen Grund für Rache, ich sagte doch schon, ich bin froh, dass nichts aus uns geworden ist.«

»Womöglich lieferte Ihnen dann Lina Kraspe eher einen Grund.«

»Sie haben schon bei unserem letzten Gespräch nicht mit Unterstellungen gespart, Sie kennen meine Antworten.«

»Mag sein«, ließ sich die Hauptkommissarin nicht beirren, »trotzdem ist es möglich, dass Ihnen durchaus bewusst war, dass die Tochter von Theo Kraspe in dem Bungalow von Annegret Brucker übernachtet hat.« Die Hauptkommissarin sah ihr Gegenüber nun mit einem provozierenden Lächeln an. »Eine engagierte Frau wie Sie, die gründlich recherchiert, könnte sicher herausfinden, wer den Brachweiler Sumpf zerstören will«, fuhr sie fort, »und dann plötzlich taucht die Tochter des Mannes auf und …«

»Nochmals zum Mitschreiben«, unterbrach sie Ines. »Ich hatte keine Ahnung, dass Kraspe der Eigentümer diese Grundstücksgesellschaft ist. Wissen Sie eigentlich, wie verschachtelt solche Unternehmen heutzutage sind? Und außerdem haben wir in Brachweiler keinen Sumpf, sondern ein Moor, ein seltenes …«

»Wie auch immer«, fiel ihr dieses Mal Frederike ins Wort, »Sie tauchen in unserer Ermittlungsakte trotzdem ungewöhnlich häufig auf. Angefangen mit dem Fund von Berta Pfortmanns Leiche.«

»Ja«, blaffte die Frau mit der silbernen Mähne, »aber wenn ich gewusst hätte, dass sie es ist, dann hätte ich den Mund gehalten und ihren Körper da draußen verrotten lassen.«

»Sie mochten Berta Pfortmann nicht?«

»Verlogenes Miststück«, zischte Ines, ohne zu bemerken, dass sie sich gerade um Kopf und Kragen redete.

»Aber Anton Müller hielt große Stücke auf die Frau, das hat er uns selbst gesagt«, stichelte Frederike, die die Erregung ihres Gegenübers ausnutzte.

»Weil er ein Trottel war, ein verliebter Trottel, der sich von dem braven Getue hat blenden lassen. Die war keine Heilige.« Ein lautes »Ha« folgte, bevor Ines fortfuhr: »Die hat nur alle in dem Glauben gelassen.«

»Das ist eine interessante Betrachtungsweise«, ging die Hauptkommissarin darauf ein. »Oder aber die Reaktion einer eifersüchtigen Frau. Einer Frau, die sehr viel Zorn empfunden hat.«

Ines ließ sich auch nicht von Ramons zärtlicher Berührung am Arm bremsen und rief: »Ja, ich habe mich über Berta geärgert. Aber noch mehr über Anton, der einfach nicht erkennen wollte, wie sie wirklich war. Er hat sie vergöttert, selbst als wir unsere Affäre hatten. Natürlich stritt er das ab, aber ich konnte es spüren. Ich wusste, dass Anton sich für Berta hätte scheiden lassen. Möglich, dass ihm irgendwann später doch noch ein Licht aufgegangen ist.« Ihre Stimme nahm jetzt einen theatralischen Ausdruck an. »Vielleicht hat er, als sich seine geliebte Berta als Schlampe entpuppte, die Beherrschung verloren und zugeschlagen.«

»Halten Sie das wirklich für denkbar?«, hakte Frederike gespannt nach und Ines seufzte.

»Frau Hauptkommissarin, ich habe mich vor langer Zeit entschieden, einen Kampf zu führen, den ich niemals gewinnen kann.« Und ein wenig süffisant fügte sie noch an: »Denken Sie etwa, ich wüsste nicht, dass ich auf verlorenem Posten stehe?« Sie schnalzte mit der Zunge. »Aber was soll's, ich mache trotzdem weiter. Während dieser ganzen Zeit habe ich so viel Widerwärtiges, Verlogenes und Korruptes erlebt, dass ich mittlerweile alles für möglich halte.«

»Frau Jenner«, entgegnete die Hauptkommissarin daraufhin ernst, »Sie sind viel im Hochmoor unterwegs und kennen sich dort aus. Falls Sie also etwas beobachtet haben, gleichgültig, ob vor zwanzig Jahren oder heute, dann wäre es nun an der Zeit, uns das mitzuteilen.«

Für einen Moment sah es tatsächlich so aus, als hätte Ines etwas zu sagen, aber dann veränderten sich deren Züge. Sie lächelte sogar und wirkte plötzlich wie ein völlig anderer Mensch. »Ich weiß rein gar nichts, sondern habe im Eifer des Gefechts lediglich spekuliert. Wenn ich mich ärgere, werde ich unfair, und dieses Mal hat es den alten Anton getroffen. Das sollte keine absichtliche Irreführung sein.«

Frederike Zimmer musterte die Frau gründlich. Ines Jenner war schwer zu durchschauen und noch dazu nicht auf den Mund gefallen. Als sie sich schließlich verabschiedeten, sagte sie deshalb: »Bitte melden Sie sich, wenn Ihnen doch noch etwas einfällt.«

* * *

Kapitel 11

Gabriel Brucker hatte sich nie für die Schrullen seiner Schwester interessiert. Dass sie ein Leben wie eine Klosterschülerin führte, machte er sicher nicht zu seinem Problem. Niemand hatte sie schließlich dazu gezwungen, die fürsorgliche Tochter zu spielen, auf einen Ehemann und Kinder zu verzichten und die Pflege der Eltern zu übernehmen. Immerhin war sie dafür großzügig entlohnt worden.

Es fiel ihm schwer, ihr daraus keinen Vorwurf zu machen. Das Versprechen, das sie ihm damals gegeben hatte, sich eines Tages mit ihm entgegen aller elterlichen Verfügungen den Verkaufserlös zu teilen, hatte zwar nett geklungen, aber lag viele Jahre zurück. Er hatte die Siebzig erreicht, wie lange sollte er noch auf seinen Neuanfang warten? Wie viele Jahre blieben ihm noch? Zehn, fünfzehn? Musste er die weiterhin bei Wind und Wetter auf Floh- und Wochenmärkten verbringen? Mittlerweile war eine Grenze erreicht. Annegret wurde zwar auch nicht jünger, trotzdem blieb es unwahrscheinlich, dass sie vor ihm starb und er sie dann beerben könnte. Bisher hatte er darauf verzichtet, seine Forderungen massiv zu stellen, aber genug war genug. In Brachweiler wiederholte sich für ihn erneut ein Albtraum. Wieder konnte er spüren, wie ihm die Leute hinterhersahen, ihm misstrauten. »Ist das nicht der, den man damals verdächtigt hat? Wenn er es nun doch war? Vielleicht ist er geisteskrank …« Unweigerlich hatte Gabriel einiges aufgeschnappt und wunderte sich keineswegs mehr darüber, dass die Kunden ausblieben. Es gab nur eine Lösung: Annegret musste verkaufen. Ein Teil der Grundstücke würde ihm genügen, um mit dem Erlös für immer verschwinden zu können. Gabriel würde nicht länger bitten und hoffen. Es wurde Zeit, die Dinge zu beschleunigen. Deshalb hatte er einen geeigneten Zeitpunkt abgewartet und angefangen, das Haus zu durchsuchen. Es gab immer irgendetwas, mit dem man Menschen unter Druck setzen konnte, letzten Endes musste man nur an den richtigen Stellen suchen. Skrupel hatte er keine. Zeit seines Lebens Egoist gewesen, konnte niemand erwarten, dass er sich im Alter ändern würde.

Annegret kam eine Stunde später nach Hause. Sie hatte ein Geschenk für Rosi dabei und eilte direkt nach oben. Als sie jedoch die offene Zimmertür sah, blieb sie wie angewurzelt stehen.

»Rosi?«, rief sie unsicher und alle möglichen Gedanken schossen ihr durch den Kopf.

»Rosi heißt die kleine Schönheit also«, hörte sie eine Stimme und geriet in Panik.

Sie stürzte in den Raum, den sie so liebevoll eingerichtet hatte, und traf auf Gabriel. Unfähig, etwas zu sagen, starrte sie auf den Bruder, der mit Rosi auf dem Schoß in einem der Sessel Platz genommen hatte. Er strich über das blonde, lange Haar, während Rosi hektisch die Augenlider schloss und öffnete.

»Fass sie nicht an«, zischte Annegret nun aufgebracht und hastete auf die beiden zu.

Gabriel grinste. »Was befürchtest du, dass ich sie dir kaputt mache?«

Tränen sammelten sich in den Augen seiner Schwester. »Du machst doch immer alles kaputt!« Mittlerweile hatte sie ihm Rosi abgenommen, behutsam zurück auf den Stuhl gesetzt und ihr einen Teddybären in die Arme gedrückt.

»Willst du mir das hier erklären?«, ging er auf den Vorwurf nicht ein, sondern machte eine ausladende Handbewegung Richtung Einrichtung.

»Das geht dich nichts an«, zischte sie wütend.

»Vielleicht aber doch oder hältst du das für normal?«

»Ja, das tue ich, das ist mein Leben und das von Rosi. Wir haben uns eingerichtet und sind glücklich.«

Gabriel erhob sich langsam und schüttelte den Kopf. »Du tickst ja nicht mehr richtig.«

Sie wollte widersprechen, aber er kam ihr zuvor. »Wenn davon jemand erfährt, dann sperrt man dich weg und du kannst dich von deiner Rosi für immer verabschieden.«

»Niemanden interessiert es, was ich tue«, gab sie nun scharf zurück.

»Oh«, entgegnete er daraufhin süffisant, »wenn sie das sehen, dann wird das Interesse ganz plötzlich erwachen. Schon vergessen, wir haben hier eine Mordserie, da wird die Polizei jemanden wie dich sicher gerne unter die Lupe nehmen.« Er sah sie eindringlich an.

»Sei still«, rief seine Schwester wütend und im gleichen Moment hörten sie einen Brummton.

Rosis Teddybär war auf den Boden gefallen und hatte dabei jenen typischen Laut ausgestoßen.

Annegret war versucht zu sagen: »Sprich leise, du erschreckst das Mädchen«, aber das hätte er nur wieder gegen sie verwendet, also forderte sie ihn lediglich auf zu gehen.

»Ich will Geld, dann verschwinde ich. Ist mir scheißegal, wie du die Kohle zusammenbekommst. Lass deine Fantasie spielen« – er warf einen abschätzigen Blick in das Zimmer – »darin bist du doch gut.«

»Ich habe kein Geld«, schnauzte sie.

»In diesem Fall verkauf endlich einen Teil der Grundstücke, sonst erzähle ich der Polizei von Rosi.«

»Tu das, und ich widerrufe das Alibi, das ich dir damals gegeben habe, was dann?«

»Dann, meine geliebte Schwester, fehlt dir für den Mord an Berta Pfortmann ebenfalls ein Alibi. Langsam frage ich mich sogar, ob du mir vor zwanzig Jahren geholfen hast, um mich zu schützen oder aus Eigennutz? Du hast Berta doch nie gemocht, bist du ihr zufällig im Moor begegnet?«

»Du undankbarer Mistkerl. So warst du schon immer, du hast genommen und genommen, alles für dich herausgeholt, und wenn nichts mehr da war, hast du andere dafür verantwortlich gemacht.« Sie begann zu weinen.

»Gütiger Himmel«, erwiderte er daraufhin unwirsch. »Ich kann diese Leier nicht mehr hören. Gib mir einfach das Geld und du bist mich los, für immer. Anschließend kannst du weiter Mutter und Kind spielen und niemand wird je davon erfahren.«

Gabriel Brucker war mit sich zufrieden. Warum auch nicht? Annegret würde ihn auszahlen, das stand nun fest. Natürlich hätte ihn ihr Verhalten zum Handeln zwingen müssen, aber so verbunden fühlte er sich der Schwester nun auch wieder nicht. Sollte sie doch tun, was sie wollte. Er legte nicht den geringsten Wert darauf, dass jemand davon erfuhr, denn dann hätte man am Ende ihn genötigt, sich zu kümmern. Nein, alles lief perfekt, und in einer ausgesprochenen Hochstimmung hatte er plötzlich das Bedürfnis, noch etwas anderes ein für alle Mal zu klären. Deshalb steuerte er Sofie Pfortmanns Geschäft an.

Die Ladeninhaberin war überrascht, Gabriel zu sehen. Er kam so gut wie nie zum Einkaufen hierher. Obwohl es zwischen ihnen keinen Streit gegeben hatte.

»Hallo, Herr Brucker«, begrüßte ihn Sofie höflich und er erinnerte sich daran, dass sie ihn vor zwanzig Jahren auf genau die gleiche Art begrüßt hatte.

Gabriel kam gleich zur Sache: »Ich wollte mich verabschieden«, sagte er und grinste. »Ich werde endlich hier abhauen.«

»Oh«, entfuhr es Sofie, die nicht wusste, warum er ihr das mitteilte und wie sie darauf angemessen reagieren sollte.

»Ich bin kein besonders höflicher Mensch, aber keiner soll

sagen, dass ich nicht geschätzt habe, wie du dich mir gegenüber verhalten hast.« Er sah sie lauernd an.

Jetzt war Sofie endgültig verblüfft. »Verhalten? Aber ich habe doch gar nichts getan.«

»Ja, genau«, antwortete er. »Du hättest mich damals reinreiten können. Ich weiß, dass Anton Müller dich gedrängt hat, mich zu beschuldigen. Danke dafür, dass du es nicht getan hast. Natürlich hoffe ich, dass das auch in der Zukunft so bleibt.«

Langsam schien Sofie zu verstehen. Gabriel Brucker wollte sich absichern, aber warum?

»Ich kann mich bis heute an nichts erinnern und es ist äußerst unwahrscheinlich, dass sich das ändert. Daher wird meine Aussage sich ebenfalls nicht ändern. Abgesehen davon will ich das alles hinter mir lassen«, gab sie frostig zurück.

»Genau wie ich«, entgegnete er und ließ sie nicht aus den Augen. »Ich habe nämlich keine Lust, doch noch den Sündenbock zu spielen. Ich will die letzten Jahre, die mir bleiben, genießen.«

»Ich habe Ihnen nie etwas Böses gewollt«, stellte Sofie richtig.

Der lauernde Blick in Gabriel Bruckers Augen verschwand. »Ja, genauso wenig wie ich dir.« Damit verabschiedete er sich. Beim Verlassen des Ladens drehte er sich jedoch noch einmal um. »Nur ein Ratschlag«, sagte er listig, »nimm dich besser in Acht vor Polizeihauptmeister Oliver Müller.«

* * *

Am Abend beschloss Gabriel Brucker, in seiner Scheune Ordnung zu schaffen. Es fühlte sich gut an, zu entrümpeln. Er würde den meisten Kram einfach entsorgen, die wenigen Dinge von Wert konnte er noch an einen Kollegen verkaufen und dann hieß es »Auf Wiedersehen, Brachweiler«.

Endlich ging es aufwärts und er bekam sein Stück vom Kuchen. Er dachte über die Morde nach und kam zu dem

Schluss, dass er keines der Opfer wirklich betrauerte. Zugegeben, Berta Pfortmann hätte er vor zwanzig Jahren gerne gevögelt, aber damit war sie eine von vielen gewesen. Lina Kraspe hatte er nicht gekannt und daher war sie ihm so scheißegal wie Karla Tränkle. Was Anton Müller betraf, der hatte den Tod auf jeden Fall verdient.

Ein Hoch auf dessen Mörder, sagte er sich im Stillen und ließ geräuschvoll eine Kiste mit langen Zimmermannsnägeln auf den stattlichen Haufen Müll fallen, der sich bereits angesammelt hatte. Daher entging ihm auch das leise Knarren, als die Scheunentür geöffnet wurde.

Im schmutzig grauen Licht der alten Lampen blieb der Schatten, den die eintretende Person warf, unbemerkt. Gabriel hatte ihr den Rücken zugedreht.

Auf der Tischplatte lag ein Sortiment neuer, auf Hochglanz polierter Scheren. Spontan entschied sich der späte Gast, eine davon zu benutzen und die mitgebrachte Waffe in der Tasche zu lassen. Die Hand erhoben, die Finger fest um die Schere geschlossen, die Gabriel Brucker vermutlich vor nicht allzu langer Zeit noch geschliffen hatte, schlich man sich langsam an ihn heran. Es war einfach zuzustoßen. Die langen, scharfen Klingen des Schneidwerkzeuges drangen tief in Bruckers Nacken ein. Der Stoß war kräftig und, wenn auch unbeabsichtigt, dennoch geschickt an den Wirbeln vorbeigeführt. Der mangelnde Widerstand ermöglichte es deshalb, die Schere zurückzuziehen und erneut zuzustechen. Dieses Mal traf Stahl auf Knochen. Die Schere saß im Genick des Alten fest. Blut lief aus den Wunden und kurz darauf über seine Hände, die er Hilfe suchend nach hinten riss.

Gabriel Brucker spürte den Schmerz. Das Adrenalin und sicher auch sein überhebliches Naturell ließen ihn nicht sofort an einen menschlichen Angriff denken. Tatsächlich wedelte er wild mit den Händen und glaubte, das scharfe Brennen wäre womöglich die Folge eines Insektenstichs. Aber als ihm die Schere dann ein zweites Mal in den Nacken gerammt wurde, seine Finger daraufhin den unverwechselbaren Griff ertasteten, da gab es keinen Zweifel mehr. Dennoch drehte er sich nicht um, sondern umklammerte den Fremdkörper in seinem Genick und zog daran. Mit einem entsetzlichen Laut, der mehr dem Aufheulen eines Hundes glich als dem qualvollen Jammern eines Menschen, gelang es ihm, die Waffe aus dem eigenen Fleisch zu reißen. Ungläubig starrte er schließlich auf die Schere, sah sein eigenes Blut daran, das das silberne Metall bedeckte und nun in dicken Tropfen zu Boden fiel, und erkannte auch, dass eine der Klingen abgebrochen war.

Schmerz und Schock ließen ihn tonlos sagen: »Ich werde die nie wieder reparieren können.«

Es war ein leises Kichern, das ihn endlich veranlasste, sich umzudrehen.

Noch bevor er die Kehrtwende beendet hatte, wurde ein weiteres Mal auf ihn eingestochen. Er keuchte, versuchte, sich an der voll beladenen Tischplatte festzuhalten, die nur provisorisch auf zwei Holzböcken lag, riss jedoch alles mit sich zu Boden. Mit Entsetzen sah er, dass eine weitere Schere in seiner Brust steckte.

Es war wie ein Zwang, der ihn antrieb, auch diese zu entfernen, so als könnte er dadurch sein Leben retten. Aber das war ein Irrtum. Es gab viele Scheren in Gabriel Bruckers Werkstatt, und einige lagen zusammen mit dem alten Mann auf dem Boden. Ohne Eile setzte sich nun eine Gestalt neben ihn, griff sich die erstbeste Schere und stach zu. Nach einer kurzen Pause wurde die nächste in die Hand genommen und in Bruckers Körper gerammt, dann eine weitere. Es geschah in aller Ruhe, fast hingebungsvoll, so als würde das Einstechen einem vorgegebenen Takt folgen. Eins, zwei, drei, Stich … Eins, zwei, drei, Stich … Eins, zwei, drei … Der mörderische Akt, der hier vollführt wurde, dauerte so lange an, bis neun Scheren im Körper von Gabriel Brucker steckten und wie die Nadeln in einem Nadelkissen aus ihm herausragten. Sprechen konnte der Mann in seinen letzten Minuten nicht mehr. Dafür sah er die Person, die ihn so unerbittlich und qualvoll tötete, mit einem Gesichtsausdruck an, der neben der Furcht vor dem Tod auch noch Zorn ausdrückte. Zorn, weil er sich womöglich um seine letzten glücklichen Jahre betrogen fühlte, vielleicht aber auch, weil er die Gefahr verkannt hatte. Was auch immer es war, er würde es mit ins Grab nehmen, und als dann die letzte Schere in die Harnblase des Mannes eindrang, war dieser längst tot. Blut sammelte sich rund um die Leiche, vor allem, als nach einer kurzen, zufriedenen Betrachtung die Scheren wieder aus dem Körper gezogen und in eine Plastiktüte gepackt wurden. Danach folgte eine Begutachtung des Toten. Wie zu erwarten, bot Gabriel Brucker nicht viel an. Ein magerer Bursche, der im Gegensatz zu Anton Müller überall knochig und sehnig war. Stirnrunzeln und Missbilligung resultierten aus dieser Erkenntnis und letztendlich fiel eine Entscheidung, die angesichts der großen Mengen austretenden Blutes nur logisch war. In einem alten Marmeladenglas, das bisher der Aufbewahrung von Nägeln diente, wurde die rote Körperflüssigkeit aufgefangen. Die Ausbeute blieb geringer als gedacht, aber man konnte eben nichts erzwingen. Eigentlich hätte das grausame Werk hier enden können, jedoch hielt die Gestalt, die so bereitwillig die Hände in fremdes Blut getaucht hatte, plötzlich inne. Wäre es nicht klug, das Muster zu durchbrechen? Warum nicht etwas Neues ausprobieren und den emsigen Polizisten die Arbeit erschweren? Sollten sie doch herumlaufen wie aufgescheuchte Hühner und verzweifelt nach Antworten suchen.

Es war einfach, einen Tatort in Brand zu setzen, wenn alles, was man dazu benötigte, vor Ort bereitstand. Gabriel Bruckers Scheune bot dazu, was das Herz begehrte: Brandbeschleuniger, Gasflaschen, einen Kanister Benzin. Die Leiche wurde zuerst präpariert. Immerhin wusste ja jeder aufmerksame Fernsehzuschauer, dass an verbrannten Opfern wenig Spuren zu finden waren. Danach folgte der Rest des Schuppens. Ein Feuerzeug auf dem Tisch neben einer zerdrückten Packung Zigaretten half, die Flammen zu entfachen. Als Erstes machten sie sich über Gabriel Brucker her und fraßen ihn wie ein gieriges Raubtier regelrecht auf. Die blutgetränkten Kleider verschmolzen mit dem Muskelfleisch und Körperfett des Opfers, die Haare lösten sich in wenigen Sekunden auf und die Flüssigkeit der Augäpfel verdampfte. Die brennende Haut erzeugte einen Geruch ähnlich dem, der von den Hochleistungsgrills verströmt wurde, die normalerweise in den Gärten von familiengerechten Wohnvierteln standen und die an lauen Sommertagen ungesunde Mengen Würstchen und Steaks knusprig brutzelten. Als nun der Körper von Gabriel Brucker unter dem Einfluss des Feuers anfing, sich zusammenzuziehen, wurde es Zeit zu verschwinden; jedoch nicht, ohne zuvor auch noch das kleine Wohnhaus des Opfers in Brand zu setzen. Die Arbeit war schnell getan, schon wenige Minuten später stand das ganze Anwesen in Flammen. Die Sirenen der Rettungskräfte erklangen und das Feuer entwickelte sich.

Kurz nach dem Eintreffen der Einsatzfahrzeuge erschwerte die Explosion eines altertümlichen Gastanks hinter dem Wohnhaus zusätzlich die Löscharbeiten.

Etwa eine Stunde später hatte sich halb Brachweiler versammelt. Einige starrten entsetzt, andere neugierig auf den Tatort. Man nahm in Kauf, dass sich der durchdringende Brandgeruch in Kleidern und Haaren festsetzte und dass die Hitze, vor allem in den ersten Reihen der Schaulustigen, unangenehm auf der Haut brannte. Alle wollten wissen, was sich ereignet hatte.

Anja Kirsch stand am nächsten beim Publikum. Sie trug einen Sicherheitshelm und gab Interviews. Noch konnten keine genauen Aussagen gemacht werden und Worte wie: »Wir werden Sie bald informieren … kein Kommentar … die Ermittlungen laufen noch …«, bestätigten das.

Annegret Brucker, als Eigentümerin des Geländes, durfte sich bei den Polizisten aufhalten und schien mit einer stoischen Ruhe zuzusehen, wie ihr Besitz niederbrannte. Obwohl es noch niemand aussprach, befürchtete man, dass ihr Bruder Gabriel im Feuer umgekommen war. Bisher galt er jedoch offiziell lediglich als vermisst.

Oliver Müller hielt sich im Hintergrund und fuhr zusammen, als ihn Sofie ansprach.

»Du bist also auch gekommen«, sagte sie und sah ihn forschend an.

»Sofie?«, antwortete er überrascht und fügte schnell an: »Ich bin froh, dich zu sehen, auch unter diesen Umständen. Ich« – er drehte sich nun ganz zu ihr um und nahm vorsichtig ihre Hand – »ich wollte mich bei dir entschuldigen. Ich war unhöflich und unsensibel, das tut mir leid.«

Sie ließ es zu, dass er sie festhielt, reagierte allerdings nicht auf seine Erklärung, sondern sagte stattdessen: »Stimmt das, was in der Zeitung steht?«

Er seufzte schwer und nickte. »Das ein oder andere. Bist du jetzt enttäuscht?«

Das Dach des Wohnhauses stürzte in sich zusammen und es gab einen gewaltigen Knall. Sofie erschrak und Oliver schloss sie automatisch in seine Arme. Niemand achtete auf die beiden, die in der letzten Reihe standen und sich einen kurzen Augenblick aneinanderklammerten.

Dann löste sich Sofie aus der Umarmung. »Nein, ich bin nicht enttäuscht«, flüsterte sie mit einem Lächeln, fügte sonst nichts weiter an und stellte auch keine Fragen.

* * *

»Die haben die Leiche!« Julian Meister trat auf seine Chefin zu.

Der Morgen dämmerte und als hätte sich der Himmel gegen die Polizisten verschworen, setzte ein starker Regen ein. Er kam zu spät, der Brand war bereits von der Feuerwehr gelöscht worden. Dafür zerstörte das Wasser von oben jetzt die wenigen Spuren, die der Forensik noch geblieben waren.

»Wo ist er?«, fragte Frederike Zimmer, die es endgültig aufgab, mit einer Plastiktüte über dem Kopf herumzulaufen, um sich vor dem Regen zu schützen.

Sie folgte ihrem Oberkommissar durch verkohlte Bretter, verrußte Mauerreste und geschmolzenes Metall.

Man hatte versucht, ein notdürftiges Zelt über dem Leichnam zu errichten.

»Todesursache?«, fragte die Hauptkommissarin unvorsichtigerweise und zerrte damit so sehr an den Nerven des Gerichtsmediziners, dass dieser schnauzte: »Wie soll ich hier noch irgendetwas feststellen?«, bevor er Platz machte und so den Blick auf einen verkohlten, seitlich gekrümmten Körper freigab, der im Löschwasser lag.

Der Mediziner bedeckte den Leichnam schließlich, und während ihm der Regen ins Gesicht tropfte, fügte er beherrschter an: »Tut mir leid, aber unter diesen Umständen kann ich nichts sagen. Wir brechen hier ab, ich werde die Autopsie schnellstmöglich durchführen.«

Die Hauptkommissarin unterließ es, wegen seiner unfreundlichen Reaktion einen Streit vom Zaun zu brechen. Was das anging, hatte sie sich schon längst ein dickes Fell angeschafft.

Während die Gerichtsmedizin zusammenpackte, sah sie sich um und entdeckte den Brandexperten. Er gab ihr ein Zeichen, offensichtlich lagen erste Erkenntnisse vor.

»Wie vermutet, haben wir es hier mit Brandstiftung zu tun. Der Einsatz von brandbeschleunigenden Mitteln steht außer Frage. Wir werden noch einige Untersuchungen machen müssen, aber derjenige, der dafür verantwortlich ist, hat nicht einmal versucht, uns zu täuschen. Es ist offensichtlich, da hat jemand nachgeholfen.«

Die Hauptkommissarin nickte und bedankte sich für die gute Arbeit, obwohl sie dem Mann für diese unerfreuliche Nachricht am liebsten den Kopf abgerissen hätte. Im Stillen fragte sie sich, ob denn ein stinknormaler Unfall zu viel verlangt gewesen wäre. An Julian gewandt sagte sie schlecht gelaunt: »Wenn es Brandstiftung war, dann haben wir vermutlich einen weiteren Mord.«

»Außer Brucker hat das Feuer selbst gelegt und ist dabei umgekommen«, hielt der Oberkommissar dagegen und zuckte aufmunternd mit den Schultern.

Seine Vorgesetzte schüttelte den Kopf mit den triefnassen Haaren und sagte nicht ohne Sarkasmus: »War es denn jemals so einfach?«

* * *

Ines Jenner hatte wie viele andere Einwohner von Brachweiler am Unglücksort ausgeharrt, bis Gabriel Bruckers Scheune und Wohnhaus von den Flammen dem Erdboden gleichgemacht worden waren. Jetzt nahm sie gerne von Ramon das Handtuch entgegen, um ihr vom Regen klatschnasses Haar zu trocknen.

»Schrecklich, dieses Wetter«, sagte ihr Freund beiläufig, wohl vor allem, um Anteil daran zu nehmen, dass sie nun wieder eine Ewigkeit ihre dicke silbergraue Mähne föhnen musste, erntete dafür allerdings keinen Dank, sondern einen Rüffel.

»Wie kannst du das sagen? Der Regen nährt das Moor, hält es am Leben und letzten Endes damit auch uns.«

Ramon seufzte genervt, auf diese Debatte hatte er keine Lust, deshalb wechselte er zu dem Thema Brucker.

»Denkst du, Gabriel war im Haus?«

Ines schien ihren eigenen Gedanken nachzuhängen, denn erst als er sie ein zweites Mal ansprach, gab sie ihm Antwort. »Werden wir sicher irgendwann erfahren«, erwiderte sie gelangweilt.

»Bist du denn überhaupt nicht beunruhigt?«, entfuhr es ihm schließlich fassungslos. »Um uns herum werden Menschen getötet und …«

Wütend unterbrach sie ihn: »Du erwartest, dass ich mir deshalb Sorgen mache? Wer hat sich denn geregt, als ein halber Hektar Moorland vernichtet wurde? Manchmal müssen die Menschen für ihre bösen Taten eben auch bezahlen. Keiner der Toten hat sich zu Lebzeiten je mit Ruhm bekleckert. Theo Kraspe ist skrupellos und vermutlich war das sein Töchterchen auch, Berta Pfortmann hatte den Charakter einer Schlange, Anton blieb bis zum Schluss ein verlogener Heuchler und Karla Tränkle eine Mitläuferin ohne Rückgrat. Und was Brucker angeht …« Sie machte eine Handbewegung, als würde sie ein lästiges Insekt verjagen. »… ohne den wird sich die Welt trotzdem weiterdrehen.«

Sie sprach mit einer Leidenschaft, die Ramon erschreckte. »Rede nicht so. Wenn dich jemand hört, kommst du noch in Teufels Küche.«

Ines, die ihr Haar nun mit dem Handtuch durchknetete, als gälte es, einen Kuchenteig zu walken, erwiderte: »Ich bin es gewohnt, als Schuldige dazustehen, während sich andere stets aus der Verantwortung ziehen.«

»Dann halte dich wenigstens mir zuliebe zurück«, versuchte es Ramon mit einem Scherz. »Ich würde es vorziehen, unsere künftigen Treffen nicht in einem Gefängnis abzuhalten.«

»Keine Sorge«, antwortete sie ohne einen Anflug von Humor, »ich habe mittlerweile gelernt, auf mich aufzupassen.«

* * *

Zur gleichen Zeit etwa 50 Kilometer von Brachweiler entfernt

Dietmar Klein saß in dem gemütlichen Appartement, das Teil einer Seniorenwohnanlage war, und wartete geduldig darauf, dass man ihm einen Tee zubereitete.

Eigentlich hätten Hauptkommissarin Zimmer und Oberkommissar Meister diesen Termin übernehmen sollen, aber aufgrund des Mordes an Gabriel Brucker – die Autopsie hatte das mittlerweile bestätigt – mussten alle ran. Ihm war die Aufgabe übertragen worden, mit der Frau vom Jugendamt zu sprechen, die sich damals nach Berta Pfortmanns Tod um Sofie gekümmert hatte.

»Bin gleich so weit«, rief man ihm aus der Küchennische hinter dem Vorhang zu und sein »Nur keine Eile« war eine glatte Lüge.

Elisabeth Braun war gerne bereit gewesen, mit der Polizei zu sprechen. Womöglich zu gerne, wie Dietmar nach dem Telefonat mit ihr befürchtet hatte. Vermutlich war der alten Dame langweilig, was die Befragung zu einem Geduldsspiel machen würde.

Aber als Elisabeth jetzt das Teegeschirr auf dem Tisch vor ihm abstellte und Dietmar Klein mit ihren kühlen graublauen Augen musterte, da konnte er erleichtert feststellen, dass er es nicht mit einer einsamen Seele zu tun hatte. Die achtzigjährige Frau Braun ging nämlich mit wachem Geist durchs Leben. Davon zeugte sowohl das gut gefüllte Bücherregal wie auch der Wandkalender mit den vielen Einträgen, der neben der Medikationsliste ihres Hausarztes hing.

»Sie haben Glück«, sagte sie wie zur Bestätigung, »in zwei Tagen breche ich zu einer vierwöchigen Italienrundreise auf. Ist mir daher ganz recht, dass Sie heute kommen, morgen bin ich nämlich mit Packen beschäftigt.«

Er nickte, ließ sich zwei Stückchen braunen Zucker in den Tee geben und sagte anerkennend: »Sie sind sehr aktiv.«

»Oh ja.« Elisabeth Braun nahm ihm gegenüber Platz. »Deshalb bin ich auch hierhergezogen. Das bisschen Energie, das mir noch bleibt, will ich für meine Hobbys nutzen. Nicht für einen wuchernden Garten und ein viel zu großes Haus.«

Sie sah ihn eindringlich an und Dietmar musste zugeben, dass sich die Frau in den letzten zwanzig Jahren kaum verändert hatte. Sie trug immer noch die gleiche Frisur – einen zusammengerollten Knoten im Nacken – wie in dem Befragungsvideo von Sofie Pfortmann, nur dass ihre Haare heute schneeweiß waren. Selbst ihre schlanke Figur hatte sich nicht verändert und auch der mitfühlende Gesichtsausdruck ließ sich in dem erstaunlich glatten Gesicht noch immer erkennen.

»Sie wissen, warum ich hier bin?«, begann Dietmar das Gespräch.

»Am Telefon haben Sie gesagt, es würde um Sofie Pfortmann gehen. Ich weiß aus der Zeitung, dass man die Leiche der Mutter gefunden hat. Tragische Geschichte.«

»Sie erinnern sich also noch daran?«

Der leichte Tadel in ihrer Stimme war unüberhörbar, als sie sagte: »Natürlich erinnere ich mich. Zum einen, weil die Betreuung des Mädchens eine meiner letzten Aufgaben vor der Pensionierung war, zum anderen, weil der Fall nicht gerade dem Alltagsgeschäft entsprach. Er war …« Sie suchte nach einem passenden Wort, scheute offensichtlich die Wiederholung, fügte dann aber doch erneut den Begriff »tragisch« an.

»Wie genau kam es zu der Adoption von Sofie durch die Pfortmanns?«, startete Dietmar nun den Versuch, ohne richterlichen Beschluss etwas zu erfahren.

»Sie wissen, dass ich diese Informationen ohne entsprechende Genehmigung nicht herausgeben darf«, erhielt er eine Abfuhr. »Natürlich wissen Sie das«, fuhr Elisabeth mit einem geduldigen Lächeln fort, als würde sie zum x-ten

Mal einem Kind erklären, dass man nicht bei Rot über die Straße ging. »Aber Sie dachten, die alte Schachtel würde sich überrumpeln lassen«, fügte sie dann mit einem spitzbübischen Gesichtsausdruck an.

Der Beamte kam ins Stottern.

Sie führte mit ihrer zierlichen Hand die Teetasse zum Mund und nippte daran, während er ihr umständlich erklären wollte, wieso diese Auskunft wichtig und für lange Bürokratie keine Zeit wäre.

»Lassen Sie es gut sein«, erlöste ihn die ehemalige Jugendamtsmitarbeiterin. »Ich helfe Ihnen auch ohne diesen ganzen Papierkram. Das Wohl meiner Schützlinge ist für mich immer das Wichtigste gewesen. Also, wenn meine Informationen dazu dienen, die Sache aufzuklären, und Sofie dadurch ihren Frieden bekommt, dann bin ich gerne bereit, ein Gesetz zu brechen. Kaum anzunehmen, dass man mich dafür vor Gericht stellt, und wenn doch …« Sie zuckte mit den Schultern. »… dann plädiere ich auf Unzurechnungsfähigkeit.«

Dietmar lachte auf. »So weit sollte es nicht kommen. Wir behandeln Ihre Informationen so vertraulich wie möglich. Das hier ist kein offizieller Besuch.«

Der Gedanke, ein wenig an der Grenze des Legalen zu agieren, schien der alten Dame immer besser zu gefallen, denn mit verschwörerischem Tonfall begann sie nun zu berichten. »Ich lernte Sofie erst kennen, als sie schon fast achtzehn Jahre alt war. Auf dem Papier sind sie so schnell erwachsen«, seufzte sie. »Ihre Körper haben sich entwickelt, sie dürfen Auto fahren und Alkohol trinken, aber manche sind einfach noch nicht so weit. Ganz ehrlich, ich hatte Bedenken, das Mädchen nach dem Tod der Mutter sich selbst zu überlassen. Natürlich gab es nach dem Klinikaufenthalt die Möglichkeit, sie in einer unserer betreuten Gruppen unterzubringen, aber sie drängte darauf, nach Brachweiler zurückzukehren, und laut Gesetz war sie eben fast eine Erwachsene.« Elisabeth Braun hielt inne, trank noch einmal versonnen von ihrem Tee und sagte dann: »Ich denke, sie hat damals etwas gesehen, und ich bin mir bis heute nicht sicher, ob dieser Gedächtnisverlust, diese Amnesie, so allumfassend gewesen war, wie sie behauptet hat.«

»Wirklich?«, hakte Dietmar erstaunt nach. »Sie glauben, Sofie hat gelogen?«

Elisabeth wiegte den Kopf hin und her, was sie noch klüger wirken ließ. »Keine Lüge, eher eine Schutzbehauptung. Womöglich hatte sie Angst.«

Der Polizist holte Luft, wollte nachfassen, aber die alte Dame begann bereits ohne Aufforderung zu erläutern: »Das Mädchen war traumatisiert, schwer traumatisiert, und hat beharrlich geschwiegen. Weder äußerte sie einen Verdacht noch habe ich Sofie jemals spekulieren hören. Definitiv hat sie niemandem vertraut, das war offensichtlich. Weder dem Polizisten, der sie befragt hat, noch dem betreuenden Psychotherapeuten noch mir. Trotzdem werde ich bis heute das Gefühl nicht los, dass sie damals irgendetwas verheimlicht hat.«

»Aber sie wollte nach Brachweiler zurück, wo sie heute übrigens immer noch lebt. Wäre das nicht ungewöhnlich, wenn sie dort vor jemandem Angst hatte?«

»Für manche Menschen ist die Vorstellung, aus ihrer vertrauten Umgebung gerissen zu werden, schlimmer, als ständig mit einer Bedrohung zu leben. Ich behaupte ja auch nicht, dass sie konkret wusste, wer dafür verantwortlich war, aber möglicherweise hatte sie eine Idee, entschied sich jedoch aus was für Gründen auch immer dafür, diese für sich zu behalten.«

»Und damit einen Mörder zu schützen?«

»Ich bin weder Polizistin noch Psychologin, habe allerdings die Erfahrung gemacht, dass Opfer von Verbrechen sich trotz des Leides, das man ihnen zugefügt hat, häufig nicht zu einer Anzeige oder Aussage durchringen können.

Vermutlich ist auch Ihnen das nicht fremd. Scham, die Schuldgefühle des Überlebenden, der Wunsch zu vergessen, es gibt viele Gründe für ein solches Verhalten.« Sie seufzte. »Die arme Sofie. Es ist fast wie ein Fluch. Erst die schmerzliche Geschichte der leiblichen Mutter und dann das unglückliche Schicksal der Adoptivmutter.«

Dietmar Klein starrte Elisabeth Braun mit offenem Mund an und sagte: »Die Geschichte ihrer leiblichen Mutter? Man weiß, wer sie ist? Ich dachte, Sofie Pfortmann wäre ein Findelkind, das als Säugling anonym vor einer Klinik abgelegt wurde. Zumindest hat sie das meinen Kolleginnen erzählt.«

»Nun …« Elisabeth zog die Augenbrauen in die Höhe und schien für einen Augenblick zu überlegen, ob sie überhaupt weitersprechen sollte.

»Ist das denn nicht die Wahrheit?«, bohrte Dietmar weiter.

»Vermutlich ist es das, was Sofie Pfortmann für die Wahrheit hält. Und ich denke, es ist eine gute Wahrheit.«

* * *

Etwa zur gleichen Zeit

Sofie hatte den ganzen Vormittag alle Hände voll zu tun gehabt. Im Prinzip war ihr kleiner Laden noch nie so gut gelaufen. Die Presseleute erhöhten den Umsatz und auch immer mehr Schaulustige besuchten die kleine Stadt am Brachweiler Moor, in der es bereits mehrere Morde gegeben hatte. Ständig hörte Sofie Gerüchte, die ihre Kundschaft von der Straße mitbrachte, und wenn nicht das, dann spekulierten sie im Radio oder im Fernsehen über die Hintergründe der Bluttaten. Seit Neustem erwärmten sich die Menschen für die Theorie, ein verrückter Serienkiller hätte vor, ganz Brachweiler auszulöschen. Tatsächlich waren daraufhin einige Familien kurzfristig verreist.

Die Ladenbesitzerin verabschiedete ihren letzten Kunden und schloss ab. Endlich Mittagspause! Sie war erleichtert. Nicht weil sie die Füße hochlegen und eine Kleinigkeit essen wollte, sondern weil sie sich schon die ganze Zeit darauf freute, ein neues Backrezept auszuprobieren.

In den letzten Wochen hatte sie sich ganz auf die Seifenproduktion konzentriert, aber sich zwischendurch einem anderen Hobby zu widmen, war sicher kein Fehler. Sie dachte an die Worte ihres letzten Psychotherapeuten, die Sitzungen lagen lange zurück und trotzdem erinnerte sie sich noch gut daran, wie er gesagt hatte: »Beschäftigen Sie sich mit Dingen, die Ihnen wirklich Spaß machen. Es muss kein Nutzen daraus entstehen. Wenn doch, wunderbar – wenn nicht, egal!«

Seither war sie tatsächlich mutiger geworden und die Angst zu scheitern, die sie als Kind und Jugendliche stets davon abgehalten hatte, sich und die Welt zu entdecken, saß ihr nicht mehr ständig wie ein Schreckgespenst im Nacken. Sie werkelte fast eine Stunde, wich mit zittrigen Händen und klopfendem Herzen vom Rezept ab, mischte nach Gutdünken die Zutaten und konnte es dann, nachdem das Backblech im Ofen verschwunden war, kaum erwarten, das Ergebnis zu betrachten. Selbst das rituelle Händewaschen vergaß sie für diese Zeit.

Sie hatte gerade die knusprig aussehenden, braunen Kekse in einer Schale zum Abkühlen drapiert, als es hektisch an der Ladentür klopfte.

Ein genervter Seufzer entfuhr der Siebenunddreißigjährigen, als kurz darauf ein drängendes Rütteln an der Hintertür begann, das begleitet wurde von Emma Tränkles kräftigem Organ.

»Sofie, bist du da?!«, rief die Apothekerin mehrmals und so entschloss sich die Ladenbesitzerin zu öffnen. Vielleicht gab es ja Neuigkeiten.

Emma wirkte gehetzt, wartete nicht einmal, bis man sie hereinbat, sondern stürmte ohne Einladung durch die Tür.

»Du musst mir helfen«, begann sie aufgeregt. »Kennst du eine Rosmari, Rosmari ohne e?«

Noch bevor Sofie antworten konnte, fuhr sie hastig fort und erzählte von Karlas Notiz und ihren eigenen Nachforschungen. »Wenn Karla das vor mir verheimlicht hat, dann nur, weil sie mich nicht in Gefahr bringen wollte, das ist doch logisch, oder?«

»Ja, sicher«, antwortete Sofie automatisch und dachte daran, wie sehr Karla von der älteren Schwester getriezt worden war. Vermutlich gab es einiges, was sie für sich behalten hatte, und gewiss nicht, um Emma zu schützen.

»Sie hat sich stets um mein Wohl gesorgt. Deshalb haben wir immer alles zusammen gemacht, ihre Anhänglichkeit war so rührend.« Plötzlich begann Emma zu weinen und das breite Pfannkuchengesicht verzog sich auf bizarre Weise und wirkte jetzt wie die Grimasse eines Frosches, der eben eine Fliege verschluckt hatte.

Trotzdem verhielt sich Sofie mitfühlend, führte die Apothekerin in die kleine Werkstatt und bugsierte sie auf einen Stuhl. Dann stellte sie ihr ein Glas Wasser vor die Nase.

»Sie hat etwas Dummes getan und ich bin jetzt die Leidtragende«, jammerte Emma.

»Karla ist das Opfer«, warf Sofie frostig ein, die die Apothekerin nach diesem Kommentar am liebsten zum Teufel gejagt hätte. Jeder kannte die Wahrheit und wusste, wie herrschsüchtig sich Emma verhalten hatte. Karla war kein glücklicher Mensch gewesen und hatte sicher unter der älteren Schwester gelitten. Wenn man es genau betrachtete, dann war ihr Tod vielleicht sogar eine Art Erlösung. *Karla ist entkommen*, dachte Sofie plötzlich.

»Kennst du nun eine Rosmari?«, riss sie Emma aus ihren Gedanken.

Die Tränen waren versiegt, im Gegensatz zu der Selbstsucht. Auf gewohnt unfreundliche Art fügte sie noch an: »Na los, du musst etwas wissen, ihr habt doch ständig zusammengehockt.« Emma gelang es nicht, die Eifersucht zu unterdrücken, die sie Sofie gegenüber stets empfunden hatte und immer noch empfand.

Die schien das nicht zu bemerken oder konnte derlei Sprüche hervorragend ignorieren, denn statt verärgert zu reagieren, schob sie Emma die Schüssel mit den frisch gebackenen Keksen entgegen. Es wirkte wie das Anbieten der Friedenspfeife.

Die Apothekerin griff zu und verschlang den ersten Keks, so als hätte sie seit Tagen nichts mehr gegessen. Sie nahm sich noch drei weitere, während ihr Sofie versicherte, niemanden namens Rosmari zu kennen.

»Na ja, dann wart ihr vielleicht doch nicht so gute Freundinnen«, sagte Emma schließlich boshaft und verabschiedete sich knapp, nicht ohne noch einmal in die Keksschale zu greifen.

Sofie sah ihr kopfschüttelnd hinterher, musste dann jedoch lächeln, als sie die Lücken auf dem Teller betrachtete, und murmelte zufrieden: »Wenigstens weiß ich jetzt, dass mein Rezept etwas taugt.«

* * *

**In der Seniorenwohnanlage,
50 km von Brachweiler entfernt,
im Appartement von Elisabeth Braun**

Dietmar Klein war immer noch überrascht, ließ sich eine zweite Tasse Tee einschenken und bat die ehemalige Mitarbeiterin des Jugendamtes, ihm die ganze Geschichte von Sofie Pfortmanns Adoption zu erzählen.

Die alte Dame strich über ihre faltenfreie Hose und suchte nach den richtigen Worten. Als sie sich gesammelt hatte, begann sie mit einer Frage: »Wann ist der richtige Zeitpunkt, einem Kind zu sagen, dass es adoptiert wurde?«

Der Beamte zuckte automatisch mit den Schultern, auch wenn nicht wirklich eine Antwort von ihm erwartet wurde.

»Es gibt sicher viele Meinungen zu dem Thema. Ich kann nur für mich sprechen und mich auf meine Erfahrungen, die ich im Laufe der Jahre gemacht habe, berufen. Die Adoptiveltern haben nicht viele Möglichkeiten«, fuhr Elisabeth fort und klang wie eine Referentin. »Sie sagen es dem adoptierten Kind entweder gar nicht oder erst, wenn es in der Pubertät oder schon erwachsen ist. Das ist für mich die denkbar schlechteste Vorgehensweise, weil sich der Adoptierte meistens fragt, warum ihm das so lange verheimlicht wurde. Das Wort ›Lüge‹ steht im Raum und das Vertrauensverhältnis ist gestört. Ich habe immer dazu geraten, es den Kindern so früh wie möglich zu sagen, gegebenenfalls mit professioneller Unterstützung, in aller Ruhe und Schritt für Schritt.«

»Sie denken, das ist auch bei Sofie Pfortmann passiert?«, hakte Dietmar nach.

»Ja, natürlich. Es wäre kaum anders möglich gewesen. Die Nachbarschaft wusste schließlich Bescheid. Die Pfortmanns konnten kein Geheimnis daraus machen.«

»Richtig«, musste der Beamte zugeben.

»Also haben sie es Sofie frühzeitig erklärt. Allerdings gibt es manchmal Fakten, die man einem Kind einfach nicht sagen kann. Zum Beispiel, wenn die leibliche Mutter eine Kriminelle war oder …« Sie unterbrach sich, zögerte und sagte dann geradeheraus: »… das Opfer einer Vergewaltigung.«

Der Polizist starrte die Frau mit offenem Mund an.

»Sofie kam in einer Klinik auf die Welt«, fuhr Elisabeth fort. »Ihre Mutter hat sich mit starken Wehen selbst eingeliefert, die Geburt stand also kurz bevor. Laut den Berichten war sie in einem schrecklichen Zustand. Kraftlos, ausgezehrt, drogenabhängig und völlig panisch. Sie hat angegeben, dass sie das Kind auf keinen Fall behalten wolle, weil es die Folge einer Vergewaltigung wäre. Natürlich spielte das erst einmal alles keine Rolle, denn die medizinische Hilfe hatte Vorrang.« Elisabeths Hände zitterten nun leicht und ihr Gesichtsausdruck zeugte von tiefem Mitgefühl.

»Und dann?«, fragte Dietmar sanft nach, als sie zu sprechen aufhörte.

»Zwei Tage nach der Geburt ist die Frau aus der Klinik verschwunden. Die Polizei hat zwar ermittelt, aber Sofies leibliche Mutter hatte einen falschen Namen angegeben und vor siebenunddreißig Jahren nutzte man weder Überwachungs- noch elektronische Erfassungssysteme. Man kann nur hoffen, dass die arme Seele nicht daran zerbrochen ist, sondern einen Weg fand, weiterzumachen. Der Säugling konnte jedenfalls gerettet werden und die Pfortmanns waren gerne bereit, das kleine Mädchen zu adoptieren. Wenn ich mich recht erinnere, hat sich das Ehepaar bewusst dazu entschieden, einem fremden Kind ein zu Hause zu geben und keine eigenen Kinder zu bekommen. Jedenfalls nachvollziehbar, dass sie ihr nicht die ganze Wahrheit erzählt haben. Womöglich hatten sie das nie vor und ich würde es verstehen. Natürlich könnte es Sofie mittlerweile wissen, behält es jedoch für sich.«

»Aber wie hätte sie davon erfahren können?«

»Sie hat ein Recht auf Akteneinsicht. Allerdings gut möglich, dass sie das nie eingefordert hat. Warum auch? Ihre Familie waren die Pfortmanns und die Version der Geschichte, die Sofie offenbar kennt, ist doch Erklärung genug.«

»Ist die leibliche Mutter denn irgendwann einmal wieder aufgetaucht? Vielleicht hatte sie ihre Meinung geändert und wollte das Kind sehen?«

Elisabeth wedelte mit der Hand. »Nein, davon ist mir nichts bekannt. Außerdem hätte man ihr den Aufenthaltsort von Sofie selbstverständlich nicht einfach mitgeteilt. Aber ich habe den Fall auch erst nach Berta Pfortmanns

Verschwinden übernommen. Sofie hat nie über ihre leibliche Mutter gesprochen, auf mich wirkte sie nicht wie jemand, der Interesse daran hatte, mehr zu erfahren.«

Elisabeth Braun hielt inne und schien plötzlich erschöpft. Müde sagte sie: »Denken Sie wirklich, dass Sofies Adoption mit den Morden in Brachweiler zu tun hat?«

Dietmar Klein hielt sich bedeckt. »Wir müssen einfach gründlich recherchieren«, antwortete er daher ausweichend.

»Sie verstehen jetzt sicher, warum es wichtig ist, diese Dinge vertraulich zu behandeln«, gab sich Elisabeth damit zufrieden.

»Keine Notizen, keine Protokolle. Ich unterrichte nur mein Team«, versprach der Beamte.

Als er sich verabschiedet hatte und Elisabeth anschließend das Teegeschirr zusammenräumte, hoffte sie inständig, insbesondere um Sofies willen, dass sich die schrecklichen Geschehnisse in Brachweiler bald aufklären würden.

* * *

Kapitel 12

Annegret Brucker wirkte wie eine Schlafwandlerin. Etwas, das Hauptkommissarin Zimmer nicht überraschte. Die Schwester des Opfers stand augenscheinlich unter Schock. Sie bat die Beamten mit fahrigen Bewegungen ins Haus, vergaß die Tür zu schließen, trug immer noch die nassen Kleider vom Unglücksort und bemerkte auch nicht den Dreck, den sie mit ihren Schuhen auf dem Boden verteilte.

Sie ging voraus in die Küche und wurde sich erst, als sie den unaufgeräumten Raum betraten, bewusst, dass das eigentlich gar nicht ihre Absicht gewesen war.

»Entschuldigung, ich bin entsetzlich durcheinander«, stammelte sie, »bitte lassen Sie uns ins Wohnzimmer gehen.«

»Frau Brucker, Sie sollten sich vielleicht die nassen Sachen ausziehen«, sagte die Hauptkommissarin im Tonfall einer freundlichen Krankenschwester.

Erst jetzt blickte Annegret an sich herunter. »Oje«, rief sie entsetzt aus, »ich bin wirklich nicht mehr Herr meiner Sinne. Bitte gehen Sie vor, ich bin sofort zurück.«

Während sie das sagte, fiel ihr auf, dass Oberkommissar Meister seinen Blick über den Tisch schweifen ließ. Zwei Teller standen dort, beide gefüllt mit einer Portion Spaghetti, über die man eine bräunliche Soße gegossen hatte, die noch dampfte.

Es roch nach Essen, aber nicht verlockend, sondern eher so, als hätte man vergessen, alte Speisereste zu entsorgen.

»Ich habe gekocht«, stotterte Annegret. »Gabriel kommt« – sie verbesserte sich – »kam meistens zum Essen, ich bin es gewohnt, für zwei zu decken. Aber heute bin ich allein«, erklärte sie.

»Sie sollten sich umziehen«, forderte die Hauptkommissarin die Frau noch einmal auf. »Wir warten im Wohnzimmer.«

Als Annegret wieder zu ihnen stieß, machte sie einen gefassteren Eindruck. »Tut mir leid«, begann sie, »ich bin heute keine gute Gastgeberin.«

Frederike Zimmer nickte lediglich verständnisvoll und stellte dann die Fragen, die in einem Mordfall gestellt werden mussten.

Der Gerichtsmediziner hatte im Nacken von Gabriel Brucker ein Stück Metall gefunden, das er einer normalen Haushaltsschere zuordnen konnte. An Rippen und Brustbein befanden sich weitere Spuren, die darauf hindeuteten, dass man auf den Mann mehrfach mit einem scharfen Gegenstand eingestochen hatte. Das und die Feststellung, dass Brucker nicht durch das Feuer ums Leben gekommen war – die Ergebnisse der Autopsie waren, was das anging, eindeutig –, ließen keinen anderen Schluss zu, als dass Annegrets Bruder ermordet worden war. Leider konnte der Gerichtsmediziner aufgrund der stark verbrannten Überreste nicht mehr feststellen, ob man dem Toten, wie auch den anderen Opfern, Fleisch entnommen hatte. Trotzdem ordneten die Beamten den Mord an Gabriel Brucker vorerst dem gleichen Täter zu.

Annegret reagierte nicht sonderlich überrascht, als die Beamten von Mord sprachen. Aber vermutlich gingen davon sowieso alle Bewohner von Brachweiler aus.

Sie gab den Beamten knappe, wenig hilfreiche Auskünfte, und nach ihrer Beziehung zu Gabriel befragt sagte sie überraschend ehrlich: »Es war keine besonders innige Verbindung. Ich habe ihm vorgeworfen, dass sein egoistisches Verhalten den Frieden in unserer Familie gestört hat, dass ich wegen ihm so viel Verantwortung habe übernehmen müssen. Und er glaubte, ich hätte ihn um sein Erbe betrogen.« Sie seufzte. »Meine Eltern waren unglaublich gutmütig, sie haben ihm alles durchgehen lassen, doch was die Grundstücke anging, verhielten sie sich geradezu gerissen. Mir wurde schon zu Lebzeiten alles überschrieben, und zwar wasserdicht. Gabriel erfuhr erst nach dem Tod der beiden, dass die Erbmasse nur noch aus einem Bankkonto und etwas Schmuck bestand. Er war so enttäuscht gewesen.« Der letzte Satz klang schadenfroh, aber schnell fand Annegret wieder zu einem neutralen Tonfall zurück. »Wenn ich jemals verkauft hätte, dann wäre ich bereit gewesen, ihm einen Anteil abzugeben. Aber meine Eltern haben mir das Versprechen abgenommen, das Land so lange wie möglich zu behalten. Sie hingen sehr an Brachweiler.«

»Wollte Ihr Bruder denn nicht von hier wegziehen?«, hakte Frederike nach, obwohl sie wusste, dass das der Fall gewesen war. Brucker hatte es ihr ja selbst gesagt und auch, dass ihm das Geld dazu gefehlt hatte.

»Möglich«, antwortete Annegret mit einem Schulterzucken. »Mein Bruder wollte stets viele Dinge. Meistens Dinge, die ihm das Leben bequemer machten. Ich sagte ja schon, er war ein Egoist.«

Kurze Zeit später verabschiedeten sich die Beamten, und Annegret machte sich daran, die beiden Teller mit Spaghetti nach oben zu bringen. »Wir werden die Türen künftig offen lassen«, sagte sie freudig zu Rosi. »Ab jetzt sind wir allein.« Vorsichtig räumte sie ein Malbuch zur Seite und stellte die Teller auf den Tisch. »Ich habe dir Spaghetti gemacht. Die Soße ist mir dieses Mal besonders gelungen.«

Rosis ausbleibende Reaktion schien Annegret zu verunsichern. »Was ist denn?«, fragte sie deshalb alarmiert. »Ist es, weil sie anders als sonst aussieht?«

Sie atmete laut durch. »Das braucht dich nicht zu beunruhigen. Ich habe eine neue Zutat ausprobiert, die

die Soße etwas dunkler gemacht hat. Jetzt iss schön auf, dann baden wir dich und ziehen dir ein hübsches sauberes Kleid an.«

* * *

Zur gleichen Zeit sagte Frederike Zimmer zu ihrem Oberkommissar: »Die hat ihren Bruder wirklich nicht sonderlich gemocht.«

»Aber sein Tod hat sie doch offensichtlich mitgenommen«, hielt Julian dagegen.

»Ja, sie war geschockt, zumindest vermittelte sie diesen Eindruck.«

»Du nimmst ihr die Trauer nicht ab?«

»Doch, aber ich frage mich, ob sie trauert, weil er tot ist oder weil sie jetzt niemanden mehr in der Hand hat.«

»Wie meinst du das?«, hakte der Oberkommissar irritiert nach.

»Ich würde sagen, Annegret Brucker hatte ein gewisses Vergnügen daran, ihrem Bruder zwecks des Verkaufs der Grundstücke immer wieder Hoffnung zu machen und ihn dann doch zappeln zu lassen.«

»Wieso?«

»Geschwisterrivalität und Rache. Ohne Zweifel wirft sie ihm vor, ihre Kindheit und das Familienglück gestört zu haben.«

»Aber ist das nach all den Jahren nicht kleinlich?«

Frederike lachte auf. »Hast du dir mal die Mühe gemacht, die Fälle der Familiengerichte durchzugehen? Was glaubst du, wie viele Erbstreitigkeiten dort entschieden werden? Und wer sind dabei meistens die Streitparteien?«

»Geschwister«, gab er leise Antwort. »So habe ich das noch nie betrachtet.«

»So ist es aber. Menschen, die zusammen aufgewachsen sind, die sich Jahrzehnte kennen, stehen sich am Ende in einem Gerichtssaal gegenüber. Wie kommt das?«

»Ja, aber eine Erbstreitigkeit ist eine Sache, Mord jedoch?«

Frederike schüttelte mitleidig den Kopf. »Denke an die Bibel, Kain erschlägt seinen Bruder Abel. Du siehst also, dass wir es mit einem alten Thema zu tun haben.«

* * *

Der Mann im Bett schlief unruhig. Sein Gesicht glänzte vom Schweiß. Er hatte Fieber und Krämpfe. Sein Röcheln ließ Sofie zusammenschrecken – wollte er etwas sagen? Offenbar verlangte er nach Wasser, um die ausgetrockneten Mundschleimhäute zu benetzten. Auf dem Nachttisch stand eine Teetasse. Sie reichte sie ihm und er nahm dankbar einen kleinen Schluck. Die Flüssigkeit tat ihm gut und er gierte nach mehr, trank hastig den Rest und ließ sich noch einmal nachschenken. Für einen Moment wurde sein Blick klar und er sah Sofie direkt an: »Du bist ein liebes Mädchen«, sagte er zärtlich, aber dann veränderte sich seine Stimme. Auch das Gesicht wirkte nun verzerrt, fast schon entstellt vom Schmerz, und er schnappte vergebens nach Luft, die Gesichtshaut färbte sich dunkelrot und die Augen traten hervor, während sein Kopf nach hinten kippte.

Sofie schreckte auf. Sie hatte schon lange nicht mehr von ihrem Vater geträumt. Wie gewöhnlich schossen ihr sofort haufenweise Erinnerungen an ihn durch den Kopf. Vielleicht hatte es eine tiefere Bedeutung, dass er ihr auf diese Weise ausgerechnet heute erschienen war. Tatsächlich fühlte sie sich gestärkt, als hätte sie Rückendeckung erhalten.

Sofie Pfortmann streckte sich und sah auf die Uhr, sie hatte eine Entscheidung getroffen. Bei nächster Gelegenheit würde sie mit der Polizei sprechen.

* * *

Anja Kirsch lag in der Badewanne und genoss den sanften Seifenschaum, den die runde Kugel im Wasser hinterließ. Sofie Pfortmann hatte ihr die Seife mit der Kordel geschenkt, als sie heute in deren Laden eingekauft hatte. Die junge Kommissarin hielt diese nette Geste für eine Bestätigung. Sie wusste eben, wie man Menschen für sich einnahm und manipulierte, etwas, das sie als Talent betrachtete. Ihre Vorgesetzten waren bereits auf sie aufmerksam geworden. Sie hatte ihre Arbeit bisher gut gemacht, die Presse in Sachen Oliver Müller professionell abgefertigt und die Polizei hervorragend vertreten. Zufrieden schloss sie die Augen, tauchte noch weiter ins Wasser und ließ die Seifenkugel über ihren Hals gleiten.

Als sie das leise Knacken hörte, schreckte sie jedoch panisch auf. Automatisch rief sie: »Hallo, ist da wer?«

Dieses Mal war sie ganz sicher, dass sich jemand in dem Bungalow bewegte, jemand, der jetzt Richtung Badezimmer marschierte.

Anja wollte gerade aus der Badewanne springen, als sich die Tür öffnete.

Annegret Brucker starrte sie mit leerem Gesichtsausdruck an. »Ich bringe Handtücher!«, sagte sie tonlos, ignorierte das wütende »Was? Jetzt?« von Anja Kirsch und verschwand ohne weiteren Gruß.

Die Polizistin hatte genug von der Badewanne, kleidete sich in Windeseile an und schloss dieses Mal nicht nur den Bungalow ab, sondern schob auch noch einen Stuhl unter die Klinke, um so die Tür zu blockieren. Nicht noch einmal wollte sie Annegret Brucker, die offenbar mit ihrem Hauptschlüssel geöffnet hatte, auf diese Weise begegnen. Für einen Augenblick war sie versucht, Hauptkommissarin Zimmer über den Vorfall zu informieren, aber letzten Endes nahm sie davon Abstand. Es würde hysterisch wirken. Annegret Brucker war eine alte Frau, die gerade einen schweren Verlust erlitten hatte. Kein Wunder, dass sie sich seltsam verhielt. Anja durfte jedoch nicht den Eindruck erwecken, schwache Nerven zu haben. Die Beamtin schenkte sich ein Glas Rotwein ein, trank einen großen Schluck und entspannte. Mit Abstand betrachtet, wirkte die Szene doch geradezu unbedeutend.

* * *

Emma Tränkle hätte viele Gründe haben können, misstrauisch zu sein, aber vermutlich ließ sie die Mischung aus Selbstherrlichkeit, Arroganz und Trauer über den Tod der Schwester nicht klar denken. Die Einladung anzunehmen und ihrem nächtlichen Gast ins Moor zu folgen, war mehr als töricht gewesen. Aber die Aussicht, ein Geheimnis aufzudecken und die Unbekannte namens Rosmari ausfindig zu machen, war einfach zu verlockend gewesen.

Abgesehen davon war es ja nicht so, dass Emma mit einer ihr völlig fremden Person mitging. Nein, Angst empfand die Apothekerin auf dem nächtlichen Ausflug gewiss nicht.

Und als man ihr sagte: »Wir müssen nur ein Stück ins Moor, nicht sehr weit!«, war sie zudem beruhigt.

Der Strahl der Stabtaschenlampe bahnte ihnen wie eine Machete, die die Dunkelheit durchschlagen konnte, den Weg über das Torfmoos. Einmal zuckte Emma zusammen, als ein brauner Moorfrosch direkt über ihre Füße hüpfte, ansonsten herrschte eine Atmosphäre wie auf einem fremden Planeten.

»Wieso müssen wir dazu ins Moor?«, hatte Emma gefragt.

»Weil es manchmal einfacher ist, etwas zu zeigen, als zu erklären« war die vielsagende Antwort gewesen, die erst recht die Neugier der Apothekerin geweckt hatte.

Seit Tagen fragte sie überall herum, bedrängte die Menschen, die Karla gekannt hatten, und klapperte sogar die Kundschaft und deren Familien ab. Sie war hartnäckig wie einer dieser Fernsehdetektive vorgegangen und schließlich schien es, als wäre doch noch jemandem etwas eingefallen. Sie, Emma Tränkle, würde Rosmari finden und zur Rede stellen. Vermutlich war diese Frau schuld am Tod von Karla und das musste gerächt werden.

Obwohl sie noch nicht weit gegangen waren, hatte die unsportliche Emma immer mehr Mühe, den schnellen Schritten der Gestalt vor sich zu folgen. Deshalb atmete sie auch erleichtert auf, als plötzlich der Mond hinter den Wolken hervortrat. Jetzt konnte sie zumindest besser sehen, auch wenn die karge Landschaft mit den wenigen, krumm gewachsenen Baumgruppen nicht gerade einladend wirkte. Nebelschleier umhüllten die Äste und Stämme wie lange flatternde Gewänder und verwandelten die Holzgewächse so in geisterhafte Wesen.

Emma war ein wenig überrascht, dass man sie so sicher über den Schwingrasen führte, aber auch das kam ihr nicht verdächtig vor. Es gab viele Bewohner, die sich im Brachweiler Moor auskannten. Manchen wurde das Wissen über die sicheren Wege von den Eltern vermittelt, andere erarbeiteten es sich und mussten dafür gelegentlich mit nassen Füßen bezahlen. Emma hatte sich nie fürs Moor interessiert, im Gegensatz zu Karla, die gelegentlich Ausflüge in das Feuchtgebiet unternommen hatte. Bei der Erinnerung rümpfte die Apothekerin missbilligend die Nase, sie hatte die Alleingänge der Schwester gehasst.

»Wir sind da«, riss man sie aus ihren Gedanken, und voller Eifer blickte sich Emma um, streckte das runde Gesicht in alle Himmelsrichtungen und suchte dann mit den Augen den Boden ab, bevor sie schließlich gereizt sagte: »Und was soll hier sein? Dachte ich mir doch, dass das …«

Weiter kam sie nicht, denn der lange, harte Griff der Stabtaschenlampe traf sie schmerzhaft an der Schläfe. Der zweite Schlag erwischte sie am Kinn, der dritte direkt über den Augen. Emma klatschte auf das Torfmoos, das unter ihrem Gewicht wie ein Schwamm reagierte und alle gespeicherte Flüssigkeit abgab. Das Wasser, das augenblicklich Emmas Kleidung durchnässte, löste allerdings einen Kälteschock aus und gestattete ihr, trotz der dröhnenden Kopfschmerzen und des Gefühls, gleich bewusstlos zu werden, sich noch einmal aufzurappeln. Ihre Anstrengungen wurden mit einem verächtlichen »Sieh an!« kommentiert.

»Emma Tränkle, die Frau, die es nie gut sein lassen kann. Die Frau, die jeden vor den Kopf stößt, beleidigt und schlecht behandelt. Und als würde das nicht genügen, schnüffelt dieses elende Weib jetzt auch noch in anderer Leute Angelegenheiten herum.« Es klang, als stände die Apothekerin vor Gericht und ein Staatsanwalt würde vor einem großen Publikum die Anklage verlesen.

Mittlerweile hatte Emma es geschafft, sich auf die Seite zu rollen, um dann wie ein Hund auf allen vieren zu stehen. Sie keuchte, blinzelte hektisch, um besser sehen zu können, aber irgendetwas verklebte ihr die Augen. Sie geriet in Panik, da sie auf die Schnelle nicht registrieren konnte, dass es das eigene Blut war, das aus der aufgeplatzten Stirn tropfte und sich wie ein undurchdringlicher Schleier über ihr Gesicht gelegt hatte.

Ein Fußtritt brachte sie zum Wanken, dann schlug man erneut mit der Stabtaschenlampe zu. Dieses Mal direkt auf das Rückgrat der Frau. Ein lautes Knacken verriet, dass einer der Wirbel verletzt worden war. Emma schrie auf, der Schmerz durchfuhr sie wie ein Feuer. Ihr wurde übel und sie hatte plötzlich einen sauren Geschmack im Mund. Ein verzweifelter Versuch, sich zu wehren, blieb ohne Erfolg, denn plötzlich entlud sich über der Frau ein unvorstellbarer Hass. Schläge prasselten nieder wie gewaltige Hagelkörner auf ein Blechdach. Es war weit mehr als nur ein Mord; was hier geschah, glich einer Bestrafung, einer Hinrichtung. Auch wenn Emma Tränkle nie eingeplant gewesen war, so schien ihre Tötung dennoch mit einer besonderen Intensität betrieben zu werden. Die Töne, die beim Brechen der Wirbel und Knochen entstanden, wurden untermalt vom schmatzenden Geräusch aufplatzender Haut und dem Wimmern einer sterbenden Frau. Für die Person, die so schonungslos die Mordwaffe führte, entstand auf diese Weise eine geradezu magische Melodie, nicht harmonisch, aber dennoch beeindruckend und einprägsam. Erneut wurde die Stabtaschenlampe geschwungen wie ein Dirigentenstab, noch einmal weit ausholend, dann mit sanfteren, ruhigeren Bewegungen, damit die Melodie langsam ausklingen konnte, bevor das Ende erreicht wurde – der Tod von Emma Tränkle.

Das Moor schien den Mord stumm verfolgt zu haben. Es lag eine gewisse Unaufgeregtheit in der Landschaft. Die Nebelschleier bewegten sich gemächlich, die Moorfrösche quakten gelegentlich und zwischendurch erinnerte wie gewöhnlich ein Platschen und Tropfen daran, dass das komplette Gebiet vom Wasser beherrscht wurde. Das Ableben der Apothekerin hatte nichts verändert. Auch jetzt, als man der toten Emma Tränkle die Hosenbeine nach oben schob und mit einem Messer das Fleisch aus den Waden schnitt, störte sich die Natur nicht daran.

Die Entnahme gestaltete sich mühsam, denn die Lichtverhältnisse waren trotz des Mondes nicht ideal. Die Taschenlampe musste auf dem schwammigen Untergrund immer wieder verrückt werden, aber schließlich gelang es doch, das Gewebe herauszutrennen. Anfangs konnten die ungeübten Hände nur hauchdünne Fetzen entfernen, so als würde ein Koch von einem jahrelang gereiften Iberico Schinken feine Streifen für erlesene Gaumen schneiden, aber schließlich fand das Messer doch noch einen Weg, aus den kräftigen Waden des Opfers zwei große Fleischklumpen auszulösen.

In aller Ruhe wurden anschließend die Spuren beseitigt. Das Moor würde alles verschlucken: die Taschenlampe, die blutigen Handschuhe, den billigen Regenponcho, der hervorragend als Schutz gedient hatte, und am Ende auch die Leiche. Dieses Mal würde es keine Wasserflasche geben, keine Hinweise auf den Verbleib des Opfers. Emma Tränkle wäre einfach weg.

Der Weg zurück durchs Moor stellte keine Schwierigkeit dar. Die Gestalt, die jetzt so zielsicher nach Hause ging, hatte ihn schon oft zurückgelegt. Für alle Fälle gab es zwar noch eine zweite Taschenlampe in dem mitgeführten Rucksack, Planung war schließlich alles, aber die würde nicht nötig werden. Die Häuser von Brachweiler lagen nicht mehr weit entfernt und die kleine Stadt am Moor würde heute Nacht und in Zukunft ohne Emma Tränkle schlafen müssen.

* * *

Kapitel 13

Am nächsten Morgen

Das Team um Hauptkommissarin Zimmer hatte sich im Polizeiposten versammelt, um noch einmal die neusten Erkenntnisse zu besprechen.

»Die Umstände von Sofie Pfortmanns Adoption bleiben in diesem Raum«, gab Frederike Zimmer gerade Anweisung.

»Wundert mich, dass man das damals nach dem Verschwinden von Berta Pfortmann nicht ausgegraben hat«, meldete sich Anja Kirsch zu Wort.

»Warum hätte man das tun sollen? Nichts hat auf die leibliche Mutter von Sofie hingewiesen. Zum Zeitpunkt der Geburt war sie drogenabhängig, dazu das Trauma, das sie erlebt hat, da bleibt zu vermuten, dass sie fast achtzehn Jahre später nicht mehr am Leben gewesen war«, argumentierte Dietmar Klein.

»Und falls doch«, warf Julian ein, »warum hätte sie Berta Pfortmann ermorden sollen? Sofie war da bereits alt genug, um selbst zu entscheiden, mit wem sie ihre Zeit verbringen wollte. Die leibliche Mutter hätte einfach auftauchen und sich vorstellen können. Ganz davon abgesehen, wie wäre sie überhaupt an Sofies Namen und Adresse gekommen?«

Frederike Zimmer, die bisher geschwiegen hatte, unterbrach Anja Kirsch, die eben zu sprechen ansetzte, und sagte: »Außerdem vergesst nicht, dass man auch Sofie angegriffen hat. Würde das eine leibliche Mutter tun, die nach all den Jahren ihr Kind sehen will?«

Bevor jemand darauf antworten konnte, klopfte einer der Uniformierten, der vorübergehend im Polizeiposten aushalf, an der Tür und teilte der Hauptkommissarin mit, dass Sofie Pfortmann mit ihr sprechen wollte.

Sofie wirkte nervös, als sie ihre Aussage machte, am Schluss fügte sie an: »Vielleicht ist es unwichtig, aber irgendwie erschien es mir richtig, Sie zu verständigen. Immerhin heißt es, Herr Brucker wurde ermordet.«

»Und er hat gesagt, er wolle Brachweiler verlassen?«, hakte die Hauptkommissarin nach.

»Ja, er hat sich verabschiedet und mir gedankt, dass ich ihn damals trotz Anton Müllers Drängen nicht beschuldigt habe«, antwortete Sofie schüchtern und senkte den Kopf.

»Was noch?«, deutete die Hauptkommissarin diese Reaktion sofort richtig. »Er hat doch noch etwas gesagt, oder?«

Sofie nickte, dann erst sah sie auf. »Ich möchte ihm doch keine Schwierigkeiten machen, wir sind Freunde, ich mag ihn«, sagte sie hilflos.

»Wen?«, blieb die Beamtin unnachgiebig.

»Oliver«, murmelte Sofie schließlich und knetete nervös ihre Finger. »Herr Brucker hat gesagt, ich solle mich vor Oliver in Acht nehmen.«

* * *

»Annegret Brucker hat uns nicht erzählt, dass ihr Bruder Brachweiler verlassen wollte. Warum nicht?«, fragte Julian Meister als Erstes, als Frederike die anderen informierte.

»Vielleicht wusste sie es nicht«, hielt Anja Kirsch dagegen und sagte dann mit allergrößter Genugtuung: »Allerdings würde ich mich mehr auf Bruckers Äußerung über den Kollegen Müller konzentrieren.«

Frederike Zimmer mochte weder die Art, mit der die junge Kommissarin auftrat, noch hatte sie seit den jüngsten

Pressemeldungen über Oliver Müller großes Vertrauen in sie. Trotzdem pflichtete sie Anja Kirsch bei. Diesem Hinweis mussten sie nachgehen, auch wenn das der Hauptkommissarin zutiefst zuwider war.

Nichtsdestotrotz ergriff sie ein weiteres Mal für Oliver Partei: »Dennoch sollten wir daran denken, dass Gabriel Brucker nicht gerade gut auf die Familie Müller zu sprechen war. Eine von ihm geäußerte Warnung ist daher mit Vorsicht zu bewerten.«

Der Tag war jedoch, was unangenehme Nachrichten anging, noch lange nicht beendet.

Kurz darauf trat nämlich Dietmar Klein an seine Vorgesetzte heran. Eben war ein Anruf des Labors bei ihm eingegangen.

»Es gibt etwas Neues«, begann er ernst. »Es betrifft das Papiertaschentuch, das wir unter der Leiche von Karla Tränkle gefunden haben.«

»Ja, was ist damit?«, fragte Frederike Zimmer erstaunt, die eigentlich nicht zu hoffen gewagt hatte, dass das zerknüllte Hygienetuch tatsächlich einen Hinweis liefern würde.

»Die Kollegen haben ein wenig länger gebraucht, weil in den üblichen Vergleichsdatenbanken nichts zu finden gewesen war, aber da die auf Zack sind, haben wir jetzt so etwas Ähnliches wie einen Treffer.«

»So etwas *Ähnliches* wie einen Treffer?«, äffte ihn die Hauptkommissarin nach und fügte ungeduldig an: »Nun mach es nicht so spannend.«

»Es gibt eine teilweise Übereinstimmung mit der DNA eines der anderen Opfer.« Es folgte eine kurze Pause, offenbar erwartete der Beamte, dass die Hauptkommissarin von allein darauf käme und er die unschöne Wahrheit nicht aussprechen müsste. Ihr ungeduldiger Blick ließ es ihn am Ende dann doch in Worte fassen. »Auf dem Beweisstück befand sich DNA, die mit der des toten Anton Müller so weit übereinstimmt, dass man davon ausgehen kann, dass das Papiertaschentuch einem nahen Verwandten von Müller gehört hat, vermutlich dessen Sohn Oliver. Endgültige Tests stehen natürlich noch aus.«

Für einen Augenblick herrschte Stille in dem Polizeiposten, bevor Frederike zu Julian blickte und ihm mit knappen Sätzen die Anweisung gab, sich mit einem uniformierten Kollegen auf den Weg zu machen, um Oliver Müller aufs Revier zu bringen.

* * *

»Es muss nichts bedeuten«, sagte Dietmar Klein kurz darauf, als er mit Frederike allein war. »Immerhin hat er die Leiche der Frau entdeckt. Er hat das Taschentuch vermutlich dabei verloren.«

»Man fand es nicht irgendwo in der Apotheke, sondern unter der Leiche, wie ist es dort hingekommen?«, hielt die Hauptkommissarin dagegen.

»Womöglich war er unachtsam. Vielleicht ist es passiert, als er die Schwester von der Leiche weggezerrt hat.«

»Ist das glaubhaft?«, erwiderte die Beamtin, die mit einem Mal den Eindruck hatte, an der Nase herumgeführt worden zu sein. Der heftige Tritt gegen den gut gefüllten Papierkorb half daher kaum, um sich besser zu fühlen.

»Ich hätte reagieren müssen, schon als das mit seinen Suchtproblemen herauskam«, ereiferte sie sich. »Alles war so offensichtlich: Der fleißige Beamte, der unbedingt in die Soko wollte und der mir die Tatwaffe von Lina Kraspe auf dem Silbertablett serviert hat. Wer findet denn schon zufällig einen Korkenzieher in dieser ewig nassen Pampe da draußen?«, machte sich die Hauptkommissarin Luft.

Sie schnaubte wütend und wären die Umstände nicht so tragisch gewesen, hätte Dietmar über die Grimasse, die ihn an einen störrischen Esel erinnerte, geschmunzelt.

So jedoch bemühte er sich, sachlich zu bleiben. »Wir haben eigentlich gar nichts gegen ihn in der Hand«, fuhr er fort. »Was ist zum Beispiel mit dem Motiv?«

Frederike Zimmer hatte Dampf abgelassen und fand nun zu ihrer professionellen Denkweise zurück. Sie warf ihrem Kollegen einen dankbaren Blick zu. »Ich wusste, warum ich dich im Team haben wollte. Also gehen wir es logisch an. Welches Motiv hätte Oliver Müller haben können?«

»Wir wissen, dass er in der Vergangenheit Probleme hatte. Die Sucht, die daraus resultierenden Verluste: Frau, Arbeitsplatz, dazu die Abhängigkeit vom Vater, der ihm vielleicht Vorwürfe gemacht hat. Eines Tages taucht Lina Kraspe auf. Ich vermute mal, dass sie die fragwürdige Gabe besaß, die Menschen innerhalb kürzester Zeit gegen sich aufzubringen. Zumindest bestätigen das die Zeugenaussagen. Sie trifft auf Oliver, schnauzt ihn an, bei ihm brennt eine Sicherung durch und all die aufgestaute Wut und Verzweiflung entlädt sich in einem brutalen Mord. Ein gedemütigter, frustrierter Mann, der sich selbst ruiniert hat, ist vielleicht psychisch labil genug, auszurasten und zu töten.«

»Er bringt die Frau um«, fuhr Frederike fort, »und sieht dann eine Chance, in die Ermittlungen einzusteigen, vielleicht sogar seine Karriere zu fördern. Jedoch kommt sein Vater dahinter«, spann die Hauptkommissarin den Faden weiter.

»Er begeht einen weiteren Mord«, ergänzte Dietmar.

»Ja, aber warum ist er dann so versessen darauf, die Leiche zu finden? Wäre es nicht klüger, den Körper seines Vaters dem Moor zu überlassen?«

»Wir dürfen da eventuell nicht mit gesundem Menschenverstand drangehen«, schlug der Beamte vor. »Wer weiß, ob Oliver Müller zu diesem Zeitpunkt überhaupt noch klar denken konnte?«

»Und die anderen Morde begeht er warum? Weil er befürchtet, die Opfer wüssten etwas über ihn?«, spekulierte

Frederike mit einem unangenehmen Gefühl in der Magengegend weiter.

»Oder er bildet es sich ein, um einen Grund für weitere Morde zu haben. Vielleicht kann er nicht mehr anders und er tötet einfach aus Mordlust.«

»Ja, und womöglich fing das Ganze auch nicht mit Lina Kraspe an, sondern mit Berta Pfortmann.« Sie ging zur Wand mit den Tatortfotos. »Was, wenn er derjenige war, der vor zwanzig Jahren den Mord begangen hat? Anton Müller war in die Frau verliebt. Wenn es dem Sohn nun genauso ging? Nicht ausgeschlossen, dass es ein Verhältnis gab.«

»Und als sie es beendet hat, da dreht er durch? Er fängt sie im Moor ab, bereit, Berta und auch die Tochter zu töten? Ich weiß nicht«, erhob Dietmar Einwände. »Wie alt war er damals? Siebzehn oder achtzehn?«

»Nicht zu jung zum Töten«, warf Frederike bitter ein. »Aber du hast recht, das sind nur wilde Theorien, es gibt bisher keinerlei Beweise.«

In diesem Moment kam ein Funkspruch von Julian Meister: »Er ist weg!«, blökte der Oberkommissar ins Mikrofon.

Wenig später traf Julian Meister im Dienstposten ein.

»Was genau ist passiert?«, fragte ihn die Hauptkommissarin gereizt.

Der Oberkommissar blickte ein wenig betreten zur Seite. »Es war meine Schuld, ich habe mich austricksen lassen wie ein verdammter Anfänger. Er hat uns die Tür geöffnet und ich bat ihn mitzukommen. Er willigte ein, hat nicht einmal gefragt, worum es ging, wollte nur schnell seine Jacke holen und verschwand durch die rückseitige Terrassentür. Der Kollege hat ihn ins Moor laufen sehen. Wir sind hinterher, aber …« Julian sah an sich herunter und wusste, dass seine triefnassen Lederschuhe hin waren. »Ich habe ihn verloren, steckte irgendwann bis zu den Knien im Schlamm und hätte fast nicht zurückgefunden. Tut mir leid.«

Ein »Auch das noch« verkniff sich seine Vorgesetzte. Jedem Beamten waren schon Verdächtige durch die Lappen gegangen, aber im Fall von Oliver Müller war das besonders schwerwiegend. Seine Flucht glich einem Schuldeingeständnis und da ihm nicht nur ein paar Ladendiebstähle zur Last gelegt wurden, sondern brutale Morde, würde niemand für dieses Versagen Verständnis haben.

»Schreibt ihn zur Fahndung aus und ich brauche einen Durchsuchungsbeschluss«, gab sie mühsam beherrscht Anweisung, »wir rufen die Hundestaffel, die sollen das Moor durchkämmen. Wenn er es war, dann kommt er mir nicht davon.«

»Zweifelst du etwa noch an seiner Schuld oder willst du sie einfach nicht wahrhaben?«, warf Julian ein, der die Haltung seiner Vorgesetzten nicht verstand.

»Es ist mein Job zu zweifeln, bis ich Beweise in der Hand habe. Und da mir mein Oberkommissar den Verdächtigen nicht aufs Revier bringen konnte, fällt es mir gerade sehr schwer, meine Arbeit zu tun.« Mit diesem Rüffel ließ ihn die Hauptkommissarin stehen.

Jedoch noch bevor sie ihre Bürotür erreichte, hielt sie inne. Die Theorien, die sie eben erst mit Dietmar Klein durchgespielt hatte, kamen ihr wieder in den Sinn. Sie drehte sich zu ihrem Team um. »Jemand muss zu Sofie Pfortmann. Wenn Müller unser Mann ist, dann schwebt sie vielleicht in Gefahr.«

»Die Warnung von Brucker«, folgerte Dietmar Klein.

»Das und die Möglichkeit, dass Sofie sich wieder daran erinnern könnte, wer damals vor zwanzig Jahren ihre Mutter umgebracht hat.«

* * *

Anja Kirsch war nicht begeistert, Babysitter zu spielen, bis eine Kollegin zum Personenschutz aus Freiburg eintreffen würde. Gleichzeitig gab ihr das jedoch die Möglichkeit, ungestört einige Anrufe zu tätigen. Deshalb ließ sie sich auf dem Weg zu Sofie Pfortmann Zeit.

Das erste Gespräch, das die Kommissarin und Pressesprecherin führte, würde ihr eine Beförderung sichern, das zweite ihre persönliche Rache befriedigen.

Sofie war gerade dabei, abzuschließen, um Mittagspause zu machen, als sie die Kommissarin winkend auf der anderen Straßenseite entdeckte.

»Warten Sie«, rief ihr Anja Kirsch zu und eilte über die Fahrbahn.

»Möchten Sie zu mir?«, fragte Sofie überrascht.

»Ja, aber wir sollten drinnen weitersprechen.«

Anja Kirsch fand wie gewöhnlich die richtigen Worte und doch sagte Sofie: »Jetzt komme ich mir wie eine dämliche Kuh vor. Ich dachte, Oliver ist mein Freund, und jetzt steht er unter Mordverdacht.«

Aufmunternd tätschelte Anja die Hand ihres Gegenübers. »Niemand hätte ihn durchschauen können«, sagte sie mit gespieltem Mitgefühl, und doch hing der unausgesprochene Satz: ›Außer mir natürlich!‹, in der Luft. »Zudem«, fuhr Anja fort, »ist noch nichts bewiesen. Womöglich war seine Flucht nur eine Kurzschlussreaktion und es handelt sich alles um ein großes Missverständnis.«

Obwohl Frederike Zimmer der jungen Kommissarin ausdrücklich aufgetragen hatte, Sofie Pfortmann gegenüber darauf besonders deutlich hinzuweisen, trug Anja Kirsch die Worte ohne Überzeugung vor.

»Verstehe«, murmelte die Ladenbesitzerin irritiert und fragte schließlich: »Wie geht es nun weiter?«

»Sie tun, was immer Sie tun müssen, und ich bleibe einfach bei Ihnen wie eine Freundin«, antwortete Anja Kirsch liebenswürdig, hoffte jedoch darauf, dass bald die Ablösung eintraf. Ihr lag nämlich weiß Gott nichts daran, Zeit mit

Menschen wie Sofie Pfortmann, die sie für Versager hielt, zu verbringen. Aber die letzten Meter vor dem Ziel musste sie eben durchhalten.

* * *

Etwa zur gleichen Zeit tauchte Ines Jenner in dem Polizeiposten auf. Wie gewohnt war ihr Auftritt imposant und ließ vermuten, dass sie sich auf irgendeinem Kriegspfad befand.

»Ich weiß nicht, ob Sie darüber informiert sind, dass die Apotheke geschlossen ist«, erklang ihre dunkle Stimme.

Dietmar Klein nahm sich der Frau an und antwortete liebenswürdig: »Nun, ich denke, dass der tragische Todesfall in der Familie dafür verantwortlich ist.«

»Blödsinn«, fegte Ines sein Argument vom Tisch. »Emma Tränkle mag trauern, aber sicher schließt sie deshalb nicht die Apotheke. Außerdem ist die nicht der Typ, der sich leidend zurückzieht. Seit Tagen nervt die Frau ganz Brachweiler auf der Suche nach einer Rosmari, bei mir war sie auch. Deshalb bin ich ja überhaupt zu ihr unterwegs.«

Jetzt wurde der Beamte hellhörig. »Sie wissen etwas über Rosmari?«

Ines schien mit sich zu ringen. Eigentlich entsprach es nicht ihrem Naturell, der Polizei behilflich zu sein, andererseits hatte sie einen Einfall gehabt, der ihr recht genial erschien und den sie deshalb auch mit jemandem teilen wollte.

Dietmar Klein, durchaus geübt im Umgang mit schwierigen Kandidaten, erleichterte ihr die Entscheidung, indem er fragte: »Möchten Sie vielleicht eine Tasse Tee oder Kaffee?«

»Sie versuchen mich einzulullen«, erwiderte sie misstrauisch, entschloss sich dann aber doch einzulenken. »Also schön. Aber bitte Kaffee, und zwar schwarz.«

* * *

Annegret Brucker betrachtete Rosi und strich ihr sanft über die Stirn. Obwohl sich diese kalt anfühlte, war Annegret davon überzeugt, dass etwas nicht stimmte.

»Du hast dir sicher eine Erkältung eingefangen. Ein bisschen Bettruhe und bald geht es dir wieder besser«, sagte sie deshalb liebevoll, bevor sie begann ein Schlaflied zu summen. Dann jedoch unterbrach sie sich, zupfte an der sowieso schon tadellos ausgebreiteten Bettdecke herum und erklärte leise: »Erst meine Mama, dann mein Papa und jetzt mein Bruder. Einer nach dem anderen ist gegangen, aber du, du wirst für immer bei mir bleiben, nicht wahr?« Das Summen begann erneut und Annegrets Finger strichen über das kühle Gesichtchen. »Es ist gut, dass die anderen weg sind, sie hätten uns nicht in Ruhe gelassen, niemals. Aber am Ende habe ich doch noch die Familie bekommen, die ich mir immer gewünscht habe.«

* * *

Ines Jenner trank den heißen Kaffee in großen Schlucken. »Also«, begann sie, ohne auf Dietmar Kleins Aufforderung zu warten. »Die Sache ist nämlich die, Emma hat sich da in etwas verstiegen.«

»Hat sie das?«, reagierte der Beamte und erhielt für die Unterbrechung einen strafenden Blick.

»Sie hat mir von dem angefangenen Satz auf dem Notizblock erzählt und krampfhaft nach einer Frau gesucht.« Ines lachte auf. »Als hätte Karla eine heimliche Freundin gehabt. Ich denke, dass es sich um einen Irrtum handelt.« Sie sah zufrieden, dass ihr Gegenüber sie erwartungsvoll anstarrte.

»Einen Irrtum, inwiefern?«, hakte Dietmar schließlich nach.

Mit einem breiten Grinsen verkündete Ines daraufhin: »Rosmari ist nicht der Name einer Frau, sondern einer Pflanze, vermutlich handelt es sich um die Rosmarinheide.

Mir kam diese Erleuchtung gestern Abend, als ich durchs Moor geschlendert bin. Es gibt eine Stelle, an der die Pflanze besonders gut wächst.«

»Der Satz, den Karla Tränkle begonnen hat, lautete: Es war ein Fehler, Rosmari…«

»Ja, ich weiß«, unterbrach ihn Ines. »Emma hat mir alles erzählt. Und ich finde, das passt. Vermutlich wollte sie einfach schreiben, dass es ein Fehler war, Rosmarinheide zu verwenden oder sie jemandem gegenüber zu erwähnen.«

»Und warum sollte das ein Fehler sein?«, hielt Dietmar dagegen, nicht ohne eine gewisse Enttäuschung in der Stimme.

»Weil es sich bei Rosmarinheide um eine ausgesprochen giftige Moorpflanze handelt.«

Triumphierend lehnte sich Ines nun zurück und verschränkte die Arme über ihrem gewaltigen Busen, während Dietmar sie überrascht beäugte.

»Warum hätte Karla Tränkle über dieses giftige Kraut schreiben sollen? Wenn sie keine Person gemeint hat, wäre es auch durchaus denkbar, dass sie notieren wollte: Es war ein Fehler, Rosmarin in die Suppe zu tun.«

Ines wurde ärgerlich: »Denken Sie, was Sie wollen«, erwiderte sie deshalb aufgebracht. »Ich kann Ihnen nur sagen, dass sich Karla für Heilpflanzen und Kräuter interessiert hat. Vor über zwanzig Jahren habe ich noch geführte Touren durch das Moor geleitet. Heimische Fauna und Flora. Karla war oft dabei. Im Brachweiler Moor ist die Rosmarinheide sicher eine der interessantesten Pflanzen. Wir haben uns gelegentlich darüber unterhalten. Auch über die tödliche Gefahr, die von ihr ausgeht.«

Sie bemerkte seinen durchdringenden Blick und ergänzte: »Wie so viele Giftpflanzen hat auch die Rosmarinheide heilende Wirkungen, die Dosis ist jedoch entscheidend. Nennen Sie es fachsimpeln zwischen einer Apothekerin und einer Naturliebhaberin. Jedenfalls könnte ich mir vorstellen, dass sie im Zusammenhang mit der Pflanze etwas notieren wollte. Vermutlich etwas völlig Harmloses.«

»Traten denn in Brachweiler in den letzten Jahren Vergiftungsfälle auf?«, ging Dietmar auf die Aussage der Frau ein.

Ines runzelte die Stirn. »Offiziell nicht«, gab sie zu, »aber das muss ja nichts bedeuten. Kaum anzunehmen, dass jeder Arzt gleich an Vergiftung denkt, wenn zum Beispiel jemand stirbt, der schon lange krank und bettlägerig war. Jemand Älteres zum Beispiel oder jemand mit angeschlagener Gesundheit, einem schwachen Herzen.«

»Eine konkrete Idee?«

»Ich bin keine Polizistin, aber damals, als Berta Pfortmann plötzlich zur fröhlichen Witwe wurde, da habe ich mich schon gefragt, ob das mit rechten Dingen zugegangen ist.« Sie hob abwehrend die Hände. »Nein, streichen Sie das. Sonst wird mir wieder unterstellt, dass ich ein eifersüchtiges Weib bin und üble Nachrede betreibe.« Sie stand auf. »Ich habe meine Bürgerpflicht jedenfalls erfüllt. Fangen Sie damit an, was Sie wollen, und kümmern Sie sich um Emma Tränkle. Die Frau würde eher sterben, als die Apotheke für einen Tag zu schließen.« Damit rauschte sie davon und ließ einen nachdenklichen Dietmar Klein zurück.

* * *

Annegret Brucker hantierte in der Küche. Sie hatte ein Babyfon aufgestellt und lauschte zwischendurch immer wieder angestrengt, ob sie von oben irgendwelche Geräusche hörte. Da das nicht der Fall war, widmete sie sich der Essenszubereitung. Die beiden Filetstücke in der Pfanne gelangen ihr nicht. Das Fleisch zog sich zusammen, sah schon nach kürzester Zeit zäh aus und ließ sich, als Annegret versuchte, es aufzuschneiden, kaum zerteilen.

»Ich bin eine lausige Köchin«, sagte sie zu sich selbst und dachte zurück an die Zeit, als sie sowohl für ihre Eltern als auch für ihren Bruder Gabriel die Mahlzeiten zubereitet hatte. Die waren alle drei undankbar gewesen. Annegret konnte sich noch gut an die langen Gesichter erinnern, die ihr regelmäßig gegenübersaßen. Mit Rosi war das anders, die bereitete ihr nur Freude.

Kurz unterbrach sie die Arbeit, hielt das Ohr erneut ans Babyfon und murmelte versonnen: »Liebe kleine Rosi, schlaf schön.«

* * *

Sofie war es nicht gewohnt, Gesellschaft in der Werkstatt zu haben, während sie arbeitete. Anja Kirsch starrte zwar die meiste Zeit auf ihr Handy, dennoch fühlte sich die Ladenbesitzerin gestört. Sie genoss es, allein zu sein, wenn sie ihre Keks- und Seifenrezepte ausprobierte. Anja Kirsch verdarb ihr das gerade. Trotzdem brachte sie die am Morgen angefangene Arbeit noch zu Ende und goss die zähe Seifenmasse dieses Mal in dreieckige Förmchen, während sich die Polizistin genau wie Emma eifrig aus der Keksschale bediente.

»Gibt es schon etwas Neues?«, fragte Sofie schließlich vorsichtig, als sie sah, dass sich das Gesicht der Beamtin beim Lesen der Nachrichten anspannte.

»Nein, aber die Suche nach Oliver Müller hat gerade erst begonnen. Die Kollegen werden das Moor durchkämmen, der kommt nicht davon.«

»Es tut mir leid, dass ich letzten Endes dafür verantwortlich bin, dass man Jagd auf ihn macht«, sagte Sofie leise.

»Müssen Sie nicht, es gab weit erdrückendere Hinweise als der Ihre«, antwortete ihr die Beamtin gleichgültig, ohne aufzusehen.

Sofie betrachtete das über das Smartphone gebeugte Gesicht. »Sie haben sicher ein aufregendes Leben?«, platzte sie mit dieser persönlichen Frage heraus und entschuldigte sich sofort für die Neugier.

Aber Anja Kirsch, die jetzt den Kopf hob, schien nicht verärgert, sondern eher geschmeichelt. »Ich komme herum, das ist natürlich spannend. Aber«, fuhr sie wichtigtuerisch fort, »das hat seinen Preis. Man bekommt nichts geschenkt.«

»Nein, sicher nicht«, erwiderte Sofie langsam und musterte die gefüllten Förmchen.

»Wissen Sie«, sprach Anja, die sich für das Thema offenbar erwärmen konnte, weiter, »man muss sich durchboxen und darf das Ziel nicht aus den Augen verlieren. Wer es nicht schafft, ist doch selbst schuld.«

»Ja, sicher, selbst schuld«, antwortete Sofie nachdenklich, bevor ihr Blick auf die Uhr fiel. »Ich muss öffnen«, brach die Ladenbesitzerin das Gespräch ab und verschwand in den Geschäftsraum.

Anja verzog das Gesicht und schüttelte den Kopf, während sie sich den vorletzten Keks zum Mund führte und dachte: Die Frau ist zwar ein Landei, aber backen kann sie.

* * *

Einige Stunden später

Oliver Müller war in Panik losgelaufen. Natürlich hatte er schon viele Ausflüge ins Moor unternommen, aber die lagen lange zurück.

Die Landschaft veränderte sich im Laufe der Zeit. Bäume, die einst als Orientierungspunkte gedient hatten, waren vom Sturm gefällt worden und mittlerweile unter dem Torfmoos begraben. Bald würde es dunkel werden, allerdings musste er unbedingt nach Brachweiler zurückkehren. Es gab noch etwas zu erledigen. Von irgendwoher hörte er Hundegebell, ein sicherer Hinweis, dass sie bereits anfingen, ihn zu jagen.

Heute hatte er eine Entscheidung getroffen, die womöglich vorschnell gewesen war, aber daran konnte man nun einmal nichts mehr ändern. Wenigstens hatte er einen Plan, er musste nur noch die Dunkelheit abwarten.

* * *

Kapitel 14

Frederike Zimmer war außer sich. Seit dem frühen Nachmittag kam es in allen Nachrichten: Polizeihauptmeister Oliver Müller galt ab sofort als Hauptverdächtiger in den Brachweiler Serienmorden. So oder so ähnlich lauteten die Schlagzeilen im Netz und bei den Radio- und Fernsehstationen. »Wenn ich herausfinde, wer das den Presseleuten gesteckt hat …«, fluchte die Hauptkommissarin ungehalten.

Auf dem schmalen Fernsehmonitor im Polizeiposten erschien Anja Kirschs Gesicht. Sie war kurzzeitig von einem Uniformierten bei Sofie Pfortmann abgelöst worden, um für die Soko eine Presseerklärung abzugeben. Wie immer schlug sich die junge Kommissarin hervorragend, umschiffte geschickt sämtliche Fangfragen und gab Antworten, die letzten Endes keine Neuigkeiten enthielten.

Dietmar Klein hatte seinen Kollegen von Ines Jenners Aussage bezüglich der Rosmarinheide erzählt und sich die Mühe gemacht, nach verdächtigen Todesfällen in Brachweiler zu suchen, die sich in den letzten Jahren ereignet hatten. Tatsächlich gelang es ihm, ein Telefonat mit dem Arzt zu führen, der die Gemeinde bis zu seiner Pensionierung vor einem Jahr betreut hatte.

»Es gab auch Einwohner, die sich von Ärzten in den Nachbarstädten behandeln ließen«, sagte der Mann mit ruhiger, klarer Stimme. »Und mein Gedächtnis ist auch nicht mehr das beste, also erwarten Sie keine umfänglichen Angaben«, fügte er noch an.

»Es ist ein Anfang, womöglich eine Spur, die sich im

Sande verläuft«, beruhigte ihn der Beamte und lauschte dann den Ausführungen des Mannes.

Frederike Zimmer brütete über den Akten, als Dietmar Klein ihr Büro betrat. Julian Meister leitete den Suchtrupp, während Anja Kirsch erneut dazu verdonnert worden war, zum Schutz bei Sofie Pfortmann zu bleiben, bis eine weibliche Kollegin aus Freiburg eintraf. Gleichzeitig hatte man Beamte losgeschickt, um Emma Tränkle, die Apothekerin, auszumachen. Allerdings fehlte von der jede Spur. Nichts deutete auf einen hektischen Aufbruch oder eine Entführung hin. Die Apotheke war sorgfältig abgeschlossen worden und in den Privaträumen herrschte Ordnung.

»Jetzt haben wir vermutlich noch einen weiteren Mord«, stöhnte die Hauptkommissarin.

»Du teilst die Einschätzung von Ines Jenner?«, fragte Dietmar Klein.

»Ehrlich gesagt, ja, ich habe Emma Tränkle kennengelernt, die verschwindet nicht einfach. Allerdings …« Sie hob entschuldigend die Hände. »… traue ich meinen Instinkten gerade nicht sonderlich.«

Dictmar ließ sich ihr gegenüber auf einem Stuhl nieder. »Oliver Müllers Schuld ist noch nicht bewiesen«, versuchte er, sie zu unterstützen.

»Warum ist er abgehauen? Er hat doch noch nicht einmal gewusst, was wir ihm vorwerfen oder gegen ihn in der Hand haben, viel war das ohnehin nicht«, antwortete die Hauptkommissarin verärgert. »Wenn er unschuldig ist, dann ist er ein Vollidiot.«

»Vielleicht habe ich etwas«, wechselte der Kollege das Thema und erzählte seiner Vorgesetzten von dem eben geführten Telefonat mit dem ehemaligen Brachweiler Hausarzt.

»Er bestätigte mir den unerwarteten Tod von Berta Pfortmanns Ehemann. Zwar litt der an einer Herzschwäche, aber dass sich innerhalb kürzester Zeit sein Zustand so verschlechtert hatte, war offenbar überraschend gewesen. Allerdings kann, so hat er mir versichert, auch eine harmlos erscheinende Infektion bei einem vorbelasteten Patienten schlimme Folgen haben. Natürlich war ihm nie in den Sinn gekommen, dass man den Mann vergiftet haben könnte. Auch die Ehe der beiden schien ihm glücklich.«

»Was heißt das schon?«, seufzte die Hauptkommissarin. »Vermeintlich glückliche Ehen gibt es wie Sand am Meer und genauso viele Scheidungen. Nehmen wir an, die Lage war nicht so rosig, wie alle glaubten. Nehmen wir weiter an, Berta hat ihren Mann vergiftet, wer hat dann Berta umgebracht?«

»Möglicherweise ein Liebhaber, der ihr beim Mord geholfen hat und der nach getaner Arbeit zum Teufel gejagt wurde.«

»Der damalige Apotheker scheidet aus, der war auf einer Tagung, als Berta starb. Vielleicht gab es eine weitere Affäre. Trotzdem erklärt das nicht, warum zwanzig Jahre später all diese Menschen sterben.«

»Na ja«, warf Dietmar ein, »der Arzt hatte noch einen anderen Fall, genau genommen sogar zwei, erwähnt.«

Frederike hob überrascht die Brauen.

»Dieses Mal geht es um die Familie Brucker. Die Eltern von Gabriel und Annegret starben innerhalb weniger Tage. Beide waren Pflegefälle und um ihre Gesundheit stand es nicht gerade gut. Der Arzt erinnert sich noch, dass in jenem Winter eine schwere Magen-Darm-Grippe kursierte. Die alte Frau Brucker starb an den Folgen und keine fünf Tage später auch ihr Ehemann. Der Arzt hatte zwar nicht mit dem Ableben der beiden gerechnet, hielt es allerdings auch nicht für vollkommen überraschend. Ich habe mich schlaugemacht. Eine Vergiftung mit Rosmarinheide kann durchaus mit einer Magen-Darm-Grippe verwechselt werden. Erbrechen, Durchfall, kolikartige Krämpfe, möglicherweise

Fieber. Außerdem kann sich das Gift negativ auf den Kreislauf auswirken und zu Herzrhythmusstörungen führen, bis hin zur Atemlähmung.«

»Annegret Brucker«, sagte Frederike nachdenklich. »Ich glaube, ich werde der Frau noch einmal einen Besuch abstatten. Sie schuldet uns sowieso noch eine Antwort auf die Frage, ob sie wusste, dass ihr Bruder Brachweiler verlassen wollte. Oliver Müller hin oder her, ich fürchte, wir werden diesen Fall erst restlos lösen, wenn wir alle Geheimnisse gelüftet haben.«

* * *

Oliver Müller war endlich an seinem Ziel angekommen. Über das Handy hatte er die Eilmeldung gelesen, in der man ihn zum Hauptverdächtigen machte. Seine Befürchtungen stimmten also, man wollte ihn wegen Mordes verhaften.

Um eine Ortung seines Standpunktes zu vermeiden, hatte er das Smartphone im Moor entsorgt. Jetzt bewegte er sich leise auf Sofie Pfortmanns Haus zu. Das Geschäft musste mittlerweile geschlossen sein. Die Dämmerung setzte bereits ein und ausnahmsweise war der Polizeihauptmeister einmal dankbar für die dichte Wolkendecke, die wie eine schwere Glocke über dem Ort hing und das Tageslicht verschluckte. Unbeobachtet schlich er zur Hintertür des Hauses und klopfte vorsichtig an.

Es dauerte eine gefühlte Ewigkeit, bis Sofie öffnete.

»Oliver?«, stieß sie erstaunt hervor.

»Ich musste dich sehen, wollte mit dir reden.«

»Die Polizei sucht nach dir«, sagte sie leise und lächelte.

Er legte den Kopf schräg und starrte sie überrascht an. »Du hast keine Angst vor mir?« Oliver wirkte beinahe fassungslos. Dann lächelte er ebenfalls und sah glücklich aus. »Ich bin so erleichtert«, sprach er schnell weiter. »Ich befürchtete, das könnte zwischen uns stehen. Kann ich reinkommen?«

Sofie wurde unsicher, dachte an Anja Kirsch in ihrer Küche und die Falle, in die sie Oliver gerade tappen ließ. Sollte sie ihn einfach wegschicken, ihm so zur Freiheit verhelfen? Schließlich siegte die Vernunft und Sofie gab die Tür frei.

* * *

Frederike Zimmer erreichte das Privathaus von Annegret Brucker in der Abenddämmerung. Wie viele Male war sie in den letzten Wochen daran vorbeigefahren? Zuerst als leitende Ermittlerin, die eine Unterkunft benötigte, dann als Beamtin, die Fragen zum Tod des Bruders stellen musste, und jetzt sogar als Polizistin, die einen Anfangsverdacht gegen Annegret Brucker hegte.

Hatte Julian Meister recht und sie wollte einfach nicht wahrhaben, dass Oliver Müller ihr Täter war? Wurde sie tatsächlich alt und weich? Welchen Grund gab es sonst, so verzweifelt nach anderen Möglichkeiten zu suchen? Als Frederike ihren fahrbaren Untersatz abstellte und den kurzen Weg zum Eingang marschierte, sah sie im Licht der Außenbeleuchtung, dass Annegrets Reinigungswagen bei den Ferienbungalows stand. Einem Golfwagen nicht unähnlich nutzte die Besitzerin dieses Gefährt, um Besen und Staubsauger zu transportieren, alte Handtücher gegen neue auszutauschen und die Minibar aufzufüllen. Frederike überlegte, ob sie der Frau entgegengehen sollte, stellte in diesem Moment allerdings fest, dass die Eingangstür nur angelehnt war. Die Hauptkommissarin entschied, so zu tun, als wäre ihr nicht bewusst, dass die Hausherrin nicht da war. Sie schlüpfte hinein und rief halbherzig Annegrets Namen. Unter den gegebenen Umständen durfte eine Polizistin sich durchaus Sorgen machen, wenn eine Tür offen stand und die Bewohner keine Antwort gaben. Daraus konnte ihr später niemand einen Strick drehen. Zügig sah sie sich im Wohnzimmer um, ohne genau zu wissen, wonach sie suchte. Dann öffnete sie einen der hinteren Räume, der offenbar als Abstellkammer genutzt wurde, eilte zum angrenzenden Gäste-WC, danach in die Küche. Heute wirkte alles sehr ordentlich und aufgeräumt. Frederike wollte sich schon abwenden, als sie das Babyfon entdeckte. Es war eingeschaltet und die Beamtin lauschte angestrengt. Nichts war zu hören.

* * *

Zur gleichen Zeit erhielt Dietmar Klein einen interessanten Anruf von einer seiner Quellen.

Jemand war so freundlich gewesen und hatte ein wenig für ihn herumgefragt. Schließlich war es demjenigen mit Geduld und der Aussicht auf ein paar Euroscheine gelungen, etwas über Ines Jenner in Erfahrung zu bringen. Dietmar hatte eigentlich nicht mehr damit gerechnet, aus dieser Richtung neue Hinweise zu bekommen, jedoch schien ihm das, was er eben zu hören bekam, hilfreich, um die Glaubwürdigkeit von Ines Jenner zu überprüfen. Nachdem er dem Bericht gelauscht und sich Notizen gemacht hatte, hielt er es für das Beste, umgehend Frederike Zimmer zu informieren.

* * *

Frederike hatte ihr Handy auf lautlos gestellt. Als sie es jetzt in der Hosentasche vibrieren fühlte, ignorierte sie es. Sie hatte das obere Stockwerk erreicht und mittlerweile auch die Waffe gezogen. Irgendetwas kam ihr hier merkwürdig vor, und auch wenn sie den eigenen Instinkten gegenüber momentan misstrauisch war, hielt sie sich zumindest an das, was sie als Polizistin gelernt hatte.

Die erste Tür führte zu einem großen Schlafzimmer, vermutlich das von Annegret. Daneben lagen ein Büro und ein Badezimmer. Langsam öffnete die Hauptkommissarin nun den vierten Raum. Die Tür schwang auf und wenige Schritte entfernt saß eine kleine Gestalt auf einem Stuhl, den Rücken Frederike zugewandt. Die Hauptkommissarin, die immer noch die Waffe in der Hand hielt, entdeckte auf dem Tisch das Gegenstück zu dem Babyfon aus der Küche. Die Einrichtung entsprach der eines Kinderzimmers. Es gab Unmengen an Spielsachen und Kleidern, die geordnet auf einer Stange hingen, und doch wirkte der Raum unecht.

Leise sprach Frederike das Kind an. »Hallo, wer bist denn du?«, begann sie in freundlichem Tonfall, während sie langsam den Stuhl umrundete. »Ich bin Frederike und wie ist dein Name?«

»Sie heißt Rosi«, hörte die Hauptkommissarin plötzlich eine Stimme hinter sich und fuhr herum. Im Türrahmen stand Annegret Brucker und funkelte die Polizistin wütend an. »Sie haben hier nichts zu suchen.«

Frederike ließ Annegret nicht aus den Augen. Sanft berührte sie die Kleine an der Schulter. Sofort wusste sie, dass etwas nicht stimmte, so fühlte sich kein lebendiges Kind an. Im ersten Augenblick befürchtete sie schon das Schlimmste, aber dann wurde ihr klar, was hier vor sich ging. Das Zimmer war kein Platz, an dem ein kleines Mädchen herumtollte, sondern eine gigantische Puppenstube, eingerichtet von einer einsamen und verzweifelten Frau.

»Fassen Sie nicht meine Rosi an, niemand darf das.« Annegret eilte jetzt herbei und schloss die Arme um ihren Liebling. »Sie ist mein kleines Mädchen.«

Frederike hielt es für vernünftig, mitzuspielen, und antwortete, während sie vorsichtig die Waffe sinken ließ: »Natürlich ist sie das und so ein hübsches dazu.«

Annegret strahlte plötzlich glücklich. »Nicht wahr?« Sie drehte Rosi nun sogar zu der Polizistin um.

Frederike blickte in ein rosiges Puppengesicht, das von langem blonden Haar umrandet wurde. Die künstliche

Rosi war einen Meter groß und wirkte sehr echt. Wenn man sie bewegte, dann klapperten sogar ihre Augenlider.

»Sie haben sie erschreckt«, erklärte Annegret vorwurfsvoll. »Rosi ist sehr sensibel.« Dann begann sie der Puppe etwas vorzusummen.

»Hat Ihr Bruder von Rosi gewusst?«, fragte Frederike vorsichtig.

»Ja, und er hat mir gedroht, hat gesagt, er würde allen von Rosi erzählen und dann kämen Männer und würden sie mir wegnehmen.«

»Das konnten Sie natürlich nicht zulassen«, redete ihr die Beamtin zu, die glaubte, gerade ein Mordmotiv entdeckt zu haben.

»Nein«, antwortete ihr Gegenüber und begann geistesabwesend die Puppe auf ihrem Schoss zu wiegen. »Ich wollte eines der Grundstücke verkaufen und ihm das Geld geben, damit er endlich verschwindet, aber jetzt ist das nicht mehr notwendig, er ist ja tot.«

Offensichtlich gelang es Annegret nun doch wieder, einen klaren Gedanken zu fassen, denn schnell fügte sie an: »Ich bin aber nicht für das Feuer verantwortlich. Ich hätte ihm das Geld gegeben, wozu ihn umbringen?«

»Und Ihre Eltern? Wie war das damals, als die beiden starben?«

»Schrecklich, plötzlich war ich allein, ganz allein, Gabriel hat sich ja nie für mich interessiert, mein Leben war traurig, bis Rosi kam.«

Wieder begann die Frau zu summen, dieses Mal verschleierte sich ihr Blick und sie schien alles um sich herum zu vergessen. Frederike verständigte einen Arzt. Sie war versucht, Annegret zu glauben, nichts mit den Morden zu tun zu haben. Ein psychiatrisches Gutachten und weitere Befragungen würden sicher mehr Aufschluss geben.

Während Annegret von den Sanitätern zum Krankenwagen geführt wurde, immer noch summend und Rosi auf dem

Arm, checkte Frederike ihre Nachrichten. Sie rief Dietmar Klein zurück, bat ihn, dafür zu sorgen, dass die Kriminaltechnik das Haus von Annegret Brucker durchsuchte, und ließ sich anschließend von Ines Jenner berichten.

»Die Frau hatte Drogenprobleme und war in der damaligen Szene keine Unbekannte. Wir können von einer kriminellen Vergangenheit ausgehen. Was, wenn sie die leibliche Mutter von Sofie ist? Sie entspricht zumindest der Beschreibung«, fasste Dietmar Klein seine gesammelten Informationen zusammen.

»Glaubst du das ernsthaft? Hat dein Kontakt denn eine Schwangerschaft erwähnt?«

»Nein, das nicht, aber …«

»Schon gut, meinetwegen besorge einen richterlichen Beschluss, lassen wir einen Test machen, dann wissen wir es genau.«

»Aber du glaubst nicht daran, oder?«

»Nein. Ich halte Ines Jenner nicht für den Typ Frau, der über so lange Zeit den Mund hält. Wenn sie die Mutter von Sofie wäre, dann hätte sie das entweder schon lange klargestellt oder wäre niemals hierhergekommen, aber wir prüfen das trotzdem.«

Das Gespräch war beendet und plötzlich setzte sich ein Gedanke im Kopf der Hauptkommissarin fest.

Was war gerade in Annegret Bruckers Haus passiert? Frederike hatte sich täuschen lassen, war komplett in die Irre geführt worden. Nur weil es ein Babyfon und ein Kinderzimmer gab, hatte sie angenommen, dass auch ein dazugehöriges Kind existieren musste; eines, das man womöglich gefangen hielt. Sie dachte an die Morde, vor allem an den von Berta Pfortmann. Auch da führten die Hinweise zu einem bestimmten logischen Schluss. Aber wäre es nicht möglich, dass man damals ebenfalls einer Täuschung erlegen war? Anton Müllers Aussage kam ihr in den Sinn, der unerwartete Fundort von Berta Pfortmanns Leiche zwanzig Jahre später und die Vermutung der Jugendamtsmitarbeiterin, Sofie könnte etwas gesehen haben. Frederike dachte an die Puppe Rosi und die angefangene Nachricht von Karla Tränkle. Automatisch hatten sie geschlussfolgert, dass es sich bei dem Wort Rosmari um den Anfang eines Frauennamens handeln musste, weil es eben das Naheliegendste war. Niemand hatte die giftige Pflanze Rosmarinheide damit in Verbindung gebracht.

Wo hatten sie gedanklich noch den falschen Weg eingeschlagen, dadurch die richtigen Abzweigungen verpasst und waren in einer Sackgasse stecken geblieben? Mit dem Mord an Lina Kraspe hatte ihre Arbeit begonnen. Viele Spuren und einige Verdächtige aus dem Umfeld des Opfers hatten sie vermutlich vom wahren Täter abgelenkt. Die Hauptkommissarin saß in ihrem Wagen, atmete tief durch, versuchte sich auf das Wesentliche zu konzentrieren und eine Erklärung für die vielen Ungereimtheiten zu finden. Plötzlich verbanden sich vor Frederikes geistigem Auge all die losen Fäden, die es in dieser Ermittlung gab. Sie verknüpften sich miteinander und es formte sich ein Stern daraus. Jede Spitze symbolisierte eines der Mordopfer und im Zentrum des Sterns stand eine Person. Die einzige, die, wenn man all die unnützen Informationen und zufälligen Konstellationen beiseiteschob, die Brachweiler Morde begangen haben konnte. Schweren Herzens gestand sich die Beamtin ein, dass man manchmal eben auch die Lösungen akzeptieren musste, die einem nicht gefielen.

* * *

Kapitel 15

Frederike Zimmer hatte erfolglos versucht, ihre junge Kollegin zu erreichen. Deshalb telefonierte sie mit Dietmar Klein: »Wir müssen sofort zum Geschäft von Sofie Pfortmann. Die Kirsch meldet sich nicht, ich befürchte das Schlimmste.« Sie fluchte laut. »Wie konnte ich nur so blind sein?« Während sie sprach, steuerte sie ihr Dienstfahrzeug in waghalsigen Manövern durch die Brachweiler Straßen.

»Du denkst, Oliver Müller ist dort? Aber wäre das nicht ausgesprochen dumm?«

»Ich habe keine Ahnung, wo der ist, aber was die Dummheit angeht, so ist die leider einer der häufigsten Gründe, warum Menschen sterben, und jetzt schicke mir sofort Verstärkung.«

* * *

Oliver Müller riss entsetzt die Augen auf, als er Anja Kirsch erkannte. Sein Blick wanderte sofort fragend zu Sofie, aber die tat so, als wäre ihr gar nicht bewusst, dass die Polizistin anwesend war.

Seelenruhig rührte sie stattdessen in einem der Töpfe und ignorierte, was um sie herum geschah.

»Sofie«, sprach sie der Polizeihauptmeister an und ruckte an seinen Fesseln. Man hatte ihn mit einem Schlag auf den Hinterkopf kurzzeitig außer Gefecht gesetzt. Jetzt hockte er gegen die Wand gelehnt auf dem Boden, verschnürt wie ein Paket.

»Warum bist du zu mir gekommen?«, reagierte sie endlich

und drehte sich zu ihm um. Echtes Bedauern lag in ihrem Blick. »Hast du die Falle denn nicht erkannt?«

Er wandte den Kopf und sah zu Anja Kirsch, bevor er langsam antwortete: »Das Fortlaufen war eine Kurzschlussreaktion gewesen. Im Nachhinein schien es mir klüger, mich der Anklage zu stellen. Mein Plan war, erst dir alles zu erklären, dann der Polizei.« Dabei fiel es ihm schwer, ruhig zu bleiben und nicht vor Zorn und Wut zu schreien.

Bis vor wenigen Minuten hatte er die junge Polizistin neben sich regelrecht gehasst. Ihm war längst klar geworden, wer der Presse von seiner Vergangenheit erzählt hatte. Vermutlich war es auch Anja Kirsch gewesen, die die mediale Hexenjagd auf ihn vorangetrieben hatte, doch in diesem Augenblick waren jene Gefühle verschwunden und er hatte nur noch den Wunsch, das alles hier zu beenden.

»Sofie«, flehte er deshalb eindringlich, »tu das nicht.«

Aber die Siebenunddreißigjährige schien ihn nicht mehr zu hören. In eine eigene, bizarre Welt versunken, nahm sie ein großes Küchenmesser vom Tisch, stieß es in den nackten Oberschenkel der Polizistin und begann ein Stück Fleisch herauszuschneiden. Anja Kirsch schrie auf, Schweißperlen lagen auf dem Gesicht der Kommissarin und der Schmerz trieb ihr Tränen in die Augen. Anjas schlanker Körper zuckte und verkrampfte sich, aber Sofie hielt das nicht davon ab, ihr brutales Werk fortzuführen. Sie beobachtete genau, wie das Blut aus der Wunde strömte, genoss das Eintauchen der Klinge in die menschliche Fettschicht und konzentrierte sich mit zusammengepressten Lippen und angespanntem Nacken darauf, ein möglichst großes Stück Fleisch herauszulösen. Sofies Hände waren blutgetränkt. Sie hatte sich während des grausamen Aktes mehrmals eine Haarsträhne aus dem Gesicht gestrichen, was entsprechende Spuren hinterlassen hatte. Auch ihre Kleidung war besudelt und die sonst so zurückhaltende Frau sah in diesem Moment, mit dem Messer in der einen Hand und dem Klumpen Fleisch in der anderen, aus wie eine Wahnsinnige.

Anja Kirsch, die ebenfalls gefesselt am Boden lag, stöhnte kaum hörbar.

Oliver rief ihren Namen: »Anja, bleiben Sie bei Bewusstsein, Hilfe ist unterwegs.« Er wusste nicht, was er sonst sagen sollte.

Sofie grinste in seine Richtung und das Weiß ihrer Zähne bildete einen extremen Kontrast zu dem dunklen Blut in ihrem Gesicht.

»Du lügst sie an«, sagte sie sanft, »es gibt keine Hilfe. Niemals!«

»Was ist nur geschehen?«, fragte der Polizeihauptmeister hilflos, der nicht fassen konnte, sich in Sofie so getäuscht zu haben.

»Was soll schon geschehen sein?«, gab sie ihm flapsig Antwort und warf das entnommene Stück Fleisch in den Topf auf dem Herd. »Wusstest du, dass man mit menschlichem Fett die besten Seifen machen kann? Seife ist wichtig«, fuhr sie versonnen fort und begann zu rühren.

»Du hast Menschen getötet, um Seife zu machen?«, rief Oliver daraufhin entsetzt aus, obwohl er sich vorgenommen hatte, sie nicht zu provozieren.

»Aber nein«, antwortete sie nachsichtig, »ich töte doch keine Menschen, um Seife aus ihnen zu machen, das hat sich einfach so ergeben. Ist es nicht viel besser, wenn man Verwendung für die Dinge hat und sie nicht einfach ungenutzt verrotten lässt? Die Kunden lieben meine Seifen, da kannst du jeden fragen. Kommissarin Kirsch zum Beispiel hat sie besonders geschätzt. Und weil sie mir ja eine angeblich so gute Freundin ist« – sie unterbrach sich und warf der Frau am Boden einen angewiderten Blick zu – »hat sie nicht nur das kleine Seifenherz aus Lina Kraspes Bauchfett, sondern auch den weichen Schaum von Karla Tränkles Pausbacken genießen dürfen.«

»Aber warum?«, fragte Oliver Müller geschockt.

»Weil ich keine andere Wahl hatte«, antwortete ihm Sofie, als wäre das vollkommen klar. »Ich konnte ihn nicht mehr ertragen, wie er mich jede Nacht betatscht hat, seine Hände überall auf meinem Körper lagen, sein schwitzender, fetter Leib sich an mich gedrückt und mir wieder und wieder Schmerzen zugefügt hat. Eines Tages wurde er krank, lediglich eine Erkältung, ich jedoch sah eine Chance. Ein Gespräch, das ich kurz zuvor mit Karla Tränkle über Kräuter und Heilpflanzen geführt hatte, fiel mir ein. Sie erzählte mir von der Rosmarinheide, die im Moor wächst und sehr giftig ist. An diesem Tag habe ich Papa daraus einen Tee gekocht und kurz darauf war er weg, und zwar für immer.« Sie strahlte über das ganze Gesicht und sah so unschuldig aus wie ein kleines Kind. Langsam ließ sie die Masse, die sich im Topf bildete, über den Kochlöffel gleiten.

»Und deine Mutter?«, fragte Oliver, der hoffte, er könnte Sofie durch Reden davon abhalten, erneut Anja Kirsch zu verletzen.

»Sie war noch viel schlimmer als er. Sie wusste es, ich habe sie um Hilfe gebeten, und weißt du, was sie geantwortet hat?« Ein hasserfüllter Zug erschien auf Sofies Gesicht, als sie Berta Pfortmann nachäffte: »Wasch dich gründlich mit Seife, schrubb dich ab, denn du bist dreckig, so wie deine leibliche Mutter. Dreckig und schlecht.«

Sofie begann nun hektischer zu rühren und sagte abgehackt: »Nur Seife kann helfen, Seife wäscht das Böse ab, das Dreckige … Sie hat mir gegenüber kein Geheimnis daraus gemacht, dass ich das Ergebnis einer Vergewaltigung bin. Bei jeder Gelegenheit hielt sie es mir vor, obwohl ich nichts über meine Herkunft wissen wollte. Sie brachte mich dazu, mich schrecklich zu schämen. Natürlich schwieg ich, hoffte, dass das nie jemand erfahren würde, und blieb offiziell ein armes Findelkind. Ich glaubte irgendwann sogar, dass ich an dem, was mein Vater mir antat, selbst Schuld hatte, dass es an meinen Genen läge.«

»Das tut mir sehr leid, das wusste ich nicht, niemand tat das.«

»Ach«, erwiderte Sofie abschätzig, »tatsächlich? Nun, das sehe ich anders. Was ist mit deinem Vater? Er hat garantiert etwas geahnt. Als er das letzte Mal bei mir im Laden war, da konnte ich sein schlechtes Gewissen geradezu heraushören. Ich folgte ihm ins Moor, als er aus der Apotheke kam und an meinem Haus vorbeiging. Deinen Kollegen zu erzählen, er hätte mit seinem ständigen Auf-die-Uhr-Schauen gewirkt, als wollte er noch zu einer Verabredung, war doch ein gutes Ablenkungsmanöver.«

»Wenn er gewusst hätte, was deine Adoptiveltern dir angetan haben, dann …«, nahm Oliver seinen Vater automatisch in Schutz.

»Dann was?«, rief Sofie wütend. »Er hielt meine Mutter für eine Heilige, er hätte sich niemals auf meine Seite gestellt. Ich erinnere mich noch daran, wie verzweifelt er war, als sie vor zwanzig Jahren verschwand.«

»Du hast sie getötet«, brach es aus Oliver heraus, »aber die ganze Zeit über so getan, als wärst du ein Opfer gewesen.«

»Ich war ein Opfer, ich war sogar das einzige Opfer. Sie hat mich nicht beschützt, nicht geliebt, sie wollte nur die Anerkennung der Menschen. Die wunderbare Berta Pfortmann, die ein armes Waisenkind adoptiert hat. Nur darum ging es ihr, ich war ihr völlig gleichgültig wie übrigens jeder andere auch. Als mein Vater starb, hat sie sich deshalb nicht gegrämt. Falls sie einen Verdacht hegte, behielt sie den für sich. Ich hätte sie am liebsten auf der Stelle getötet, aber ich musste warten, bis ich fast volljährig war. Ich konnte ja nicht riskieren, in ein Heim gesteckt zu werden. Ich traf Vorbereitungen und informierte mich. Fast zwei Jahre musste ich sie noch ertragen, dafür lief aber dann auch alles nach Plan. Ich erschlug sie und ließ sie im Moor verschwinden. Danach brachte ich den blutigen Knüppel, ihre Handtasche und den Schal an eine entfernte Stelle, sodass bei einer Suche niemand auf die Leiche stoßen konnte. Mir war klar, dass die Ermittlungen im Sande verlaufen würden, allerdings mussten genug Hinweise vorliegen, um sie für tot erklären zu lassen und eine Entführung auszuschließen. Zudem verletzte ich mich noch selbst, damit keine Zweifel mehr an einem Gewaltverbrechen bestanden. Sie wurde für tot erklärt, ich erbte das Haus und war frei. Und als ich schon gar nicht mehr an sie dachte, da begannen diese dämlichen Bauarbeiten und man fand sie.«

Sofie widmete sich wieder ihrem Topf. Geistesabwesend streute sie einige Kräuter hinein und ein scharfer Duft durchzog den kleinen Raum. Anja Kirschs Beinwunde hörte nicht auf zu bluten und Oliver Müller befürchtete, dass die Polizistin sterben würde, wenn nicht bald Hilfe eintraf.

»Warum hast du es nicht gut sein lassen?«, fragte er hilflos, um Sofie davon abzuhalten, erneut nach dem Messer zu greifen.

»Verstehst du das denn nicht?«, erwiderte sie ungeduldig »Es war, als wäre mit der Leiche auch Berta selbst zurückgekehrt. Alle Erinnerungen waren wieder da. Ich konnte sie regelrecht spüren, ihre Stimme hören: ›Wasch dir den Dreck und das Böse ab.‹ Und eines Abends erschien diese Lina Kraspe. Sie schnauzte mich an und beschimpfte mich, erinnerte mich mit ihrer gemeinen Art an meine Adoptivmutter. Sie verlangte Wein und ich hatte nur Flaschen mit Schraubverschluss, aber sie bestand auf echte Korken. Beleidigt und beschimpft hat sie mich, weil ich ihre Wünsche nicht erfüllen konnte, während sie kein gutes Haar an Annegret Bruckers Ferienbungalows ließ. Ich wusste also, wo ich sie finden würde, und brachte ihr ein passendes Geschenk mit: einen Korkenzieher. Ist es nicht geradezu ein Wink des Schicksals, dass ich den bei einer der Tombolas im Gemeindehaus gewonnen habe und er noch verpackt in meinem Schrank lag, bis er sich bei Lina Kraspe nützlich machen konnte? Tja, und als dieses elende Miststück dann so unbeweglich vor mir lag, schien es mir plötzlich eine gute Idee, aus so viel Bosheit etwas Reines zu schaffen. Also verarbeitete ich einen Teil von ihr zu wohlriechender Seife. Eine himmlische Arbeit, eine meiner besten. Wenn ich mich damit wasche, dann spüre ich immer noch die Genugtuung darüber, dass diese Frau tot ist. Bei Karla tat es mir leid, aber sie schöpfte Verdacht. Immerhin hatte sie mir damals von der Rosmarinheide erzählt. Ich bin sicher, dass sie ahnte, was ich getan hatte, und sogar die Gründe kannte. All die Jahre schien sie auf meiner Seite, aber als dann Anton Müller starb, da bekam sie Angst, das konnte ich sehen. Sie wollte mit mir sprechen, es lag ein flehender Ausdruck in ihrem Gesicht: ›Hast du etwas mit Antons Tod zu schaffen?‹, lautete ihre stumme Frage. Vermutlich fürchtete sie um mein Seelenheil und wollte mich aufhalten. Karla war ein gutmütiges Schaf, aber die Gefahr, von ihr verraten zu werden, bestand nun einmal.« Versonnen unterbrach sich Sofie und murmelte: »Ich nahm das Rasiermesser meines Vaters«, bevor sie sich kurz schüttelte, als wäre sie aus einem Traum erwacht, und mit fester Stimme fortfuhr: »Emma hingegen erschlug ich mit Vergnügen, sie hatte den Tod schon lange verdient und ihr Herumgeschnüffel ging mir auf die Nerven. Das Moor hat sie bereitwillig verschluckt.«

Sofie schien sich plötzlich daran zu erinnern, dass auch Anja Kirsch noch anwesend war. »Sie verliert viel Blut«, stellte sie in einem neutralen Tonfall fest und sah sich um. Dann griff sie zu einem Becher und begann das Blut der Polizistin darin aufzufangen.

»Falls es dich interessiert, Blut eignet sich hervorragend als Zutat beim Backen. Meine Kekse fanden großen Anklang. Eine Zufallsentdeckung. Gabriel Brucker hat mich darauf gebracht. So ein magerer Körper gibt ja nicht viel her für die Seifenproduktion, aber sein warmes Blut hatte einen ausgesprochen angenehmen Einfluss auf den Teig.« Sie betrachtete den halbgefüllten Becher, deckte ihn mit einem Tuch ab und sagte: »Das behalte ich für später!« Ihr Blick wanderte zu Oliver. »Wäre Brucker einfach gegangen, dann hätte ich ihm nie etwas getan, aber er musste ja unbedingt reden, so tun, als wären wir Komplizen. Ich brauche keine Komplizen, denen kann man nicht trauen.«

»Und was war ich dann für dich?«, hielt Oliver das Gespräch am Laufen.

»Du warst die Lösung all meiner Probleme«, sagte sie mit einem tiefen Seufzer, »und das bist du immer noch, auch wenn ich das nicht gerne tue.«

»Was soll das heißen?«, rief der Polizeihauptmeister nun aufgebracht.

»Das heißt, du wirst die Rolle des Sündenbocks übernehmen. Ich habe die Polizei bereits auf deine Fährte gelockt. Brucker hat mich übrigens vor dir gewarnt, vermutlich einfach, weil er deine ganze Familie nicht leiden konnte. Die Polizei hat das allerdings anders bewertet und dann gab es da ja noch dein Taschentuch. Du hast es bei mir im Laden verloren. Erinnerst du dich an den Tag, als du die Flasche Pflaumenschnaps bei mir gekauft hast? Da ist es dir aus der Tasche gefallen und ich deponierte es bei Karlas Leiche. Heute werden sie glauben, du wolltest mich töten, wie du damals auch meine Mutter getötet hast. Zumindest werde ich das der Polizei erzählen. Wenn ich hier fertig bin, dann gibt es eine tote Polizistin, die dich aufhalten wollte, und eine weitere Leiche, nämlich deine. Denn du wirst in dem Feuer, das du zur Vertuschung deiner Spuren gelegt hast, sterben. Du kannst übrigens gerne schreien, hier hinten wird dich niemand hören!«

»Damit kommst du nicht durch«, hielt er dieses Mal dagegen, unfähig, sich emotionslos zu zeigen.

»Das werden wir sehen«, antwortete Sofie triumphierend, verstellte die Stimme und vollführte eine kleine Aufführung.

Sie schlug die Hände vor die Brust und stammelte mit leidender Miene: »Ich kann mich kaum noch erinnern. Oliver wollte mich töten, ich habe versucht, mich zu wehren, Frau Kirsch griff beherzt ein und dann … Wieder nur ein schwarzes Loch, was ist nur passiert? Es ist so schrecklich.« Sie lachte und es klang unangenehm schrill. »Dich zu opfern, war einfach eine Frage der Vernunft.«

»Und was passiert danach?«, appellierte er an die Frau, mit der er bereit gewesen wäre, ein neues Leben zu beginnen.

»Danach geht alles wieder seinen gewohnten Gang.« Sie strich sich über die blutverschmierte Schürze und reckte das Kinn nach vorne. »Genug Geplauder, es wird Zeit, dass ich mich an die Arbeit mache.«

Oliver rief ihren Namen, bettelte um Einsicht, aber Sofie ließ sich nicht beirren.

Sie nahm erneut das Messer in die Hand, stellte sich über Anja Kirsch und sagte zu der Polizistin: »Wenn wir nicht so in Eile wären, dann würde ich dich noch ein bisschen zerlegen. Leider muss ich unsere innige Freundschaft jedoch zügig beenden.« Sofie holte aus und Oliver schrie, als plötzlich ein ohrenbetäubender Knall den Raum erfüllte.

Mit einem Mal waren überall Menschen. Eine Stimme verlangte hektisch nach einem Krankenwagen, jemand anders sagte: »Sofie Pfortmann, Sie sind verhaftet …« Und irgendwann blickte Oliver Müller in die Gesichter der Kollegen, die mit tiefem Entsetzen seinem Bericht lauschten.

* * *

Zwei Monate später

In den letzten Wochen war Sofie Pfortmann mehrfach befragt worden. Sie hatte bereitwillig die Morde gestanden, ihnen den Ablageort von Emma Tränkles Leiche verraten und auch die Fragen der Psychologen offen beantwortet.

»Es tut mir leid wegen Oliver, ich mag ihn«, sagte sie in einer der letzten Vernehmungen aus. »Ich hatte nie Spaß daran, andere ungerechtfertigterweise zu beschuldigen, weder Gabriel Brucker noch sonst wen. Aber bei Oliver ging es nicht anders, obwohl ich mir immer wieder unschlüssig gewesen bin.« Sofie blickte auf und sah die Hauptkommissarin nachdenklich an. »Wissen Sie, was eine Lebendfalle ist?«, fragte sie schließlich, wartete jedoch nicht die Antwort ab, sondern fuhr erklärend fort: »Man verwendet die oft bei Mäusen. Die kleinen Plagegeister werden darin eingefangen, aber nicht getötet, dann setzt man sie einfach irgendwo in der Natur wieder aus. Eigentlich sehr human.« Sie lächelte. »Aber was, wenn das Schicksal des Tieres ungewiss bleibt, sich die Falle nicht mehr öffnet? Ich saß in einer solchen Falle, denen ausgeliefert, die mich eingefangen hatten. Ich lebte zwar, wünschte mir an manchen Tagen jedoch, ich könnte sterben. Irgendwann beschloss ich, die Gitterstäbe, die mich so grausam gefangen hielten, zu überwinden.« Sie senkte den Blick und begann an der wunden Haut ihrer Hände zu kratzen.

Die Ärzte hatten bescheinigt, dass Sofie Pfortmann unter starken Zwangsstörungen litt. Besonders ausgeprägt war der Drang, sich die Hände zu waschen, etwas, das sich während ihrer Inhaftierung noch extrem gesteigert hatte. Darüber hinaus bescheinigte man ihr eine überdurchschnittliche Intelligenz, aber auch eine starke paranoide Störung.

»Ja, ich saß in einer Lebendfalle«, wiederholte sie ihre Worte, »aber jetzt bin ich frei.«

* * *

Epilog

Sofie Pfortmann wurde des mehrfachen Mordes für schuldig befunden und in eine geschlossene psychiatrische Anstalt für Straftäter eingewiesen. Hauptkommissarin Zimmer hoffte insgeheim, dass die leibliche Mutter von Sofie, falls diese noch lebte, die Verbindung zur Tochter niemals erkennen würde, damit ihr dieser Schmerz erspart bliebe. Zumindest tauchte niemand auf, der vorgab, mit der Brachweiler Serienmörderin verwandt zu sein, und auch Ines Jenner schied als Kandidatin dafür endgültig aus. Wie sich schließlich herausstellte, hatte die nämlich zur Zeit von Sofies Geburt im Jugendarrest eine Strafe abgesessen.

Der Prozess erregte viel Aufsehen, auch weil bei der Aufklärung der Morde eine Polizistin verletzt worden war. Anja Kirsch konnte gerettet werden. Am Oberschenkel würde ihr zwar eine hässliche Narbe bleiben, aber das hielt die Kommissarin nicht davon ab, sowie es die Ärzte erlaubten, wieder vor die Kameras zu treten. Für sie begann nun die große Karriere, die sie sich immer gewünscht hatte.

Im Nachhinein konnte weder festgestellt werden, ob Anton Müller vom Missbrauch an Sofie gewusst oder es zumindest geahnt hatte, noch, ob Brucker sich zusammengereimt hatte, dass Berta Pfortmann von der eigenen Tochter ermordet worden war oder was Karla Tränkle kurz vor ihrem Tod tatsächlich hatte notieren wollen. Die Vermutung lag jedoch nahe, dass die Apothekerin einen Verdacht gehabt hatte und der Satz lauten sollte: »Es war ein Fehler, Rosmarinheide gegenüber Sofie zu erwähnen.«

Sofie hatte diese Menschen getötet, weil ihr laut eigener

Aussage keine andere Wahl geblieben war, etwas, das sie während des Prozesses immer wieder betonte. Die Ärzte würden versuchen zu helfen, jedoch bestand für Sofies kranken Geist wenig Hoffnung.

Polizeihauptmeister Oliver Müller beschloss, auf unbestimmte Zeit Urlaub zu nehmen, obwohl ihm Frederike Zimmer einen Job in ihrem Team anbot.

Theo Kraspe hatte sich persönlich bei der Hauptkommissarin bedankt und jeden einzelnen Prozesstag im Gerichtssaal mitverfolgt. Die Polizistin vermutete jedoch, dass ihm das keinen persönlichen Frieden bringen würde.

In Brachweiler ging das Leben weiter. Annegret Brucker wurde nach einem kurzen Klinikaufenthalt entlassen und kehrte in ihr Haus zurück. Die vorgeschlagene Therapie der Ärzte lehnte sie ab und es blieb zu befürchten, dass sie sich mit der Puppe Rosi in ihre eigene Welt zurückziehen würde.

* * *

Die Hochzeit sollte eigentlich im kleinen Kreis stattfinden, aber als Karsten erst einmal angefangen hatte, die Gästeliste zu entwerfen, wurde schnell klar, dass das unmöglich war. Deshalb hatte sich an einem eisigen Januartag unter strahlend blauem Himmel eine Gruppe von über hundert Leuten versammelt, um der Trauung von Oberkommissar Julian Meister mit seinem Freund Karsten beizuwohnen.

Sofort nach der Rückkehr aus Brachweiler hatte der Polizist auf ein Treffen mit seinem Ex-Freund gedrängt. Widerwillig war Karsten in der Freiburger Innenstadt erschienen.

Julian, der sich in diesem Moment absolut sicher war, das Richtige zu tun, lotste seinen Freund zu einem der Freiburger Bächle. So nannte man die schmalen Wasserläufe, die die ganze Stadt durchzogen. Eine alte Legende besagte, dass jeder Nichtfreiburger, der dort hineintappte, dazu bestimmt war, einen Freiburger zu heiraten.

Julian war sich nicht sicher, ob es eine gute Idee war, seinen Antrag auf diese Weise zu stellen, aber da es ihm in den letzten Tagen nicht gelungen war, die passenden Worte zu finden, glaubte er, keine andere Wahl zu haben.

»Also, was hast du mir …«, begann Karsten gerade das Gespräch, als ihn sein Freund mit einem Schubs, direkt in das kühle Wasser des knöchelhohen Bächles schubste.

Aufgebracht blaffte Karsten: »Hast du den Verstand verloren?«

»Du weißt doch, was das bedeutet«, unterbrach ihn Julian. Schnell kramte er aus seinem Rucksack ein Handtuch, ein paar Turnschuhe, frische Socken und eine kleine Schmuckschachtel heraus.

Einige Passanten drehten sich schon belustigt nach ihnen um.

Julian überwand sich trotzdem und ging auf die Knie. »Ich habe den Verstand und mein Herz verloren, deshalb frage ich dich, hier und jetzt, ob du mir verzeihst und mich heiraten willst.«

Für einen Augenblick befürchtete Julian, sein Freund würde ihn abblitzen lassen, dann aber verzog sich dessen hübsches Gesicht zu einem strahlenden Lächeln.

»Oberkommissar Meister«, sagte er mit gespieltem Vorwurf, »laut eurer Freiburger Tradition habe ich ja jetzt keine andere Wahl mehr, deshalb sage ich Ja.« Es folgte ein leidenschaftlicher Kuss, begleitet vom Applaus der Umstehenden und der Gewissheit, dass dieser ungewöhnliche Antrag ihnen auch in Zukunft noch reichlich Gesprächsstoff liefern würde.

Ende

Schlusswort und Anmerkungen

Alle Personen, Institutionen und Handlungen in meinem Buch, nebst Namen und Bezeichnungen, sind frei erfunden. Ähnlichkeiten mit lebenden oder toten Personen und deren Handlungen sind rein zufällig und nicht beabsichtigt.

Auch wenn meine Personen und ihre Geschichten erfunden sind, möchte ich doch darauf hinweisen, dass es Anfang des zwanzigsten Jahrhunderts eine Serienmörderin namens *Leonarda Cianciulli* gab, die ihre Opfer für gewöhnlich zu Seife zerkocht hat, um so die Leichen verschwinden zu lassen. Auch ihre Vorliebe, mit dem Blut der Ermordeten Kekse zu backen, ist bekannt.

Die meisten Szenen meines Psychothrillers »Lebendfalle« spielen in Brachweiler und im Brachweiler Moor, beides Erfindungen von mir. Allerdings gibt es auch in Südbaden Hochmoore, die, wie im Buch kurz erwähnt, eine wichtige ökologische Bedeutung haben. Mein *Brachweiler* liegt nicht weit vom wunderschönen badischen Freiburg entfernt. All die zauberhaften Orte und Plätze zu beschreiben, die diese Stadt bietet, hätte natürlich den Rahmen des Buches gesprengt. Jedem Interessierten möchte ich jedoch versichern, dass sich ein Besuch auf alle Fälle lohnt. Wandern Sie dann wie meine Hauptkommissarin zum Berti, sprich Bertoldsbrunnen, und lassen sich in einem der vielen Lokale mit Ochsenmaulsalat oder Schäufele und Bubenspitzle verwöhnen. Und Vorsicht: Wer sich nasse Füße in einem der »Bächle« holt, der bleibt vielleicht für immer in Freiburg …

Der Vollständigkeit halber sei noch erwähnt, dass der Ort Leinbach und auch der Fahlshofer Park in Wirklichkeit nicht existieren. Die Pflanze Rosmarinheide hingegen ist sehr real und ebenso giftig.

Ich freue mich, dass Sie sich die Zeit für meinen Psychothriller »Lebendfalle« genommen haben. Das Team um Hauptkommissarin Zimmer bedankt sich jedenfalls für die mentale Unterstützung bei der Tätersuche. Ich hoffe, Sie hatten spannende Lesestunden und wurden gut unterhalten.

Übrigens können meine LeserInnen aktuelle Informationen rund um mich und meine Bücher auch per Newsletter erhalten. Die Anmeldung erfolgt ganz einfach über meine Webseite: www.autorib.de/newsletter.

Herzliche Grüße
Ihre Ilona Bulazel

Weitere Bücher der Autorin

Alle Bände der Reihen sind in sich abgeschlossen und können unabhängig voneinander gelesen werden.

Schattenleid (Psychothriller, Hauptkommissar Kaller Band 2)
www.amazon.de/dp/B07T7ZLTNB

Der Schmerzjäger (Psychothriller, Hauptkommissar Stutter Band 3)
www.amazon.de/dp/B07PDHYYBR

Blutschwarz (Psychothriller, Sepsis Band 7)
www.amazon.de/dp/B07KGH17H7

Der Todesprinz (Psychothriller, Hauptkommissar Kaller Band 1)
www.amazon.de/dp/B07G3GXWYM

Heimtückische Schuld (Psychothriller, Hauptkommissar Stutter Band 2)
www.amazon.de/dp/B07D3BHYMC

Blutmosaik (Psychothriller, Sepsis Band 6)
www.amazon.de/dp/B079S59SCX

Der Sündenfänger (Psychothriller, Hauptkommissar Stutter Band 1)
www.amazon.de/dp/B077ZMB5QW

Verdorbene Ernte (Psychothriller)
www.amazon.de/dp/B07494DKKH

Bitterblutige Wahrheit (Kriminalroman)
www.amazon.de/dp/B0716MQZXZ

Ufer der Angst (Psychothriller, Sepsis Band 5)
www.amazon.de/dp/B01NCTUIFX

Schmutzige Tränen (Psychothriller)
www.amazon.de/dp/B01H92SI1Y

Lautloser Hass (Psychothriller, Sepsis Band 4)
www.amazon.de/dp/B01CTAO28E

Sepsis – Showblut (Psychothriller, Sepsis Band 3)
www.amazon.de/dp/B01ADMWI8G

Sepsis – Das Schandmaul (Psychothriller, Sepsis Band 2)
www.amazon.de/dp/B015WUW2QM

Sepsis – Verkommenes Blut (Psychothriller, Sepsis Band 1)
www.amazon.de/dp/B00V0R616E

Das Geheimnis von Herculaneum (Historischer Roman)
www.amazon.de/dp/B06XR29T4J

Blutiger Schein (Thriller)
www.amazon.de/dp/B01J2WXQ6Q

Projekt Todlicht (Thriller)
www.amazon.de/dp/B011AKKO22

Die Akte Aljona (Thriller)
www.amazon.de/dp/B00Q5KOL2M

Operation Castus (Thriller)
www.amazon.de/dp/B00IDI70R2

world: reset – Nach den Aschentagen (Krimi/Science-Fiction-Thriller)
www.amazon.de/dp/B00CG8G79W

Mystery-Geschichten (Kurzgeschichten)
www.amazon.de/dp/B00LOVB5K8

SciFi-Geschichten (Kurzgeschichten)
www.amazon.de/dp/B00M4E48P8

Alle Titel erhalten Sie als E-Book (die Shops finden Sie auf der Website der Autorin unter www.autorib.de) oder als Taschenbuch über Amazon!

Printed in Germany
by Amazon Distribution
GmbH, Leipzig

16585453R00160